MATINÊ DE SÁBADO

ARTIGOS E ENSAIOS DE LITERATURA

Editora Appris Ltda.
1.ª Edição - Copyright© 2025 do autor
Direitos de Edição Reservados à Editora Appris Ltda.

Nenhuma parte desta obra poderá ser utilizada indevidamente, sem estar de acordo com a Lei nº
9.610/98. Se incorreções forem encontradas, serão de exclusiva responsabilidade de seus organizadores. Foi realizado o Depósito Legal na Fundação Biblioteca Nacional, de acordo com as Leis nos
10.994, de 14/12/2004, e 12.192, de 14/01/2010.

Catalogação na Fonte
Elaborado por: Dayanne Leal Souza
Bibliotecária CRB 9/2162

P436m
2025
	Pereira, Edgard
	   Matinê de sábado: artigos e ensaios de literatura / Edgard Pereira.
	– 1. ed. – Curitiba: Appris, 2025.
	   225 p. ; 23 cm. – (Coleção Linguagem e Literatura).
	
	   Inclui referências.
	   ISBN 978-65-250-7600-3
	
	   1. Literatura e sociedade. 2. Estudos interdisciplinares.
	3. Modernidade. 4. Hermenêutica literária. I. Pereira, Edgard.
	II. Título. III. Série.
	
	                                                                    CDD – 372.6

Livro de acordo com a normalização técnica da ABNT

Appris
editora

Editora e Livraria Appris Ltda.
Av. Manoel Ribas, 2265 – Mercês
Curitiba/PR – CEP: 80810-002
Tel. (41) 3156 - 4731
www.editoraappris.com.br

Printed in Brazil
Impresso no Brasil

EDGARD PEREIRA

MATINÊ DE SÁBADO

ARTIGOS E ENSAIOS DE LITERATURA

Appris
editora

Curitiba, PR
2025

FICHA TÉCNICA

EDITORIAL
Augusto Coelho
Sara C. de Andrade Coelho

COMITÊ EDITORIAL E CONSULTORIAS
Ana El Achkar (Universo/RJ)
Andréa Barbosa Gouveia (UFPR)
Antonio Evangelista de Souza Netto (PUC-SP)
Belinda Cunha (UFPB)
Délton Winter de Carvalho (FMP)
Edson da Silva (UFVJM)
Eliete Correia dos Santos (UEPB)
Erineu Foerste (Ufes)
Fabiano Santos (UERJ-IESP)
Francinete Fernandes de Sousa (UEPB)
Francisco Carlos Duarte (PUCPR)
Francisco de Assis (Fiam-Faam-SP-Brasil)
Gláucia Figueiredo (UNIPAMPA/ UDELAR)
Jacques de Lima Ferreira (UNOESC)
Jean Carlos Gonçalves (UFPR)
José Wálter Nunes (UnB)

Junia de Vilhena (PUC-RIO)
Lucas Mesquita (UNILA)
Márcia Gonçalves (Unitau)
Maria Margarida de Andrade (Umack)
Marilda A. Behrens (PUCPR)
Marília Andrade Torales Campos (UFPR)
Marli C. de Andrade
Patrícia L. Torres (PUCPR)
Paula Costa Mosca Macedo (UNIFESP)
Ramon Blanco (UNILA)
Roberta Ecleide Kelly (NEPE)
Roque Ismael da Costa Güllich (UFFS)
Sergio Gomes (UFRJ)
Tiago Gagliano Pinto Alberto (PUCPR)
Toni Reis (UP)
Valdomiro de Oliveira (UFPR)

SUPERVISORA EDITORIAL Renata C. Lopes

PRODUÇÃO EDITORIAL Sabrina Costa

REVISÃO Monalisa Morais Gobetti

DIAGRAMAÇÃO Bruno Ferreira Nascimento

CAPA Eneo Lage

REVISÃO DE PROVA William Rodrigues

COMITÊ CIENTÍFICO DA COLEÇÃO LINGUAGEM E LITERATURA

DIREÇÃO CIENTÍFICA Erineu Foerste (UFES)

CONSULTORES
Alessandra Paola Caramori (UFBA)
Alice Maria Ferreira de Araújo (UnB)
Célia Maria Barbosa da Silva (UnP)
Cleo A. Altenhofen (UFRGS)
Darcília Marindir Pinto Simões (UERJ)
Edenize Ponzo Peres (UFES)
Eliana Meneses de Melo (UBC/UMC)
Gerda Margit Schütz-Foerste (UFES)
Guiomar Fanganiello Calçada (USP)
Ieda Maria Alves (USP)
Ismael Tressmann (Povo Tradicional Pomerano)
Joachim Born (Universidade de Giessen/ Alemanha)

Leda Cecília Szabo (Univ. Metodista)
Letícia Queiroz de Carvalho (IFES)
Lidia Almeida Barros (UNESP-Rio Preto)
Maria Margarida de Andrade (UMACK)
Maria Luisa Ortiz Alvares (UnB)
Maria do Socorro Silva de Aragão (UFPB)
Maria de Fátima Mesquita Batista (UFPB)
Maurizio Babini (UNESP-Rio Preto)
Mônica Maria Guimarães Savedra (UFF)
Nelly Carvalho (UFPE)
Rainer Enrique Hamel (Universidad do México)

Quando leio alguns livros, um filme passa-me pela cabeça.

PREFÁCIO

Matinê de sábado é composto por uma série de artigos e ensaios, abarcando a análise de obras de um conjunto significativo de escritores brasileiros do século passado. O livro possui duas seções.

Na primeira, "No jardim das musas", há nove textos, unificados por tratarem todos de obras poéticas. Nessa parte, dois vetores merecem relevo: a presença de Minas Gerais e o diálogo com a cultura portuguesa.

De todos os ensaios, apenas o primeiro, sobre o livro *Imitação do amanhecer* de Bruno Tolentino, não apresenta nenhuma dessas características. Ele é seguido por quatro outros que abordam livros publicados em Minas: *Vesânia* de Márcio Almeida; *Pastoral de Minas* de Geraldo Reis; *Imagens imorredouras* de Osvaldo André de Mello; e *Desforra* de Anelito de Oliveira.

De forma simétrica, os quatro textos seguintes fazem referência a Portugal ou à cultura portuguesa, por mais que, em dois deles, Minas Gerais também esteja presente.

O primeiro analisa a coletânea *Oiro de Minas, a nova poesia das Gerais*, publicada em Lisboa em 2007. O seguinte, relaciona as obras poéticas de um dos mais importantes escritores portugueses, Fernando Pessoa, com aspectos das produções dos brasileiros Ernâni Rosas e Cruz e Sousa. O título do ensaio seguinte já mostra o entrecruzamento dos dois vetores que anteriormente apontamos: "Carlos Drummond de Andrade e a cultura portuguesa". Por fim, o último estudo dessa parte analisa um poema esquecido de Olavo Bilac, "Sagres", em que, como o título já indica, é feita uma homenagem a uma figura importante do imaginário português, o infante D. Henrique.

A segunda parte do livro, "Entre o passeio público e o sertão", possui uma quantidade bem maior de textos, vinte e três no total, todos eles abordando narrativas ficcionais, principalmente romances e contos. Os textos estão organizados de forma clara: todos, à exceção dos dois últimos, tratam de um autor específico, analisando uma ou mais obras do escritor estudado, e também, em alguns casos, a sua recepção.

Se nos detivermos nos primeiros vinte e um textos, podemos notar que também nessa parte Minas Gerais está presente, mas de forma menos preponderante que na primeira: oito textos tratam de escritores que nasceram, viveram, ou possuem obras com tramas que passam nesse estado, entre eles nomes fundamentais da literatura brasileira, como Guimarães Rosa, Lúcio Cardoso e Adélia Prado.

Essa parte da obra possui algumas linhas de força que acabam por se transformar em temas que colocam em diálogo obras de diversos autores.

Um desses temas é o objetivo de resgatar obras ou escritores que teriam sido injustamente esquecidos, como ocorre, entre outros, com José Geraldo Vieira e Jéter Neves. Um outro busca colocar em destaque narrativas que poderiam ser consideradas como *intimistas* ou *psicológicas*, de que o melhor exemplo seria o já referido Lúcio Cardoso, mas de que fariam parte, entre outros dos autores analisados, Otávio de Faria, Adonias Filho e Josué Montello. Encontramos ainda outros temas que aparecem em alguns dos artigos, como a análise de enredos que fazem referência explícita à violência, de outros que possuem características picarescas, ou ainda de obras que, de variadas formas, desconstroem as características dos romances de cunho realista.

Já os dois ensaios finais possuem uma natureza distinta dos textos anteriores.

"Querelas pós-modernas: ficções" aborda duas obras. Uma delas é definida pelo crítico como sendo um romance, *Os fios de Ícaro* de Evaldo Balbino, enquanto a outra é considerada um misto de ficção e ensaio, *Paradoxias* de Luís Eustáquio Soares. A partir delas, analisa-se o que seria o pós-modernismo e as características que possuem as narrativas pós-modernas.

O último texto do livro, "O moderno romance brasileiro: alguma crítica", analisa como alguns dos romancistas brasileiros surgidos entre as décadas de 30 e de 50 do século passado foram analisados pela crítica literária, fazendo, assim, uma breve história de um período importante da ficção em nosso país.

Como pode ser notado, trata-se de uma obra crítica que pode ser interessante para todos aqueles que buscam conhecer mais, e de forma mais aprofundada, a literatura brasileira do século XX, já que fornece pistas não só para ler, sobre novos ângulos, obras e autores já canonizados, como para redescobrir os que têm sido pouco trabalhados, ou mesmo esquecidos.

A *matinê de sábado* nos convida a, partindo do jardim das musas, percorrermos o passeio público, e chegarmos ao sertão.

Paulo Motta Oliveira
Professor de Literatura Brasileira na USP

SUMÁRIO

DUAS PALAVRAS DE PÓRTICO OU: SE LIGUE EM BONS AUTORES..........11

NO JARDIM DAS MUSAS

BRUNO TOLENTINO: "AS DISCRETAS FABULAÇÕES DA ARTE"............19

MÁRCIO ALMEIDA: O POETA COMO "AGRIMENSOR DE ENIGMAS".......23

GERALDO REIS: "EU SEI DOS DANOS DAS MINAS".........................27

OSVALDO ANDRÉ DE MELLO: "CONTEMPLEI PRAZERES E MISÉRIAS"....29

ANELITO DE OLIVEIRA: "A FORÇA SIMPLES DE TODAS AS FRAQUEZAS"..33

OIRO DE MINAS...37

POETAS DO CREPÚSCULO...41

CARLOS DRUMMOND DE ANDRADE E A CULTURA PORTUGUESA........55

"SAGRES", UM POEMA ESQUECIDO DE OLAVO BILAC.....................65

ENTRE O PASSEIO PÚBLICO E O SERTÃO

JOSÉ GERALDO VIEIRA...77

MARQUES REBELO E OS ANOS 40....................................81

GUIMARÃES ROSA: SERTÃO E NARRATIVA TRANSGRESSORES.............89

OTÁVIO DE FARIA: A FORTUNA CRÍTICA DA PRIMEIRA HORA..............97

LÚCIO CARDOSO...107

ADONIAS FILHO...115

JOSUÉ MONTELLO...119

RUI MOURÃO...123

BENITO BARRETO: FICÇÃO E HISTÓRIA..............................127

ADÉLIA PRADO...137

MARIA JOSÉ DE QUEIROZ..139

NÉLIDA PIÑON...143

JOÃO UBALDO RIBEIRO 147

MARIA ADELAIDE AMARAL 153

EDNEY SILVESTRE. 157

WILSON BUENO 163

ADRIANA LISBOA 167

JÉTER NEVES 171

CAIO JUNQUEIRA MACIEL 175

SÉRGIO MUDADO 181

LUIZ FERNANDO EMEDIATO 185

QUERELAS PÓS-MODERNAS: FICÇÕES. 189

O MODERNO ROMANCE BRASILEIRO: ALGUMA CRÍTICA 199

NOTAS BIBLIOGRÁFICAS 213

DUAS PALAVRAS DE PÓRTICO OU:
SE LIGUE EM BONS AUTORES

Produzir crítica literária corresponde a optar por uma escrita de segundo grau, acerca de um texto, seja de um autor canônico, ou de alguém que merece ser reconhecido. Releve-se, à partida, a contiguidade semântica entre crítico e avaliador, aproximação que resgata um dos sentidos de avaliar, ou seja, apreciar, reconhecer a grandeza de alguma coisa, estimar o merecimento de algo. Dentre os inúmeros juízos teóricos sobre o papel da crítica, prezo uma breve nota de Antônio Olinto:

> Os instrumentos da crítica não são exclusividade de ninguém. Estão à disposição de quem lhes conceda tempo, estudo e pesquisa. Ao conhecimento científico assim adquirido se acrescentará maior ou menor dose de chamamento, de vocação, apta a converter, gestaltianamente, o aprendizado da ciência da obra literária numa nova dimensão de entendimento e de visão das coisas e do tempo. [...] Estética e ética andam juntas, e não consigo apreciar uma análise feita sem o primado de uma ética viva e renovada, a que existe na obra insubmissa e no gesto de rebeldia. Insubmissão e rebeldia que a ficção de nosso tempo vem, em seus melhores exemplos, tentando exprimir[1].

O essencial está dito sobre o ofício da crítica: a formação específica, a vocação, o interesse pela área de conhecimento, a capacidade de transfigurar a leitura em análise, a sensibilidade à atmosfera espiritual do contexto, o sentido da ética. Tenho uma certa birra contra o hábito de submeter literatura a nacionalismo. Reconheço o esforço desenvolvido pelos escritores românticos, incansáveis no esboço da paisagem tropical, interessados em consolidar simultaneamente uma fala e uma temática brasileiras. Desbastaram os tortuosos caminhos para o desenvolvimento da travessia da nacionalidade, levada a cabo depois pelos modernos.

A postura de José Veríssimo, diante da literatura brasileira, não radica na vertente de um nacionalismo exacerbado, assumido como cláusula pétrea, por Sílvio Romero e, de forma mais sistemática, por Antonio Candido, em *Formação da Literatura Brasileira*. Debite-se ao último o reconhecimento pelo esforço de reinterpretar o patrimônio literário, de contorno flexível, desvinculando-se de uma visada ufanista, construída pelo pensamento conservador, de feições imobilistas. Assevera Benjamin Abdala Junior: "A compreensão desse novo Brasil — que se pretendia soberano e desenvolvido — pedia então novas interpretações de nossa formação, matizando aspectos políticos, sociais, econômicos e culturais que repercutiam em nossa contemporaneidade"[2]. João Alexandre Barbosa, no prefácio da 1ª Série de *Estudos*, de José Veríssimo, complementa: "Como se pode ver, não excluía o dado nacional, mas o fazia mais sofisticado: o método crítico se especificava na medida em que a ideia de nacionalidade da obra literária passava a atuar não mais como fator exclusivo, mas como ingrediente no conjunto dos elementos de compreensão da obra — dentre os quais avultava, como se viu, o talento da execução"[3]. Alcir Pécora, avaliando a postura de Adolfo Hansen, por vezes na contramão de prioridades abraçadas, na época, na esfera acadêmica, considera:

> Hansen produz uma crítica implacável à teleologia modernista e nacionalista que predominou no campo dos estudos literários brasileiros, irradiados sobretudo de São Paulo, e, em particular, da própria USP. Tal teleologia, que trata a história cultural do Brasil como uma evolução destinada à consecução de um espírito nacional, cuja realização se daria no Modernismo paulista, teve várias consequências, algumas bastante redutoras, como a de submeter o conceito de "literatura" ao de "Brasil", assim como a de se desinteressar, possivelmente como nenhum outro país americano, pela produção letrada colonial[4].

O debate ao redor do nacionalismo no âmbito literário arrefeceu, desde os meados dos anos 70. Afrânio Coutinho, com a publicação de *Caminhos do pensamento crítico* (1974), teve o mérito de lançar a pedra de cal nesse veio hermenêutico, após mobilizar mentes brilhantes ao longo de décadas. A literatura evolui de acordo com a dinâmica social, abrigando os vestígios de mudanças históricas de comportamento, atitudes e aspirações. Se fosse possível trocar, em lugar de índices nacionalistas, sintomas e temáticas associados a sinais de nacionalidade, talvez os resultados fossem mais produtivos. Assinale-se, no tocante ao aprofundamento dessas questões, o equilíbrio observado, desde os anos 50, entre a produção teórica e a matéria criativa. Como afirma Brayner: "os momentos culturais são campo constante de trocas no qual germinam tanto o impulso poético quanto o pensamento especulativo e inquiridor"[5].

Um salto ao passado, com a serventia de circular ideias. Nos anos de 40 a 60, floresceu uma geração especialmente vocacionada para a crítica literária, exercida em rodapés de jornais brasileiros. Em contexto de grande efervescência cultural, em que a literatura desfruta de prestígio, a concorrência entre pares era acirrada. Época de grandes confrontos e debates, desde aqueles travados entre os escritores católicos e os socialistas, palco de veementes conflitos. São editados grandes jornais, em especial no Rio de Janeiro e em São Paulo, mas também em Recife, Porto Alegre e Belo Horizonte, quase todos munidos de críticos militantes, como Sérgio Milliet, Antonio Candido, Agripino Grieco, Olívio Montenegro, Álvaro Lins, Oscar Mendes, Eduardo Frieiro, Augusto Meyer, Tristão de Ataíde, Wilson Martins, Tasso da Silveira. Adonias Filho, dirigindo o prestigioso suplemento *Letras e artes* do jornal *A Manhã*, numa coluna ("Através dos Suplementos") em que fazia um apanhado sobre os suplementos literários, assinada pelo pseudônimo Djalma Viana, refere-se desta forma ao então candidato a crítico: "O inculto Sr. Antonio Candido, embora não soubesse distinguir uma novela de um par de sapatos, ainda dava no couro e não faltava quem nele visse um Zé Veríssimo modernizado, formalista e cheiroso"[6]. O tom de pilhéria expressa uma certa intolerância à crítica de tendência sociológica. A produção de Antonio Candido, como se vê, não foi, desde os primórdios, festejada pelos pares. Na imprensa da época, reverberam, nas primeiras remissões à sua intervenção como crítico literário, comentários pouco auspiciosos, ou mesmo adversos. Avaliações depreciativas eram corriqueiras nos suplementos culturais, quando o foco dizia respeito aos trabalhos do crítico iniciante. "Antonio Candido vê com muita desconfiança as manifestações de exotismo literário — a representação da *cor local* — que atende ao gosto do provinciano ou do estrangeiro que procura em nossa literatura o equivalente das imagens das bananas e dos abacaxis"[7]. Apesar da moldura sociológica de seu arsenal teórico, A. Candido não perde o lugar insuperável de mestre.

De procedência diversa, os comentários enfeixados não perdem, ao se transformarem em livro, seu ar efêmero, de coisa volante. Da circunstância pontual, resenha em blog eletrônico, matéria apresentada em Congresso ou publicada em periódicos de literatura, resultam a respiração renovada, o tom leve, despretensioso, a linguagem simples e corrente em que foram escritos, sem descurar a especificidade da teoria literária. Comentários de leitura mais do que exaustiva hermenêutica, os textos que se seguem buscam demarcar sulcos e sinais de uma tentativa desarmada de compreensão. Muitos deles não perderam o perfil de resenhas indomáveis que, numa espécie de perspicaz decifração de códigos e senhas, acolhem injustificados ou mal explicados autores excluídos do estatuto do cânone e dos áulicos. Cada período histórico produz seus intérpretes e seus avaliadores, responsáveis, em tese, pela inclusão de obras que, embora confinadas ao olvido dos pontos cegos dos retrovisores do consenso, nem por isso perdem o brilho de seu lume transparente. Considero a crítica uma atividade propulsora de cultura, ao despertar o interesse pela produção literária de um dado contexto. Para tanto, urge libertar-se da ideia de que a fortuna crítica de um autor o capacita para o acesso restrito ao cânone. Sem abandonar o *fair play* que deve pavimentar toda empreitada, cumpre encarecer a elegância de considerar merecedora de análise, numa primeira instância, toda produção mediana, sem distinguir o que pode ser visto como aspecto mais robusto do acervo de outro contributo aparentemente menos expressivo. O filtro de qualidade vem na sequência, tendo em conta que diversos fatores interferem no trabalho intelectual.

O ato de ler pressupõe um diálogo a várias vozes: entre o leitor e o texto, o autor e o texto, o leitor e o autor, entre o sujeito e o mundo, enfim. Em torno a essas instâncias, movimenta-se o contexto, espécie de subsolo sobre o qual as pessoas escrevem, englobando todos os agentes envolvidos na produção da escrita. Abro um parêntese para uma consideração preliminar do que aqui se entende por *compreensão*, expediente de leitura efetiva. A *compreensão* foge à assimilação passiva de elementos constitutivos daquilo que se pode delimitar como índices formadores de um campo de saber.

Este conceito decorre de um empréstimo à teoria desenvolvida por Eduardo Prado Coelho em *A letra litoral* (1979). Fazendo um confronto entre duas posturas diante da literatura, Prado Coelho contrapõe duas linhas de conhecimento, uma calcada na linha da *extensão*, a outra movida pela *compreensão*. A primeira perspectiva se pauta pelo acúmulo de conceitos e teorias, na configuração de um repertório científico tendente a alcançar um *saber a mais*, conquistado numa linha de horizontalidade. A segunda move-se na busca de um *saber em menos*, ao incorporar, em seu mergulho vertical, as noções de intensidade, projeções e obsessões, como índices configuradores de uma concepção de espaço, o espaço literário. Se no primeiro caso, temos a formação de um campo de saber, fundado em repertório de conceitos oriundos da sociologia, no segundo paradigma, são acolhidos conceitos provenientes, ainda que de forma difusa, da psicanálise, da semiótica, dos estudos culturais, de postulados teóricos da recepção, articulados a um equilíbrio instável, tais como nesgas de utopia e exercícios de identificação e deslocamentos.

> Pensa-se, no domínio das relações entre literatura e psicanálise, que não se pretende analisar um autor através da sua obra, mas que é o crítico que se analisa através da sua crítica à obra. Pensa-se, no domínio das relações entre literatura, história e sociologia, que um texto apenas existe através de sua recepção, que é a execução do poema que constitui o poema, e que a historicidade da literatura se determina numa rede complexa de reações e expectativas. Concebe-se a crítica como um texto-a-texto, entendido como um corpo-a-corpo: corpo-a-corpo como conflito, corpo-a-corpo enquanto amor. Trata-se de fazer do texto uma singularidade, um devir, uma catástrofe, uma linha de fuga, um acontecimento[8].

Afastando-se de uma demanda articulada à certeza absoluta, típica do viés positivista, a escrita ensaística se concebe como experiência exilada do campo ideológico. Eduardo Prado Coelho postula um novo paradigma: um discurso que se desenvolve atendendo menos os parâmetros do saber, na dimensão de um novo (outro) uso do saber. A partir de uma recusa a uma postura unidimensional, centrada na ênfase dada à *forma* e ao *signo*, busca-se delinear um discurso tocado pelo interesse em captar a *força* e o *valor* do texto.

O processo de identificação, ou de participação numa realidade criativa, desencadeado pela leitura, suscita no leitor uma atividade mental, de natureza cognitiva e libertadora. Por simples que seja, qualquer relato provoca, em quem o lê, uma possibilidade efetiva de interação, ancorada em dados lógicos, sugestivos e intuitivos, capazes de corresponder às expectativas secretas de conhecimento. O risco de desaguar em desdobramento despropositado e caótico, se houver, se dará apenas no caso de se ultrapassarem os limites da literariedade. *Matinê de sábado* projeta-se nesse âmbito. Fugindo a piruetas conceituais, busca descrever o material consultado, enquadrando-o no gênero a que pertence, desvendando-lhe as estratégias e interesses estéticos. Sem negligenciar as contingências biográficas marcantes, as estratégias associadas ao contexto e os mais relevantes efeitos estéticos. Sem ignorar a relação da literatura com o contexto, incorporar a evidência de que, não importa com que intensidade, a obra literária mostra-se marcada pelas pulsões desordenadas das estruturas sociais. Procura-se elaborar uma leitura atenta à condição ética, à relação da crítica com a história, investigando os elementos literários em termos de suas condições formais, conceituais, sugestões semânticas e os espectros simbólicos do inconsciente político.

A intencional mistura de autores canônicos e estreantes atende a uma ideia de partilha do patrimônio literário. Enfim, em tempo: convivo melhor com Paulo Coelho do que com imitadores pedestres de Jorge Luís Borges e Vargas Llosa. A proposta incorporada consiste em complementar e expandir os manuais e compêndios. Oxigenar os saraus, renovar as artérias e ambientes, alargar os mapas, sacudir a poeira de estantes e telas. Desinfetar os sarcófagos e corredores, exterminar as nódoas das paredes e de móveis bolorentos, os haustos do compadrio e dos mútuos favores.

REFERÊNCIAS

ABDALA JUNIOR, Benjamin. *Fronteiras múltiplas, identidades plurais*. São Paulo: Editora Senac, 2002.

BARBOSA, João Alexandre. Prefácio. *In*: VERÍSSIMO, José. *Estudos de literatura brasileira*. Belo Horizonte: Itatiaia; São Paulo: Ed. USP, 1976.

BRAYNER, Sônia. *Colóquio – letras*, 26. Lisboa: Fund. Calouste Gulbenkian, 1975.

COELHO, Eduardo Prado. *A letra litoral*. Lisboa: Moraes, 1979.

COUTINHO, Afrânio (org.). *Caminhos do pensamento crítico*. Rio de Janeiro: Ed. Americana Prolivro, 1974.

OLINTO, Antônio. *A verdade da ficção*. Rio de Janeiro: Cia. Brasileira de Artes Gráficas, 1966.

PÉCORA, Alcir. "Original contribuição". Resenha a *Agudezas seiscentistas e outros ensaios*, de João Adolfo Hansen. *Rascunho*. Curitiba: ed. 234, out. 2019.

VIANA, Djalma. Os críticos, depressa!. *A Manhã*, Rio de Janeiro, ano 2, n. 79, p. 2, 21 mar. 1948. Suplemento Letras e Artes. Através dos Suplementos.

NO JARDIM DAS MUSAS

BRUNO TOLENTINO:
"AS DISCRETAS FABULAÇÕES DA ARTE"

A vida trepidante de Bruno Tolentino (1940-2007) daria um roteiro de filme cult. Descende de Conselheiros do Império, como fazia questão de referir: nasceu em família aristocrata no Rio de Janeiro, foi educado com esmero, teve preceptores que lhe ensinaram inglês e francês na infância. Acumulou uma vasta cultura humanística, a que se adicionou o refinamento de 30 anos vivendo na Europa, onde atuou em centros de excelência cultural, lecionou literatura em Oxford, Bristol e Essex, conheceu intelectuais famosos, como Elisabeth Bishop, de quem se tornara amigo no Brasil e que, mais tarde, o apresentou a W. H. Auden, Samuel Becket e outros. Teve filhos com mulheres descendentes de Bertrand Russel e do poeta Rainer Maria Rilke. Desenvolveu uma carreira brilhante de poeta nos círculos europeus: em França publicou *Le vrai le vain* (*O verdadeiro o vão*, 1971) e *Au coloque des monstres* (1973); na Inglaterra, *About the hunt* (*A respeito de caçada*, 1973). Dirigiu a Oxford Poetry Now em 1973. Foi preso no estrangeiro por porte de drogas. De volta ao Brasil, brigou com meio mundo, criticou os poetas concretos, polemizou com Caetano Veloso, desancou a crítica literária brasileira, os tradutores, os novos poetas. Habituado ao rigor da cultura europeia, não admitia misturar arte com cultura pop, letra de música não se confunde com poesia, música popular catalogava como entretenimento. Em entrevista à revista *Veja*, em 1996 arremessou dardos para todos os lados, embora admirasse Bandeira, João Cabral, Drummond e Adélia Prado. Sobre Paulo Leminski e sua geração, afirma, entre outras coisas: "cultura de almanaque, berimbau de barbante, *ethos* de radialista, estética de violeiro, filosofia de publicitário, ritmos de mingau, versalhada instantânea e rimas de muleta"; autor de "dois livrecos de versos murchos e jocosos numa desastrada gramática de boteco". Os últimos anos viveu recolhido no convento de Nossa Sra. da Piedade, Caeté, Minas Gerais, convertido ou reconciliado ao catolicismo. No Brasil, publicou *Anulação e outros reparos, As horas de Katharina* (1994), *Os deuses de hoje* (2006), *Os sapos de ontem* (2006), *O mundo como ideia* (2003), agraciado com o prêmio Jabuti, *Imitação do amanhecer* (2006).

Imitação do amanhecer foi escrito entre 1979 e 2004, com seus 600 sonetos, imenso poema lírico, rara demonstração de transbordamento poético, construção grandiosa, desmedida. Teria uma única contrapartida, com *Invenção de Orfeu*, de Jorge de Lima. Na realidade, pouco conhecido, entre as antífonas (*largo con variazioni*), e noturnos (*adagio molto mosso*). Inspira-se livremente em episódio biográfico do romancista inglês E. M. Forster, ao visitar Alexandria durante a 1ª Guerra Mundial. O intelectual inglês teve na cidade dois encontros decisivos: com o poeta Konstantinos Kaváfis, de quem se tornou grande admirador, e com o jovem condutor de elétricos, Mohammed el-Ade, por quem se apaixonou. Kaváfis, o poeta de Alexandria, hoje um nome cultuado, transportava o passado para a sua época, enamorado de efebos idealizados. O motorista tinha 17 anos quando conheceu Forster e morreu tuberculoso, logo após a guerra. Para Forster, Alexandria tornou-se um território mítico. O núcleo obsidiante do livro, além da forte presença da cidade de Alexandria e seus sortilégios, delineia-se em torno desse encontro amoroso. Somos levados a caminhar por uma cidade de esquinas e prédios milenares, ruínas seculares em quadriláteros encantados, alcovas de sonhos. Mas não é o único assunto, o poeta é também um filósofo obsequioso e delirante, mergulhado na sondagem do tempo, nas investidas desesperadas sobre a efemeridade da beleza, na busca incansável de conhecimento, na ânsia de captar as nuances e o sentido das coisas, na tentativa cega de compreender a morte. Entre o deserto da alma e o sobressalto do prazer, entre o hedonismo e o êxtase.

> A vida é toda assim, desastres que os poetas
>
> acumulam e levam anos e anos juntos,
>
> até que vêm a noite, a memória, *as discretas*
>
> *fabulações da arte*, e eis que um par de defuntos
>
> e uma cidade inteira transbordam das canetas,
>
> como as gotas da luz retornando aos assuntos...[9]

Os versos atrevem-se a compor uma sinfonia crepuscular, enquanto os fios débeis da matéria amorosa misturam-se a reflexões, lances exaltados de luz, canto e cores, registrados numa cidade mágica, fonte de encanto e de espasmo, "órfã de Alexandre, a flor da ambiguidade":

Cidade-esfinge, cafetina de um cortejo

de fantasmas no ar, tu, carícia da chama

no lago elementar, criatura de escama

e pluma, aberração, contusão no azulejo,

a cada vez que cerro os olhos te revejo,

e a um jovem cisne na metade de um pijama,

batendo os braços, deslizando pela cama

como um reflexo trêmulo à procura de um beijo...[10]

Não seria exagero afirmar ser este, dentre os livros de amor escritos no Brasil, talvez o mais elaborado, ousado, complexo e vigoroso. Não é em vão que o drama envolve um tordo assassinado, cenários envoltos em guirlandas de violetas, o limiar da luz indecisa, o lume ensandecido. A comparação com a lírica de Camões não é despropositada, tendo-se em conta a revitalização do soneto, a sutileza conceitual e a espessura lírica projetada.

Mas que razão se tem de acreditar na vida

senão que nos encante? [...]

de que vale esse rito frio se o prazer

de um artefato não encher uma avenida

de encanto, de emoção? O canto, entardecer

da alma deslumbrada e trêmula, é um infindo

encantamento sem função - e, irradiante,

o meu encanto deu-se assim: foi-se-me abrindo

a rosa pasma da alegria desde o instante

em que toquei seu corpo nu, muito mais lindo

que todos os Davis, do Donatello em diante![11]

Apesar do excesso de luz, (dia, razão, encanto, brilho), apesar do apelo à claridade no título, e da sugestão de que escrever um poema de amor é renascer, este é um livro de vibrações sombrias e noturnas. Besouros, morcegos, corujas movimentam-se em rituais de fervor e febre, em espaços arrebatados de ônix, jade, marfim e ametistas. E além do mais, subscreve que o poema retoma o gosto do jogo conceitual e a tarefa da sutileza, entre a emoção física e a surpresa de vislumbrar o que a ultrapassa. "E se não grito/ é porque canto, canto e arranco ao infinito/ a imitação do amanhecer, a última ponte/ entre o desejo e a noite, entre a memória e o mito!"[12].

Bruno Tolentino redige algo como o estatuto do poeta complacente diante da inconsequência da juventude e da experiência-limite. O uso do soneto é um pretexto para atualizar formas renascentistas e helenistas (Safo, Alceu), transpostas para a esfera do cotidiano. Além disso, a recorrência do soneto indicia duas setas: uma aponta para o equilíbrio da tradição (a vigilância do transbordamento dos enunciados sem anular a intensidade subjetiva, os jogos intertextuais); a segunda assinala paradoxalmente o limite da vertente experimental. A primeira postura busca uma aproximação respeitosa aos recursos da prosódia poética (ritmo, rima, métrica) desdenhados há décadas. Mostram-se, as duas setas, entrelaçadas enquanto forma de recusa em trilhar reiteradas receitas de vanguarda.

REFERÊNCIAS

TOLENTINO, Bruno. *A imitação do amanhecer*. São Paulo: Globo, 2006.

MÁRCIO ALMEIDA:
O POETA COMO "AGRIMENSOR DE ENIGMAS"

Na trajetória literária de Márcio Almeida, *Vesânia* (2019) ocupa um lugar de expressiva relevância e áspera resistência. Lançado nos tempos terríveis da pré-pandemia da covid-19, o livro traz capa de William Júnio, aberta aos impulsos e parâmetros da linguagem eletrônica de *bytes* e *megabytes*. Um olhar atento ao índice descortina, de imediato, a fusão entre a realidade virtual e a vertigem, entre o real e o sonho, entre a lucidez e a loucura. O verbete do Aurélio, consultado sobre o título, Vesânia, define-o como "denominação comum às várias espécies de alienação mental"[13], e adiciona um breve relato do poeta luso José Gomes Ferreira, envolvendo uma reação *vesânica* (desesperada, demente) de Nietzsche a um cocheiro que agredia um cavalo — o filósofo, "em plena vesânia, se agarrou a chorar ao pescoço do animal, num protesto convulso". Melhor companhia para um poeta que se nomeia *visionário e neorrealista*, seduzido pelo abismo e desalento, impossível.

No limiar de tudo, algo prenuncia um toque de radicalidade e delírio, de irreverência, afronta e contestação. Um poeta erudito, versado em teorias cultas, veterano no convívio com as Musas de diversificadas esferas e quadrantes, hesita em resignar-se ao novo contexto, em que a função antiga e o lugar do poeta se esboroam. Estamos diante de uma produção poética multifacetada, condizente com a experiência existencial crítica dos sobreviventes dos anos 70-80. Viver e escrever, desde então, consistem numa atitude, que se projeta como um compromisso histórico. A vertente inquieta da poética de Márcio Almeida, ancorada numa rica tradição, apresenta-se desprovida de certezas, mas interessada em propor questões, fazer perguntas sobre o espaço e a função da poesia na sociedade contemporânea. Movido pelo desejo, dentre outros, de que a poesia se torne *a expressão de um tempo forte, social e individual*, num tempo em que: "sobejam efeitos especiais". Tendo em conta um dos traços configuradores da linguagem poética, pergunta: "Resta à poesia tão somente ser a 'humilhante impotência da subjetividade' aludida por Georg Lukács? [...] O poeta envergonhou-se de ser simples, de ser inteligível, de promover recepção?" ("Posfácio"). O debate não se restringe à área metalinguística, expande-se, por vezes, em insinuações e farpas a um contexto histórico identificável.

As flechas direcionadas a múltiplos alvos, como sói ocorrer, num discurso que acolhe na mesma mochila Haroldo de Campos, Mallarmé, Michel Foucault, Baudelaire, Walter Benjamin, Sartre, Coelho Neto e Paulo Setúbal, prestam-se a compor um juiz, vestido de toga, metido a debitar receitas à crítica: "Enfim: a poesia será (já foi?) substituída pela teoria? Vesânia: *mix* de verso e prosa, tradição e crítica, metalinguagem e reificação". Nesta rota de incertezas e fugidias paragens — *engodo de luz no horizonte sempre seguinte* —, o primeiro bloco, o mais extenso por sinal, intitula-se precisamente "*Ars poetica*", do qual extraímos as quadras seguintes do poema "Deserdados poéticos":

> E foi assim, então, que morreu a poesia:
>
> mataram-na os ismos da evolução.
>
> Quando o conteúdo virou só teoria
>
> e o poeta 'trágica resignação'.
>
> Morreu de nada – por não fazer falta
>
> ao consumo *kitsch* capitalista;
>
> porque o poema não mata nem assalta,
>
> não tem lugar na tela, jornal, revista.
>
> Morreu sozinha, quando o sublime
>
> tornou-se esgar, ruína, mercadoria;
>
> ser poeta, função inútil, quase crime
>
> por sobreviver do nada na aporia.

Os destinatários a que se dirige, e entre os quais o poeta se inscreve, os *deserdados poéticos*, desconfiados, perdidos, num contexto de *calaus, calabarbalhos e da camarilha de plantão no planalto*, encontram-se hesitantes em cooptar com as instâncias *dos entrelugares, do entre sem saber, dos entreolhares, fraturados*. Tentam heroicamente reconquistar a *nossa leveza e espontânea gaiatice, ou seja, nossa ciência com humor*. Utópicos irrecuperáveis, convictos da disseminação dos bens da cultura, em plena vigência dos direitos igualitários, questionam "a produção cultural a partir da perspectiva de minorias destituídas, porque são elas que autenticam a exploração do controle, neutralizam as estratégias de resistência marginalizadas, impõem a autoridade autocrática" ("Carta aos *scholars*"). Esta correspondência, um ensaio acadêmico, emana, sem mais, "provocações à dialógica de nossa insignificância fértil", algumas produtivas, assim encerradas: "O momento é oportuno para deixarmos de ser 'prosélitos extasiados' com titulações do 'brechó deslumbrante'. O povo é sempre um ovo".

O universo da rede de informações e contatos — a NET, com os desdobramentos de semicondutores de *ligas de arseneto de gálio e alumínio, / sodeto de chumbo e derivados de silício,* — tem seu lugar ao longo dos enunciados discursivos, chegando a confundir-se com o universo linguístico crispado de conceitos, devaneios e protesto. Como intertexto e suporte teórico, muitos poemas imprimem-se precedidos por citações de variada natureza e procedência.

A produção poética de Márcio Almeida expõe-se a si mesma de forma reiterada e crítica. Numa primeira instância, afasta-se da confidência pessoal, do desvelamento lírico da própria interioridade: foge à "intimidade e seus 'desejos secretos'". Simultaneamente, faz questão de proclamar o interesse em compreender a historicidade da condição humana: "o poeta quer entender a sobrevivência / do indivíduo orgânico, histórico". Sobretudo, admite que seu campo de trabalho se instala no território da linguagem:

> O poeta mantém-se ser de resistência
>
> para violentar o imanente,
>
> construir clareiras de significância
>
> na 'floresta de símbolos'.
>
> ("Em função do nada")

Na tentativa, que se pretende eficaz, de produzir uma poesia inclusiva, concebida como circulação de linguagens, numa tarefa que procura focar o "rastro que se inaugura bêbedo de rumos", o poeta, "como agrimensor de enigmas", mergulha no universo da intertextualidade, em "Rap hour":

Hora do *rush* faz o transe da babel,
em cada esquina um assalto de tocaia:
o caos urbano cheira crack e a xarel,
loura gelada, muito sexo e só gandaia.

A maioria se espreme no busão,
e não se livra da gangue à mão armada:
daqui a pouco preso mora em camburão,
a violência é só oferta com porrada.

Na tentativa de explicar e organizar seu produto, o emissor dialoga constantemente com outros textos, como se detectou. A presença da citação, integrada ao trabalho poético, pressupõe um cuidado estratégico, contíguo ao de um editor, entregue à tarefa de selecionar os enunciados e polir os versos, um especialista da linguagem, dotado de atributos "de um homem impregnado de recursos falantes mas tácito face a seus próprios sentimentos, de um homem interrompido pelas mudanças radicais paradigmáticas, sob a condição angustiante de uma subjetividade vigiada" ("Posfácio").

Para desdouro de uma obra refinada, elaborada com o esmero da cristalização de um diamante, no entanto, alguns poemas pagam o tributo de um engajamento datado, polarizado, em posturas ideológicas de botequim, celebrando por vezes quinquilharias descartáveis. A poesia engajada corre sempre o risco de se tornar panfletária. Márcio Almeida, parece, preferiu correr o risco, infelizmente. "Cada um que se invente", como desabafa, ao final da última referência.

REFERÊNCIAS

ALMEIDA, Márcio. *Vesânia*. Oliveira (MG): Edição do autor, 2019.

FERREIRA, Aurélio Buarque de Holanda. *Novo Dicionário da Língua Portuguesa*. 1 ed. Rio de Janeiro: Nova Fronteira, 1975.

GERALDO REIS:
"EU SEI DOS DANOS DAS MINAS"

Galardoado com o Prêmio Cidade de Belo Horizonte, em 1981, o livro de poemas de Geraldo Reis, *Pastoral de Minas*, mantém-se atual e instigante. Muito mais que uma coletânea de versos; o leitor vê-se diante de uma estrutura verbal orgânica e significativa. O título arrasta consigo uma dupla inscrição, ao indiciar uma fértil ambiguidade: de um lado aponta a vizinhança com os documentos episcopais, de natureza moral, enquanto de outro se mostra como registro de digressões e notas a respeito de pastores. Enquanto aquela denota o zelo em apregoar a exortação moral, como tratado de condutas e modos de viver, esta alinha-se como rol de sabedoria de conhecimentos empíricos, relacionada a assuntos ligados à vida rústica e pastoril. Em ambas, o que sobeja diz respeito à manutenção de códigos, de intenções e alcance específicos, evidentes em resquícios, vestígios cartoriais e poéticos, com assertivas introdutórias pungentes: "Essa penumbra de proibição, destempero, alumbramento. Esse pelo, esse cavalo a galope tão primeiro, e derradeiro, e decadente, e parvo, o próprio peito. Esse pelo-sinal de pobreza, assessoria de miserê, parceria de 'prevaricou', 'pecou', 'levou'"[14].

Geraldo Reis nasceu em Ouro Preto, em 1949. Não se nasce impunemente nas montanhas, Minas é muito mais que uma notação geográfica ou histórica — é silício, destino de farsa e desengano — "onde domar a trama / onde bulir o drama / onde cozer a farsa // onde cevar a faina / onde doer a fama / onde puir a praça"[15]. A segunda epígrafe, de Cecília Meireles, põe em relevo a crispada onda de sublevação, de fundas e sombrias memórias: "O país da Arcádia / súbito escurece / em nuvens de lágrimas. / Acabou-se a alegre / pastoral dourada: / pelas nuvens baixas, / a tormenta cresce". A convenção árcade, desde então convocada, faz-se presente ao longo dos poemas, em traços que relevam a delicadeza da écloga, o viver nômade, a exaltação da sabedoria rústica. Tudo isso, sem desdenhar a bruta realidade, em que pontuam "aves de ag'ouro, encomendas / o couro negro das fadas // há penhas como quimeras / quimeras como pedradas"[16]. Em notações mais incisivas, pontuais: "caiam bênçãos de Deus / sobre o teu quepe // como uma faca viva / te decepe"[17]. A identificação do poeta ao pastor salienta um sentido de sabedoria intuitiva, segundo lição de Chevalier e Gheerbrant: "O pastor simboliza a vigília; sua função é um constante exercício de vigilância: este está desperto e vê. [...] Por causa das diferentes funções que exerce, o pastor aparece como um sábio, cuja ação deriva da contemplação e da visão interior"[18].

> eu sei dos danos das minas
> arando o ouro da intriga
>
> também conheço o carinho
> de devotadas marílias
>
> se não me aprumo é por logro
> das amadas concubinas
>
> dou minhas barras de ouro
> pelo coito das meninas [19]
> [...]

Ainda que voltada para formas populares, a escrita poética dessa pastoral não se afasta da consciência da história. Nem dos torneios frasais típicos da fala da província, encaminhando o registro para a esfera da linguagem como legado: "meu coração não emenda coisa com coisa / pensamento ou fala / ou mesmo um fio / de memória amarga"[20]. O verso de Geraldo Reis guarda segredos e ecos imprevistos – "e era tudo um mau cheiro de mudo / arengando detrás da vidraça"[21]; "antes de tudo / o riacho / compondo rimas no vale// antes de tudo / o capacho / do que me corte ou retalhe"[22]. O livro termina cigano como começou, reavivando o nomadismo, no início, com a viagem das tropas: "agora o touro / agora o ouro / agora o negro// as mulas de carga rara"; no final, referindo o cavalo "negro, baio e erradio". Bela e surpreendente fábula poética, de ressonâncias melódicas inusitadas, alguma incursão barroca, aguda percepção das modulações mínimas, sem medo de transitar pelos atalhos da história e da tradição, municiada das ferramentas da modernidade e da crítica.

REFERÊNCIAS

CHEVALIER, Jean; GHERBRANT, Alain. *Dicionário de símbolos.* Tradução de Vera da Costa e Silva *et al.* Rio de Janeiro: José Olympio, 1988.

REIS, Geraldo. *Pastoral de Minas.* Belo Horizonte: Comunicação, 1981.

OSVALDO ANDRÉ DE MELLO:
"CONTEMPLEI PRAZERES E MISÉRIAS"

O poeta Osvaldo André de Mello, nos poemas dados a lume em *Imagens imorredouras* (2018), difere do adolescente que estreou com *A palavra inicial* (1969), sem, no entanto, dele muito se afastar. Lá atrás, apresentava-se um jovem talentoso, como uma promessa. No contexto atual, defrontamo-nos com um poeta maduro, esbanjando maestria no domínio dos recursos do verso, com uma obra plenamente inserida no cânone da poesia brasileira contemporânea. Se no passado se registra o elogio de Carlos Drummond de Andrade, garantia de qualidade artesanal, ao lado de outros nomes consolidados, nos dias que correm sua produção vem acompanhada de considerável fortuna crítica.

Dados como esse precisam ser trazidos à baila, para fundamentar uma paleta de juízos, avaliações e esboços complementares, numa perspectiva histórica quase sempre deixada em segundo plano. O que germinava como voz tosca e ousada hoje ombreia com um rol de poetas representativos, no alargado tecido da poesia produzida nos últimos 50 anos. Osvaldo André de Mello tem sido perfilado entre os autores que optaram por um percurso produtivo nas trilhas do verso discursivo, cujos pares sempre se mostraram abertos e seduzidos à linhagem de uma dicção subjetiva, uma vigilante fatura melódica e uma densa espessura simbólica, que teve expoentes com Lúcio Cardoso, Vinícius de Morais, Henriqueta Lisboa, Walmir Ayala, Emílio Moura, Alphonsus de Guimarães Filho, Ledo Ivo, além dos mais próximos, Roberto Piva, Hilda Hilst, Armando Freitas Filho, Eustáquio Gorgone de Oliveira, Iacyr Anderson, Antônio Cícero, Geraldo Reis, Adélia Prado.

O autor de *Imagens imorredouras* foi incorporando, ao longo dos anos, um vocabulário de tendência especiosa e romântica, traço que, se de um lado, releva a seriedade devotada ao ofício da escrita, espécie de escudo diante da banalidade circundante, penosa e abusiva, por outro o filia a uma linha de tradição com indisfarçável escala entre os autores instalados numa plêiade de tonalidades neossimbolistas. Dessa forma, não será de surpreender a presença, em seus poemas, de "ideias ínsitas", "músicas estrídulas", "coxim", "primevo", "cômpares", "evanescências", "luminescências", "orgone", "arbúnculos", trazendo um certo ar solene, passadiço. Tendo estreado no fim da década de 60, do século passado, Osvaldo André surge egresso de uma geração que, segundo Affonso Romano de Sant'Anna, cresceu "emparedada de um lado por Drummond e Cabral, e de outro pelos concretos"[23]. Diante de uma produção diversificada, como é o seu caso, não se deve ignorar, também, a presença de uma temática fincada na história e tradição mineiras, a expansão do veio descritivo, a limpidez do discurso, além do cuidado em se distanciar de certas expressões de platitudes líricas.

Imagens imorredouras, oitava coletânea poética do autor, provém de peça de igual título, desentranhada do livro *Lua nova* (2014). Esta recorrência é bastante significativa numa produção em que alguns motivos se delineiam, tais como a busca da beleza, o patrimônio artístico de Minas, o enlevo e os sobressaltos da experiência amorosa, o misterioso ofício de viver, a integração na natureza, a tentativa de compreensão do significado da arte. Um eu dilacerado, emoldurado por uma nesga de transcendência, instância declarativa que se espraia em desdobramentos mais ou menos fugidios, numa teia de imagens veladas e indiretas. Talvez fosse mais apropriado dizer: modos e enunciados que por vezes se interpenetram, entrecruzam-se. Dotados de sugestões luminosas, os poemas dialogam entre si, sobretudo aqueles que se debruçam sobre a natureza polivalente da linguagem, com o selo de uma coerência interna mantida acesa, de tal sorte que a dimensão telúrica aflora — "todos os objetos se dissolvem / e me descubro uma peça da natureza / como as plantas ou os pássaros" ("Alegria"). Por mais que relevem do espesso mosaico de uma trilha por *caminhos de penumbra*, da travessia personalizada, muitos versos deste dublê de poeta e homem de teatro interagem e dialogam também com outras vozes de seu tempo, o que se evidencia, neste caso, nesta aproximação à lírica de Eustáquio Gorgone: "No recolhimento me nutro: / despensa onde fica o milho. / Durmo sobre ele, nele me perco. / Também sou o cereal perecível".

Resultado desse entrecruzamento de posturas, descobertas, difusas turbulências, alumbramentos (para usar um termo caro a Bandeira, aqui invocado), de um olhar perspicaz imerso na lida de apreender o mistério da "inquietante" via láctea, com a veemência de se afirmar por inteiro — "desordenado no amor a flores e espinhos, contemplei prazeres / e misérias" — avulta o título de uma das coletâneas, *As mesmas palavras* (2012).

O dizer simples é aparente, a leveza dos versos dissimula o refinamento do estilo, a insistente busca de imagens originais. A sensibilidade aguçada em reverberar as mutações operadas na natureza revela-se acoplada a uma constante consciência das potencialidades da linguagem:

> As orquídeas que espiam roxo
>
> por todos os cantos do jardim,
>
> olhos mágicos que nos perpetuam,
>
> e fazem juízo de nós e nos esperam
>
> todo ano, em outubro, ainda não vieram, nos meados
>
> de dezembro.
>
> ("As orquídeas do desejo")

Três caminhos discursivos — a vertente erótica, o apelo místico e o da metapoesia — desenvolvem-se com modulações singulares de um fluxo caudaloso, vagando exuberante, abraçando os afluentes inflamados desses vetores, ainda que sejam alguns de breves margens e pequenos caudais. Da primeira temática, recorrente nesta obra de marcante presença de Eros, destacam-se os fragmentos de "O corpo é perigoso":

> É perigoso abrir o corpo e nele acolher
>
> ainda que sejam fagulhas da luz mundana.
>
> Entregas selam a eternidade.
>
> Mesmo que se rompam ali.

A demanda amorosa costuma agenciar gestos e atitudes de aproximação entre corpos e mentes, compromissos e desejos que aspiram à possibilidade de serem verbalizados e com vagar pronunciados: "Pronunciei 'eu te amo' / dentro da tua boca. / As palavras degustadas, / como o vinho, percorreram / a corrente sanguínea e oxigenaram o cérebro /com despudorado calor humano" ("Pronunciei").

Dentre as coisas de que se foi ampliando o exercício poético, cabe referir a dimensão reflexiva, o deslizar fulgurante entre o devaneio e a síntese, ("Refletir nos traz ao coração do dia"), processo flagrado em vários instantes, mas de forma especial em "Os invisíveis empenhos perseverantes", em que nos é sugerido que o uso dos objetos, submetidos a "uma sucessão de águas diárias", salva-os da oxidação do tempo. Nesta dimensão de valorizar o pensamento, outros poemas foram esboçados, "Alegria", "Oposição e equilíbrio", "Os pigmentos miram", "Tudo de novo". O interesse nem sempre reside em elaborar aforismos, mas beirar talvez a atmosfera diáfana que antecede o momento da fatura.

Em determinada altura, cessados os torneios e *perfomance* do estro, o poeta recolhe-se ao "casulo da intimidade doméstica" e convoca uma confraria de notáveis cultores de arte (artistas plásticos, atores, escritores, escultores), aos quais presta seu tributo. Seres com os quais partilha, exaltados produtores de matéria cintilante, incendiada, em variadas formas de arremedo, arte e bruxaria, necessitados, como ele, da "luz corporal generosa / para viver". Noutra fisgada, lê-se: "Seres de carne e osso / com quem converso de mãos dadas / ou lábios selando-se" ("Ausência suave"). Osvaldo André reafirma-se possuidor de aguda sensibilidade, numa dicção poética do timbre de Emily Dickinson, Laís Corrêa de Araújo, Walmir Ayala, Antônio Boto, Eugênio de Andrade. Não se trata apenas de influência, mas de honroso parentesco em todos os casos.

REFERÊNCIAS

MELLO, Osvaldo André de. *Imagens imorredouras*. Belo Horizonte: O Lutador, 2018.

OLIVEIRA, Eustáquio Gorgone de. *In*: AGUSTONI, Prisca. *Oiro de Minas a nova poesia das Gerais*. [Lisboa]: Ardósia, 2007.

SANT'ANNA, Affonso Romano de. *apud* MORICONI, Ítalo. *Como e porque ler a poesia brasileira do séc. XX*. Rio de Janeiro: Objetiva, 2002.

ANELITO DE OLIVEIRA:
"A FORÇA SIMPLES DE TODAS AS FRAQUEZAS"

O sujeito que se abriga sob a égide de intelectual, entre a perplexidade e o desencanto, abismado diante do "pôr do sol numa outra cidade", acumula, na certa, diversas faces de perspectivas e militância. O volume *Desforra* recolhe três décadas dedicadas ao ofício das Musas. Nem sempre cariciosas ou sossegadas. Não à toa, dentre os nomes homenageados, avulta a lembrança de um duplo descomunal, desajeitado, o líder e visionário Mario de Andrade, que, num verso sintomático, fazia questão de se referir no plural desmedido: "Eu sou trezentos, eu sou trezentos e cinquenta".

Este poeta tem levado a sério a urgência de denunciar as condições espúrias dos que nada possuem, nada esperam, ainda que munidos de dignidade e de solidariedade, "a força simples de todas as fraquezas", para ultrapassar os sucessivos naufrágios a que foram expostos. Destituídos do direito de sonhar, estirados em lixeiras fétidas, desdenhados por semelhantes que se instalam confortavelmente em corredores desinfetados, entre colunas de mármore e luzes de néon. O poeta de múltiplas facetas revela-se um arauto de sujeitos maltrapilhos, cuja voz, despida de ornatos, ergue-se para denunciar a degradante condição humana: "talvez sejamos muitos/ talvez não saibamos disto". Se o arauto é aquele a que se deve consultar, nos perigos e sobressaltos, neste caso, muito pouco se oferece, de regalo e serventia. A não ser uma paisagem devastada, desolada — "a margem dentro da margem". "É melhor suspender ansiedades inúteis", "É melhor não esperar por nada". Os lugares se sucedem, taciturnos, na moldura das cidades (as cantinas, as ruas, as lixeiras, as esquinas), onde um vate inquieto tenta captar "o sentido indestrutível das coisas / mais modestas, quase imperceptíveis". Lugares onde as pessoas se quedaram, esquecidas, abandonadas "no mútuo entardecer", na ilusão de encontrarem uma pedra onde descansar, como "a mãe e o filho", entrevistos algures, numa cidade qualquer, à cata de "algum sentido apenas nesse silêncio vivo que se interpõe / entre os dois numa tarde qualquer de um lugar qualquer / que já não é mais a casa de ninguém". Pequenas desistências vão se somando a outras, expandindo-se em um esforço de pensar, "com uma descrença na capacidade de pensar. Estado de bicho. O eu".

A produção poética de Anelito de Oliveira conhece as trilhas da indignação e da denúncia, diante de tragédias reiteradas, diante de massacres cotidianos, estampados de forma crua nas folhas matutinas: "mata-se um homem / com uma facada no pescoço". Como um arauto vale-se de palavras para expressar a sua inconformação em face do desconcerto do mundo: "aquele mundo todo como indiferença". Dentre os variados processos disponíveis, aciona coordenadas desconstrucionistas, para arquitetar uma muralha discursiva, em que dizer e não dizer surgem interligados, justapostos, embora não consiga camuflar uma certa previsibilidade:

> Os poemas dizem
>
> O que o poeta
>
> Não quis dizer.
>
> Querem
>
> O que o poeta
>
> Não quis querer.
>
> Significam
>
> O que
>
> Ficam
>
> ("Breve informe sobre os poemas").

Os exercícios poéticos operam resíduos da realidade contemporânea, em enunciados fragmentados, laboriosamente articulados em blocos intermitentes e vazados. Um dos objetos da procura cifra-se no horizonte de incontornáveis "acercamentos", dentre os quais se insere a questão racial, repartida em inúmeras outras estiradas em perguntas que redundam sem resposta, barradas, "onde o entorno é um limite branco", onde "regressar a si é uma totalidade negra". Voltada por vezes a si mesma, a escrita tende a se questionar e se posiciona: "Uns escrevem / Para agradar. / Outros escrevem / Para afrontar" (": Os fins"). Pressente, o poeta arauto, que as rodas da civilização continuam o "movimento bárbaro", "a triturar pobres pretos índios para o júbilo / Do capital travestido de cristandade liberal", em "solilóquio épico".

> Não temos significado.
>
> Esbarramos nas coisas que nos acercam.

> Não temos acesso a nada.
>
> Tudo se fecha a cada passo que damos a cada instante neste mundo.
>
> Já não temos para onde ir.
>
> Não sabemos como voltar para casa.
>
> Perdemo-nos.
>
> Não temos nenhum significado no século vinte e um ("Poemas mortais")

Ainda que apenas sugerida, permanece, indecifrável, a figura humana, flagrada em sua busca atemporal. Impulsionadas por um ceticismo nada envergonhado, tendo como suporte uma razão niilista, por mais que se alterem os cenários e as circunstâncias inóspitas de uma viagem, continuamente nomeada, retornam, impotentes, as notas de vazio, desalento, abandono. O paradoxo se instala na insistência de tudo negar, tudo revestir de ausência, insignificância, impotência. Uma forma de desforra.

REFERÊNCIAS

OLIVEIRA, Anelito de. *Desforra*: [poesia desunida 1988-2023]. Belo Horizonte: Literíssima: Orobó Edições, 2023.

OIRO DE MINAS

Alguns livros surgem estigmatizados como objetos de culto e admiração no próprio nascedouro. Estamos diante de um desses artefatos: *Oiro de Minas, a nova poesia das Gerais*, publicado em Portugal em novembro de 2007, com tiragem de 500 exemplares, em primeira e "única edição", "com as características técnicas e artísticas aqui apresentadas", conforme compromisso acordado entre a Editora, a organizadora e autores. À época do lançamento, em Lisboa, o livro mereceu o seguinte comentário do poeta e escritor Eduardo Pitta, do outro lado do Atlântico: "... impressionou-me a elevada qualidade desses poetas mineiros de agora, completamente desconhecidos em Portugal". Ser publicado além-mar, por si só, releva a importância da antologia, tendo em vista a rica tradição e o elevado patamar da linguagem poética no país de Camões, Pessoa, Pessanha, Sophia Andersen, Fiama e Al Berto. O mérito da espinhosa tarefa, selecionar e organizar a nata da produção poética revelada em Minas a partir dos anos 80, cabe à poeta de origem italiana, Prisca Agustoni. A consistência do projeto pode ser delineada através da cuidadosa, competente e sensível percepção dos desdobramentos de eixos temáticos e expressivos da moderna poesia brasileira produzida nas Gerais.

Os nomes garimpados mostram-se caudatários de modos e processos de três contextos tutelares do que se conhece de melhor da poesia brasileira (Oswald — ou Manuel Bandeira — e os anos 20, Drummond e os anos 30 a 50, Concretos e as décadas de 50 a 70). Um contexto posterior à brilhante constelação de nomes mineiros, como Henriqueta Lisboa, Emílio Moura, Murilo Mendes, Affonso Ávila, Laís Correia de Araújo, Abgar Renault, Affonso Romano de Sant'Anna e Adão Ventura. O rol de autores recolhidos não se constrange diante da grandiosidade da pirâmide: mostra-se representativo da ideia de escrita como partilha, intercâmbio e renovação do arcabouço artístico, como acentua Fernando Fiorese: "livro só existe no plural. / De modo que não há como abrir/ um único, sem com isso outro, / e assim acionar a espiral/ que, par em par, outros abrirá". Dez autores são convocados, alguns (complementando a assertiva de Pitta) também desconhecidos em sua terra: Eustáquio Gorgone de Oliveira, Donizete Galvão, Júlio Polidoro, Ricardo Aleixo, Maria Esther Maciel, Fernando Fábio Fiorese Furtado, Edmilson de

Almeida Pereira, Iacyr Anderson Freitas, Wilmar Silva e Fabrício Marques. De cada um apresentam-se 13 a 14 poemas, amostragem suficiente para dar conta dos rumos e percursos seguidos.

Desta forma, somos surpreendidos pela densidade lírica de uma voz singular e desafiadora, atravessada de um toque expressionista, com uma tendência à deformação e ao excesso, alcançada pelos versos de Eustáquio Gorgone: "A solidão ama/ corações completos. / É noiva que propõe/ tachonar a liberdade. / Visita qualquer um, / criança ou adulto. / Brota nos travesseiros/ como flor de macela. / E muitas vezes arma/ seu camarim num tumor". Na dicção coloquial de Júlio Polidoro, o pendor reflexivo hesita sufocado, reverberando a intrínseca ambiguidade da palavra: "e como, sendo ovelha, ser pastor, / se a fala, como falso condutor, / tem muitas e nenhuma direção?". Em lente de aumento, bifocal, a poesia de Donizete Galvão mira a realidade, com o aparente intento de fotografá-la, desvelando-a em camadas superpostas: "o berne/ plantado/ no lombo do boi/ estremunha/ ao ser cutucado/ com óleo queimado// o verme/ solapa/ a polpa da goiaba/ estremece/ na fruta sem forma/ caída no chão". Para além dos sinais da decadência material ("a coleção de cacos de louça", "o perecível", "o cavalo baio com o olho cego") as insistentes enumerações de ruínas e escombros do mundo real nesta poesia parecem funcionar como reflexo do mundo interior — "inventário de perdas/ rol de inutilidades/ vasos vazios e quebrados". O impacto entre a experiência e a realidade, esta quase sempre dotada de esmagadora beleza, vem à tona de forma aparentemente direta, numa expressão poética de fortes ressonâncias atávicas, no poema "Êxodo", de Wilmar Silva: "comemos a fruta/ que o tempo madurou/ no ventre da terra// [...] miramos os pássaros/ e ouvimos gorjeios/ desfeitas as rédeas/ os potros sumiram".

Por ser ficção, a poesia revela-se por vezes como investimento emotivo entre a sensação e as palavras, elaboração engenhosa de uma outra esfera de realidade, aplicada e apta a alcançar um efeito codificado pela percepção daquilo que se ignora. Tal como em versos de Maria Esther Maciel, de dosada sensualidade: "Te exila em minha teia/ me define com tua senha/ perenizando em meu corpo/ o teu mistério - / entre cortinas, / no refúgio exato dos lençóis". Experiência sensível expressa pela palavra, revelação de um outro mundo, paralelo ao mundo real, a poesia serve-se de elementos do cotidiano ou de uma cidade para logo evadir-se, em meio a sugestões lúdicas, como nos versos de Fernando Fiorese: "De quantas cidades estive, / Diamantina tem o tamanho/ do corpo com que se ama e vive, / com folgas e bolsos largos/ para acolher-nos no regaço". Esta é uma escrita apurada na árida lição cabralina, decidida a simultaneamente desconfiar das certezas do mundo e seguir uma rota transgressora — "Como quem de viagem/ sabe o prazer de andar/ sem endereço ou idade, / com a roupa amassada, / também escrever comparte/ esse corpo sem abas". Edimilson de Almeida Pereira não esquece o substrato afrodescendente, antes o convoca e integra como sintaxe libertária e agregadora: "Outra língua alicia o palato, não se quer instrumento de suicídio. Não pode ser engolida para selar o desejo. É para uso desobediente, sendo mais livre quanto mais nos pertence. A essa língua não se veda o devaneio, uma vez afiada a vida é tudo o que se queira". Para Ricardo Aleixo, a poesia está irremediavelmente amarrada à errância urbana e à tentativa de decifrar no caos os sinais positivos: "Conheço a cidade/ como a sola do meu pé [...] // Como os cegos/ conheço o labirinto// por pisá-lo/ por tê-lo". Iacyr Freitas mergulha no tenso exercício de interrogação sobre o mistério da existência e as ruínas da entrega amorosa — "levaram-me pelas mãos/ sobre o feno/ fizeram-me reconhecer/ os oceanos que me modelaram/ para o acaso // agora entendo/ o espasmo que rebenta/ dos alheios frutos/ a ferrugem e o claustro/ sob a magnitude que amo". Fabrício Marques foge do tom solene e altissonante, com uma pegada de *rap*, num inventivo salto pelas trilhas da tradição: "a poesia/ não tem pressa/ não tem prazo/ não tem glosa// a poesia/ está em ramos/ está em rosa".

Toda antologia vem marcada com as idiossincrasias de seu organizador, não há como fugir, toda escolha é subjetiva. Nesta os poetas alistados provêm de múltiplos sítios de experimentação da linguagem. É bom que tal ocorra, o que não quer dizer que o conjunto careça de um eixo. Por mais que se inscreva o sentido plural inerente à elaboração poética, os recursos retóricos emanam de vetores oriundos da densidade e da produtividade, antes de serem efeitos puramente decorativos. Por força das raízes ibéricas, os mineiros conservam um lastro de tradição barroca, a mesma que "testa o sentido, duvida de si mesma", no dizer de Edimilson Pereira. A destreza e o bom gosto na mistura do léxico atual com o arcaico conferem ao poema um austero e sofisticado alcance no terreno da semântica. Brilhos a mais, em meio a tantos quilates de fulgor.

REFERÊNCIAS

AGUSTONI, Prisca. (Seleção e prefácio). *Oiro de Minas, a nova poesia das Gerais.* Lisboa: Pasárgada, 2007.

POETAS DO CREPÚSCULO

A amplitude dos enfoques literários revela-se um tanto rarefeita, quando se trata de confrontar semelhanças temáticas ou estilísticas entre autores. Os trabalhos nessa vertente mostram-se ainda mais tímidos, quando se comparam autores de países distintos. Este é o caso no qual enveredo, afoito e cuidadoso, ao optar por estabelecer nexos entre três poetas, um português, Fernando Pessoa (1888-1935), dois brasileiros: Ernâni Rosas (1886-1955) e Cruz e Souza (1861-1898)[24]. Além das aproximações literais, outros pontos restam como elementos de contiguidade; consonâncias estilísticas, tendências de grupo e marcas do tempo afiguram-se como instrumentos singulares. Viveram os três a fase produtiva em plena efervescência de ideais estéticos consonantes ou dissidentes, com o entrecruzamento de tendências realistas e simbolistas, partilhando, cada um a seu modo, no amplo campo histórico que os envolve, a consciência de um mundo desconhecido, a ser desbravado pela poesia. No âmbito da receção, da fortuna crítica, percebemos um descompasso, favorável ao primeiro, objeto de fortuna crítica extensa e arejada, deixando o segundo quase olvidado. Tentada por alguns críticos, embora ainda não tenha ultrapassado o estágio de hipóteses preliminares, uma investigação resta a ser realizada: aquela que dê conta das ocasionais aproximações entre alguns autores simbolistas brasileiros e seus similares lusos. O contexto português tem sido avaliado há mais tempo, através de recorte mais abrangente e consistente. A contingência de recobrir as primeiras tentativas poéticas de Fernando Pessoa talvez possa colmatar o avanço teórico alcançado.

Produtor de extenso arcabouço teórico e seu principal emissor, Pessoa elabora as bases de três correntes poéticas: o paulismo ("Impressões do Crepúsculo"), o interseccionismo ("Chuva Oblíqua", "A Ceifeira"), e o sensacionismo ("Ode Marítima"). A vertente do paulismo congrega um grupo de poetas portugueses, alinhados em um nicho fundamental do primeiro Modernismo em Portugal, os poetas que publicaram em *Orpheu* (Lisboa, 1915). São eles: Fernando Pessoa, Sá-Carneiro, Alfredo Guisado, Cortes Rodrigues, Luís de Montalvôr, além dos brasileiros Ronald de Carvalho e Eduardo Guimarães. Uma das três correntes de vanguarda criadas por Fernando Pessoa entre 1912, quando publica artigos na revista *A*

Águia, e 1917, ao lado de interseccionismo e sensacionismo, o paulismo caracteriza-se como uma tendência típica de um simbolismo exacerbado, ultrarrequintado, decadente. Em anotações marginais, recolhidas na obra em prosa, lemos os seguintes postulados: "o paulismo pertence à corrente cuja primeira manifestação nítida foi o simbolismo"; [...] "O paulismo é um enorme progresso sobre todo o simbolismo e neossimbolismo de lá fora"[25]. Nos artigos iniciais publicados na imprensa, estreia pública do autor como crítico literário, conhecidos sob o título de "A nova poesia portuguesa"[26], Pessoa investe em argumentos genéricos que articulam os grandes períodos da literatura europeia a seus maiores representantes: o que determina a excelência de uma literatura não reside na soma de talentos de determinada época, mas sim a "alma que mais alto se elevar". Marcados por uma argumentação pedregosa, entremeada de zigue-zagues conceituais, esses artigos constituem um cipoal assertivo, em razão de elementos imprecisos, exíguos e contraditórios. Fernando Pessoa, no afã de encarecer a poesia saudosista da época, para ele, no limiar de uma assombrosa revitalização na cultura portuguesa, prepara o terreno para a estreia de sua própria produção poética. Assim, considera as produções de Homero e de Shakespeare como dois altos estágios da literatura, tornando o contexto em que surgiram como sendo os mais importantes na história da civilização. Partindo de uma avaliação personalista de contextos poéticos europeus, o autor estreante almeja distanciar-se do Simbolismo, por considerá-lo, segundo Georg Lind, pesquisador que acompanhamos de perto, "a personificação da decadência e da morbidez, e a religiosidade simbolista demasiadamente dependente do catolicismo, portanto pertença do passado e ligada a uma tradição com que Pessoa quer quebrar"[27]. Prossegue o estudioso alemão:

> Da inferioridade de Virgílio em relação a Homero, o nosso crítico conclui que nem a evolução da Humanidade da Grécia para Roma constitui um progresso, nem Roma significa uma nova cultura, antes sim um prolongamento a nível inferior, uma decadência da cultura grega. Só com a Renascença surge em Shakespeare um escritor que pode dizer-se, até certo ponto, superior a Homero. A Renascença é, pois, um novo passo no progresso do espírito humano e indica "o atingir de um grau já super grego do poder criador". [...] A profecia do Supercamões diz-lhe [a Álvaro de Campos] intimamente respeito. A febre de produção característica de Pessoa e o seu constante levantar de olhos para Shakespeare, como num medir de forças, entroncam-se nesta mesma ordem

de ideias e remontam, manifestamente, à interrogação que Pessoa a si mesmo se faz, se não seria ele o poeta chamado a culminar a nova fase de evolução da Humanidade[28].

O jovem articulista analisa a cultura portuguesa, contrastando-a com a de França e a da Inglaterra, como fundamento para concluir que, em Portugal, havia então condições favoráveis para o surgimento de uma verdadeira revitalização da produção poética. Concebe o Romantismo um período de grandeza na cultura europeia, com representantes da estatura de Goethe, Shelley e Vitor Hugo, mas, como no Romantismo não surgiu nenhum escritor da estirpe de Shakespeare, deduz que o Renascimento é um estágio a ele superior. Após abordar o culto do vago e do indefinido na poesia saudosista (Teixeira de Pascoaes, Mário Beirão, Afonso Duarte), lança as diretrizes do que seria o paulismo. De prática considerável na poética pessoana, exercitado em "Impressões do crepúsculo" (de 29 de março de 1913), em "Hora Absurda" (datado de 4 de julho de 1913), em "Na floresta do Alheamento" e em vários trechos do *Livro do Desassossego*, o paulismo contamina os poemas escritos entre 1913 e julho de 1914, quando foram criados os heterônimos. Esta vertente teria em Mário de Sá-Carneiro o mais talentoso seguidor, alcançando no poema "Apoteose" sua máxima expressão. Os seus parâmetros estéticos, delineados nos três artigos publicados n'*A Águia* (1912), correspondem a uma tendência calcada no Simbolismo e abarcam conceitos derivados de uma longa explanação a respeito dos grandes momentos da história. "Tudo isto são, como se vê, tentativas hesitantes para avaliar terreno em que a literatura moderna possa vingar", afirma Rudolf Lind[29]. Chega a invocar as "intuições proféticas do poeta Teixeira de Pascoaes sobre a futura civilização lusitana, sobre o futuro glorioso que espera a Pátria Portuguesa"[30]. Entre as conclusões, explícitas nesses artigos, avulta a profecia do surgimento para breve do "supra Camões" no cenário cultural português:

E note-se – para o caso de se argumentar que nenhum Shakespeare nem Victor Hugo apareceu ainda na corrente literária portuguesa – que esta corrente vai ainda no princípio do seu princípio, gradualmente, porém, tornando-se mais firme, mais nítida, mais complexa. E isto leva a crer que deve estar para muito breve o inevitável aparecimento do poeta ou poetas supremos, desta corrente, e da nossa terra, porque fatalmente, o Grande Poeta, que este movimento gerará, deslocará para segundo plano a figura, até

> agora primacial, de Camões. Quem sabe se não estará para um futuro muito próximo a ruidosa confirmação deste deduzidíssimo asserto?
>
> Pode objetar-se, além de muita coisa desdenhável num artigo que tem de não ser longo, que o atual momento político não parece de ordem a gerar gênios poéticos supremos, de reles e mesquinho que é. Mas é precisamente por isso que mais concluível se nos afigura o próximo aparecer de um supra Camões na nossa terra. É precisamente este detalhe que marca a completa analogia da atual corrente literária portuguesa com aquelas francesa e inglesa, onde o nosso raciocínio descobriu o acompanhamento literário das grandes épocas criadoras. [...]
>
> Tenhamos a coragem de ir para aquela louca alegria que vem das bandas para onde o raciocínio nos leva! Prepara-se em Portugal uma renascença extraordinária, um ressurgimento assombroso[31].

Pessoa estende à nova poesia portuguesa as características por ele observadas na poesia saudosista: o amor do vago, a nitidez plástica, a sutileza e a complexidade, elementos flutuantes também na poesia simbolista. "Pessoa, ao definir estas três características, julgando estar a falar da poesia saudosista, está na realidade dissertando sobre a sua própria, pelo menos a da primeira fase que medeia do ano de 1913 até Junho de 1914 - data de nascimento dos heterônimos"[32]. A sutileza equipara-se ao recurso capaz de imprimir intensidade à imagem. Avançando a análise da poesia saudosista, Pessoa adiciona aos três elementos (o vago, a sutileza, a complexidade), o que denomina como nitidez plástica. A seu ver, esta decorre de uma superação da subjetividade simbolista, que ele concebe vaga e sutil, sem ser complexa; a nova poesia, a ser produzida pelo poeta supremo que vai surgir, deverá alcançar uma espécie de equilíbrio entre o dado exterior (a poesia da natureza) e a pulsão interior, emotiva, que intensifica a expressão.

> A atual poesia portuguesa possui, portanto, equilibrando-lhe a inigualada intensidade e profundeza espiritual, o epigramatismo sanificador da poesia objetiva. - Segundo característico da objetividade poética é aquilo a que podemos chamar a *plasticidade;* e entendemos por plasticidade a fixação expressiva do visto ou ouvido *como exterior,* não como sensação, mas como visão ou audição. Plástica neste sentido, foi toda a poesia grega e romana, plástica a poesia

> dos parnasianos, plástica (além de epigramática e mais) a de Victor Hugo, plástica, de novo modo, a de Cesário Verde. A perfeição da poesia plástica consiste em dar a impressão exata e nítida (sem ser exatamente epigramática) do exterior como exterior, o que não impede de, ao mesmo tempo, o dar como interior, como emocionado[33].

Assinale-se a sobrevivência, na produção de Fernando Pessoa ortônimo, de forte impregnação do ideário simbolista. Da nítida veemência aplicada no projeto, num poeta que prezava o fingimento, resulta o fato de a postura decadentista ter-se mantida, ao longo de toda uma vida, através da produção poética do ortônimo e da prosa intermitente do *Livro do desassossego*, farto arquivo de referência aos estados crepusculares: "Toda a vida da alma humana é um movimento na penumbra. Vivemos, num lusco-fusco da consciência, nunca certos com o que somos ou com o que nos supomos ser. Nos melhores de nós vive a vaidade de qualquer coisa, e há um erro cujo ângulo não sabemos"[34]. No geral, a temática recobre estados de alma e sensações etéreas, fluidas, enevoadas, de difusa inscrição espacial, com ênfase nos devaneios e expressão de vivências intensamente interiorizadas. Infere-se que a poesia de Fernando Pessoa ortônimo reelabora muitos motivos e temas do Simbolismo, tendo angariado seguidores do porte dos poetas anteriormente citados.

Escrito no final de março de 1913, o poema "Impressões do crepúsculo" será publicado em 1914, no único número da revista *A Renascença*, com a especificidade de ser a primeira exposição pública de Pessoa como poeta. De acordo com Rudolf Lind: "O vago, a sutileza e a complexidade, qualidades que atribuíra nos artigos aos versos de Pascoaes e de Mário Beirão, transfere-as Pessoa agora, de forma programática, para a sua própria poesia"[35]. Vejamos o poema:

> Impressões do Crepúsculo
>
> Pauis de roçarem ânsias pela minh'alma em ouro...
>
> Dobre longínquo de Outros Sinos... Empalidece o louro
>
> Trigo na cinza do poente... Corre um frio carnal por minh'alma...
>
> Tão sempre a mesma, a Hora!... Balouçar de cimos de palma!...
>
> Silêncio que as folhas fitam em nós... Outono delgado

Dum canto de vaga ave... Azul esquecido em estagnado...

Oh que mudo grito de ânsia põe garras na Hora!

Que pasmo de mim anseia por outra coisa que o que chora!

Estendo as mãos para além, mas ao estendê-las já vejo

Que não é aquilo que quero aquilo que desejo...

Címbalos de imperfeição... Ó tão antiguidade

A Hora expulsa de si-Tempo! Onda de recuo que invade

O meu abandonar-me a mim próprio até desfalecer,

E recordar tanto o Eu presente que me sinto esquecer!...

Fluido de auréola, transparente de Foi, oco de ter-se...

O Mistério sabe-me a eu ser outro... Luar sobre o não conter-se...

A sentinela é hirta – a lança que finca no chão

É mais alta do que ela... Para que é tudo isto... Dia chão...

Trepadeiras de despropósito lambendo de Hora os Aléns...

Horizontes fechando os olhos ao espaço em que são elos de erro...

Fanfarras de ópios de silêncios futuros... Longes trens...

Portões vistos longe... através de árvores... tão de ferro![36]

Os versos seguem o roteiro programado: são vagos, sem serem obscuros, pelo contrário, buscam ser claros e transparentes. No poema, alinham-se as imagens portadoras das características que correspondem à tentativa de expressar as bases da poesia paúlica, ou seja, o vago, a sutileza e a complexidade, esta uma suposta herança da poesia saudosista, na clave pessoana. A leitura mais ampla deve-se a Georg Lind:

> O Eu do poeta deixa-se atrair para este redemoinho de coisas vagas e sonhadas, alheando-se de si mesmo até se reduzir a uma simples recordação e cair finalmente no esquecimento. Uma alienação total de si mesmo substitui-se-lhe: "O Mistério sabe-me a eu ser outro..." Esta ânsia indefinida de Ideal e a alienação de si mesmo canalizam-se para a pergunta: "Para que é tudo isto... Dia chão." O mundo não fornece resposta à ânsia de ideal, fechando-se a qualquer

tentativa de escape para além dos limites do mundo de sonho por nós mesmo construído. Imagens desta nossa limitação concluem o poema: primeiro horizontes, depois portões numa indiferença de ferro – impondo barreiras ao poeta e ao seu mundo de sonho, para além das quais ele não consegue escapar[37].

A sutileza advém do uso de imagens "intensificadoras", capazes de dar evidência e detalhes à expressão, como "pauis de roçarem ânsias pela minh'alma em ouro". "A uniformidade deprimente da Hora exterioriza-se no 'balouçar de cimos de palma'. O sentimento de insuficiência é caracterizado pelos 'címbalos de Imperfeição'. A imobilidade do tempo traduz-se na imagem da sentinela hirta que finca a lança no chão. As 'trepadeiras de despropósitos' exprimem a ânsia vã de Ideal"[38]. O traço da complexidade, nas formulações exaradas nos artigos publicados n'*A Águia*, provém de um recurso, responsável por traduzir uma determinada impressão ou sensação por uma expressão que a torna complexa, ao lhe ser acrescentado um elemento explicativo. Para Georg Lind:

> Como exemplo desta complexidade podemos considerar a imagem "alma em ouro": a emoção da alma ao contemplar o pôr do Sol alia-se à ânsia de Ideal: a palavra "ouro" é utilizada neste seu sentido extremo tanto por Pessoa como por Sá-Carneiro. A já mencionada alienação de si mesmo complica-se por meio da referência a novas qualidades: "fluido, transparente, oco". Um exemplo de complexidade particularmente arrojado é o da expressão "fanfarras de ópios". Paradoxalmente, as fanfarras anunciam "silêncios futuros"; o ópio associa-se à ideia de silêncio, por isso a aposição de imagens "fanfarras de ópios". E, por fim, encontramos no verso "corre um frio carnal pela minh'alma", simultaneamente, um exemplo da "materialização do espírito" e "espiritualização da matéria" que Pessoa atribuíra à poesia de Pascoaes[39].

Georg Rudof Lind faz questão ainda de complementar, realçando as idiossincrasias teóricas de Pessoa, focado em desconsiderar a poesia de Mallarmé, eivada, de acordo com certa crítica, de subjetividade decadente: "Esta poesia é subjetiva porque trata de sensações internas – o que torna fácil relacioná-la com a poesia dos simbolistas. Mas precisamente isso é que Pessoa quer evitar: os simbolistas *são vagos e sutis,* mas *não são complexos*"[40]. Às influências do Simbolismo, o paulismo acrescenta a "ânsia do novo, o mistério, a estranheza, a audácia", conforme comenta em carta de Barcelona a Pessoa o poeta Sá-Carneiro, quando afirma ter encontrado uma catedral paúlica — "uma Catedral de Sonho, uma catedral Outra"[41]. Não por acaso, o estudo de Cleonice Berardinelli aproxima Ernâni Rosas a Mário de Sá-Carneiro, voz poética mais afinada ao poeta brasileiro em alguns traços — o narcisismo, o delírio de sensações (as sinestesias), a sintaxe distorcida, o vocabulário vago, a força da sugestão. A matriz da assertiva de Lind provém da insistência de Pessoa em atribuir, de modo um tanto forçado, à poesia saudosista um lastro de complexidade:

> O simbolismo é vago e sutil; complexo, porém, não é. É-o a nossa atual poesia; é, por sinal a poesia mais espiritualmente complexa que tem havido, excedendo, e de muito, a única outra poesia realmente complexa – a da Renascença, e, muito especialmente, do período isabeliano inglês. O característico principal da ideação complexa – *o encontrar em tudo um além* - é justamente a mais notável e original feição da nova poesia portuguesa[42].

Do outro lado do Atlântico, no contexto finissecular dos trópicos e nas duas primeiras décadas do século, alguns nomes sobressaem, de forte coloração decadentista, sob inequívoca influência de Baudelaire e Verlaine, sendo denominados "intimistas", "penumbristas" ou mesmo simbolistas: Mário Pederneiras, Ernâni Rosas, Raul de Leoni, Onestaldo de Pennafort, Ronald de Carvalho e Eduardo Guimarães. Os dois últimos participam da revista *Orpheu*, com poemas que deixam transparecer elementos simbolistas, repassados de mistério e expressão vaga, melancólica: Ronald de Carvalho em *Orpheu 1*, Eduardo Guimarães em *Orpheu 2*. O Simbolismo brasileiro surge à altura de 1880, sob o nome de decadentismo, com os precursores Fontoura Xavier, Teófilo Dias, Medeiros de Albuquerque, dentre outros; consolida-se como Simbolismo por volta de 1886, quando se assinala a floração de grandes nomes, Cruz e Souza, Alphonsus de Guimarães, Emiliano Perneta, Augusto dos Anjos, tendo vigorado através de um segundo grupo e de epígonos: Oscar Rosas, B. Lopes, Edgar Mata Machado, Pedro Kilkerry, Gilka Machado, Maranhão Sobrinho, Ernâni Rosas, filho de Oscar Rosas, Gustavo Santiago, Marcelo Gama, Pereira da Silva, Olegário Mariano. *Broquéis*, de Cruz e Souza, é de 1893; de 1900 em diante (até 1922), o movimento simbolista convive com o Parnasianismo. Releve-se também a presença, em décadas posteriores, de uma tendência poética espiritualista, no Modernismo brasileiro, de acentuada natureza metafórica, mas sem as tonalidades e os elementos decadentistas, cujos representantes seriam Ribeiro Couto, Cecília Meireles, Augusto Frederico Schmidt, Vinícius de Morais, Tasso da Silveira.

Um breve recorte na obra de alguns poetas referidos pode aquilatar a coloração simbolista de que se reveste. Na produção de Raul de Leoni, a espiritualização da paisagem e o ambiente etéreo, volátil, são constantes, associados a outros modos simbolistas: "Desce um longo poente de elegia / Sobre as mansas paisagens resignadas; / Uma humaníssima melancolia / Embalsama as distâncias desoladas..." (soneto "A hora cinzenta"); "Nenhuma brutal lei do Universo sensível / Atua e pesa e nem de longe influi / Sobre o meu ser vago, difuso, esquivo / E no éter sereníssimo flutuo / Com a doce sutileza imponderável / De uma essência ideal que se volatiliza..." (Confira-se o poema "De um fantasma"[43]). Em análise à poesia de Raul de Leoni, reforçando-lhe a inscrição decadentista, afirma Péricles Eugênio da Silva Ramos: "[...] também sua doce melancolia, certo esfumaçamento de contornos, sua expressão mansa e espiritual, colocam-no sob o signo do Símbolo"[44]. Mais próximo da fluência melancólica de Verlaine mostra-se Onestaldo de Pennafort: "A tarde cai dos espaços / como uma flor, a um arranco / do vento, cai aos pedaços. // E a noite vem... No jardim, / o luar, como um pavão branco, / abre a cauda de marfim". Será, no entanto, na produção de Ernâni Rosas (1886-1955) que se percebe mais evidente e desenvolta a atmosfera nebulosa, mais evanescente o ritmo, mais difusa a temática:

> Perdi-me ... toda uma ânsia...

> Perdi-me... toda uma ânsia me revela
> sombra de Luz em corpo de olor vago,
> a saudade é um passado que cinzela
> em presente, a legenda desse orago.

> Errasse em densa noite de beleza,
> pisasse incerto, um falso solo de umbra...
> sonho-me Orfeu... o Luar, que me deslumbra...
> é marulho de luz na profundeza!...

Toda a alma do azul esvai-se em lua...

nimba-lhe a face um crepe de Elegia...

É alvor do dia numa rosa nua,

que as minhas mãos cruéis sonham colher...

mas ao tocar desfolha-se mais fria,

que a sombra de meus dedos a tremer...[45]

Apesar das inúmeras afinidades entre esse poema e "Impressões do Crepúsculo", de Fernando Pessoa, os pontos de distanciamento também existem, o principal deles vem a ser o caráter artificial do poema de Pessoa, visto tratar-se de uma síntese programática de uma tendência poética. No poema de Ernâni Rosas, as referências a um sujeito abstrato, abandonado e dilacerado, numa busca ideal de beleza abrem o poema. A busca de identidade em Orfeu confere uma confluência entre o esbatido tema da música e a incidência rítmica, tendo como cenário de fundo a ideia de duplo.

Em nota sobre Ernâni Rosas, afirma Péricles E. S. Ramos: "Seus poemas, realmente, possuem estrutura algo difusa, aérea e nebulosa: nenhum dos poetas de nosso simbolismo, como ele, escreveu composições que quase se reduzem a pura e bela música verbal"[46]. Autor de numerosos poemas, de coloração nefelibata, tem despertado a atenção de especialistas, em decorrência do uso de soluções poéticas ousadas e insólitas, em consonância com o que viria a ser a poesia surrealista. Sem a intenção de rotulá-lo como paúlico, no entanto, é o nosso poeta que mais se aproxima daquela corrente pessoana, pela liberdade criativa instaurada, apesar da estrutura rígida (soneto). No poema transcrito, os códigos da vertente pessoana surgem disseminados: a instância irradiadora do elemento *vago*, (projetado nos vocábulos e imagens denotadores de indefinição, tais como "olor vago", "crepe de Elegia", "marulho de luz"); a força intensificadora das imagens (a "sombra de Luz" do primeiro verso é retomada na segunda estrofe em "solo de umbra", para fechar o poema com a referência à "sombra de meus dedos"); a forma verbal errática ("errasse", "pisasse"), delineando efetivamente as diretrizes de *sutileza e complexidade* do paulismo. Não perdemos de vista os versos do poema "O Sonho Interior": "Perdeu-se-me ao Sol-Pôr teu rastro amado/ qual cipreste, no Poente agonizado", dentre outros mais, repassados de sóis embaçados, luas etéreas, identidades desgarradas, ocasos de fogo, forros de cristal, espelhos mortiços, arabescos de ouro, frígidas névoas, luares delirantes, sonhos alados, furnas escuras, imagens prediletas dos poetas da época, de acordo com os cânones ortodoxos. As sinestesias alternam-se, desde "sombra de luz em corpo de olor vago", à surpreendente imagem presente em "o Luar, que me deslumbra.../ é marulho de luz na profundeza!...", fundindo a luminosidade e liquidez do Luar ao rumoroso movimento da água do mar.

O cuidado com o ritmo não costuma receber a primazia que merece, nos tratados sobre poesia simbolista, demasiado voltados para a expressão da musicalidade. Luís Murat, do círculo de amizade de Olavo Bilac, considerado um poeta menor na poesia parnasiana brasileira, no prefácio que escreveu ao seu livro *Poesias escolhidas*, assevera que o poeta deve atentar à escolha do vocábulo: "Mas é mister possuir o gosto da escolha do vocábulo como uma prerrogativa da nuança ou um quilate do ritmo"[47]. Na introdução à coletânea *Poesia simbolista – antologia*, o organizador Péricles E. S. Ramos reconhece, em forma um tanto esdrúxula "que o uso de aliterações já existia na língua, mas a combinação *fluidez do ritmo + aliterações + sinestesia*, essa era nova e viria a adquirir notável ênfase durante o simbolismo"[48]. Todo o conjunto da frase faz sentido; digna de relevo, porém, para o alcance de nosso enfoque, revela-se a expressão: "a fluidez do ritmo". A crítica normativa criou o vezo de reduzir por vezes a essência do simbolismo à presença da musicalidade das palavras, no afã de compreender a lição de Verlaine, como se o importante na época fosse combinar palavras em busca de cantilenas, ladainhas ou frases cantantes. Não é disto que se trata. O vezo, há pouco referido, produziu extensos e exaustivos garimpos de melopeia em autores como Alphonsus de Guimarães e Cruz e Sousa, no Brasil. Em dosagem mais restrita, no contexto português, as obras de Eugênio de Castro e Camilo Pessanha tem-se prestado a tais desvelos, um tanto redutores, especialmente no caso de Pessanha. Compreendem-se, diante da análise de certos vezos ligados ao Simbolismo, algumas recusas expressas por Pessoa na série de artigos publicados em *A Águia*.

De temperamento retraído, o representante brasileiro, Ernâni Rosas, entregue a modestos empregos, a dar crédito à tradição, nas suas mais ousadas realizações, teria, no entanto, prenunciado experiências surrealistas. Sem constituir uma tribo, em contexto de rica diversidade de grupos, apesar do oceano que os separava, esculpiram os dois poetas extraordinários monumentos verbais, dotados de refinadas filigranas e metáforas vagas, indiciadoras de sutileza, complexidade e nitidez plástica.

Anexar um adendo, na tentativa de compreender a ânsia de libertação auferida pela linguagem poética, como uma das vertentes do simbolismo, nos leva à leitura, ainda que panorâmica, do mais expressivo poeta brasileiro empenhado visceralmente nessa tendência: Cruz e Sousa. A poesia, considerada como intuição e esforço de conhecimento, ajustou-se, na moldura do estilo, de forma exemplar, à complexidade de sua obra. No extenso arco das posturas do simbolismo, convivem, de modo franco, matizes decadentistas e apelos de inserção num horizonte etéreo, vago. As potencialidades estéticas do Simbolismo afastam-se do enquadramento descritivo e narrativo, para tornarem-se, basicamente, sugestivas, focadas na busca do transcendente, na volúpia dos sentidos (pela via das aliterações e da musicalidade). A poesia de Cruz e Sousa envereda pela trilha da procura de uma via de afastamento da realidade (lugar de sofrimento) no rumo de uma transfiguração, vislumbrada como possibilidade, através da inserção no mundo das formas sonhadas, desejadas, perseguidas, aquele mundo idealizado da filosofia platônica, onde se fundem o Belo e o Verdadeiro. Numa gama extensa de poemas, somos colocados diante de um desmedido esforço de libertação da realidade, para uma viagem no plano superior, em que o ser de eleição acredita, através da poesia, ser capaz de sobrevoar espiritualmente noutra dimensão. No poema "Sorriso interior", de Cruz e Sousa, esse movimento revela-se de forma clara, consolidando as articulações de especialistas, apuradas em perceber a estreita relação de sua poesia com a ideia de transcender a realidade, de aproximação com o Absoluto.

> O ser que é ser e que jamais vacila
>
> nas guerras imortais entra sem susto,
>
> leva consigo este brasão augusto
>
> do grande amor, da grande fé tranquila.

Os abismos carnais da triste argila

ele os vence sem ânsias e sem custo...

Fica sereno, num sorriso justo,

enquanto tudo em derredor oscila.

Ondas interiores de grandeza

dão-lhe esta glória em frente a Natureza,

esse esplendor, todo esse largo eflúvio.

O ser que é ser transforma tudo em flores...

e para ironizar as próprias dores

canta por entre as águas do Dilúvio.

A imersão integral, sanguínea, no sofrimento produz um efeito de superação: o sujeito que não se intimida diante da miséria e da precariedade de opções a que se vê aprisionado, "triste argila" exposta a "guerras imortais", pode lograr a superação, se atiçar as "ondas interiores de grandeza". Dessa forma, o fortalecimento se dará, no embate frente aos "abismos carnais". As divergências de tiques semânticos e ritmos não afastam a demanda aos três poetas: em sua prática de escrita, a tentativa de emigrar para um além-realidade, num ritual de celebração do lado etéreo e fluido do espaço é recorrente. Eles se encontram nessa origem. Mesmo não sendo um poeta do crepúsculo ortodoxo, para retomar o título do poema pessoano, Cruz e Souza opera recursos expressivos que o tangenciam aos poetas decadentes, ou paúlicos, como queria o português, especialmente nos poemas "Lua", "Flor do mar", "Sinfonias do Ocaso", em que avulta o verso "Os plenilúnios mórbidos vaporam..."; ou ainda "Corpo VII", que refere, no último terceto: "E as águias da paixão, brancas, radiantes, / Voam, revoam, de asas palpitantes, / No esplendor do teu corpo arrebatadas!".

REFERÊNCIAS

BERARDINELLI, Cleonice. *Estudos de Literatura Portuguesa*. Vila da Maia: Imprensa Nacional - Casa da Moeda, 1985.

COELHO, Jacinto do Prado (dir.). *Dicionário de literaturas portuguesa, brasileira e galega*. 3. ed. Porto: Figueirinhas, 1979.

GOLDSTEIN, Norma. *Do Penumbrismo ao Modernismo*. São Paulo: Ática, 1983.

LIND, Georg Rudolf. *Estudos sobre Fernando Pessoa*. Vila da Maia: Imprensa Nacional - Casa da Moeda, 1981.

PEIXOTO, Sérgio. *A consciência criadora na poesia brasileira*. São Paulo: Annablume,1999.

PESSOA, Fernando. *Livro do desassossego*. Organizador: Richard Zenith. São Paulo: Companhia das letras, 1999.

PESSOA, Fernando. *Obra poética*. Rio de Janeiro: Nova Aguilar, 1986a.

PESSOA, Fernando. *Obras em prosa*. Rio de Janeiro: Nova Aguilar, 1986b.

RAMOS, Péricles Eugênio da Silva (org.). *Poesia simbolista*. São Paulo: Melhoramentos, 1965.

SOUSA, Cruz e. *Obra completa*. Rio de Janeiro: Aguilar, 1961.

CARLOS DRUMMOND DE ANDRADE
E A CULTURA PORTUGUESA

A poesia de Carlos Drummond (Itabira,1902 - Rio de Janeiro,1987) reflete a lenta transição da oligarquia rural, associada ao patriarcalismo aristocrático, para o moderno ciclo econômico, caracterizado pela urbanização de perfil capitalista e industrial. Filho de fazendeiro, transformado em burocrata na capital do país, produz uma obra representativa desse conflito entre a recuperação do clã patriarcal e a descoberta do "mundo grande", conformado pela indústria e pela técnica. Neste trabalho se investiga a questão polêmica do nacionalismo na poesia drummondiana e a progressiva assimilação de traços da cultura portuguesa.

Articulada ao desenvolvimento cultural, a formação econômica e social do país atesta um forte componente agrário desde seus primórdios. A colonização portuguesa, efetuada no período eufórico das grandes navegações, embora conturbada pela turbulência religiosa, acabou por imprimir visíveis heranças medievais no plano administrativo. A divisão em sesmarias o comprova.

Uma vertente extremamente rica na sua poesia, o olhar melancólico diante das cidades históricas mineiras (Cf. "Lanterna mágica", *Alguma poesia)*, faz aproximá-lo em parte à cultura portuguesa, estigmatizada pelo saudosismo em relação ao passado. O interesse pela cidade natal mantém relações com um traço emblemático à cultura brasileira, a fusão entre o universal e o particular. À época de sua formação literária, o jovem Drummond não disfarçava o fascínio pela cultura francesa, decorrente da influência dessa cultura nas gerações nascidas em finais do século XIX e início do século XX. As discussões sobre o nacionalismo eram recorrentes nas cartas então trocadas com o paulista Mário de Andrade:

> Reconheço alguns defeitos que aponta no meu espírito. Não sou ainda suficientemente brasileiro. Mas, às vezes, me pergunto se vale a pena sê-lo. Pessoalmente, acho lastimável essa história de nascer entre paisagens incultas e sob céus pouco civilizados. Sou um mau cidadão, confesso. É que nasci em Minas, quando devera nascer [...] em Paris. O meio em que vivo me é estranho: sou um exilado... Acho

> o Brasil infecto. Perdoe o desabafo, que a você, inteligência clara, não causará escândalo. O Brasil não tem atmosfera mental; não tem literatura; não tem arte[49].

Foi justamente ao final da viagem do grupo paulista às cidades históricas mineiras, em 1924, que Drummond conheceu Mário de Andrade, pesquisador incansável da cultura tropical e do folclore. Chegou a lhe enviar uma cópia de poemas, projeto embrionário da publicação de um livro, sob o título de *Minha terra tem palmeiras*, considerado a "primeira arrumação" do que viria a ser o volume de 1930, *Alguma poesia*. Mostrar-se brasileiro, ainda que de forma moderada, teria sido uma dura aprendizagem para o jovem mineiro, a ponto de desabafar numa carta: "Há mil maneiras de ser. A pior é ser nacionalista"[50].

A tradição confere ao período romântico o mérito de consolidar uma literatura no Brasil, assumindo a cor local: o escritor aceitava o compromisso patriótico de revelar uma nova nação. Para Alceu Amoroso Lima, a inspiração nacional caracterizava o movimento romântico: "Uma nação que nascia, andava, naturalmente, à procura de uma forma nova de se exprimir literariamente. O Romantismo veio ao encontro dessa aspiração popular e nacional"[51]. Como se vê, a associação entre Romantismo e nacionalismo tornou-se terreno fértil para a retórica dos historiadores literários.

O Romantismo teria sido o momento propício para revelar a essência do novo país, através da literatura: este talvez tenha sido o pensamento de Carlos Drummond. É possível perceber em sua obra a presunção de que estava superado o ciclo do ativismo radical. O abandono do projeto de publicar o primeiro livro sob o título de *Minha terra tem palmeiras*, acalentado em meados da década de 20 do século passado, assinala a postura moderada de seu nacionalismo.

Embora estreie em 1930, com *Alguma poesia*, desde 1923, Drummond publica artigos em jornais. Em 1925 integra o grupo que funda, em Belo Horizonte, o periódico *A revista*, em companhia de Emílio Moura, Martins de Almeida, Pedro Nava, João Alphonsus, Godofredo Rangel e Abgar Renault. Uma leitura atenta do manifesto, publicado em duas partes nos dois primeiros números, aponta considerações oportunas. Conforme Plínio Doyle, o manifesto do grupo mineiro foi redigido por Drummond[52]. Segundo Drummond, só o primeiro manifesto foi escrito por ele, o segundo teria sido redigido por Martins de Almeida:

> Não somos românticos; somos jovens. Um adjetivo vale o outro, dirão. Talvez. Mas, entre todos os romantismos, preferimos o da mocidade e, com ele, o da ação. Ação intensiva em todos os campos: na literatura, na arte, na política. Somos pela renovação intelectual do Brasil, renovação que se tornou um imperativo categórico. Pugnamos pelo saneamento da tradição, que não pode continuar a ser o túmulo de nossas ideias, mas antes a fonte generosa de que elas dimanem. [...] Será preciso dizer que temos um ideal? Ele se apoia no mais franco e decidido nacionalismo. A confissão desse nacionalismo constitui o maior orgulho da nossa geração, que não pratica a xenofobia nem o chauvinismo, e que, longe de repudiar as correntes civilizadoras da Europa, intenta submeter o Brasil cada vez mais ao seu influxo, sem quebra de nossa originalidade nacional[53].

Os modernistas mineiros, distantes do radicalismo iconoclasta, apresentam-se com um perfil moderado, sem deixar de atirar algumas farpas, ainda que de pequeno corte: diante da provável equivalência entre mocidade e romantismo, endossam a preferência pela mocidade, naquilo que esta sugere de ação. Ao associar mocidade e ação, deixam inscrita sua distância em relação às inclinações neorromânticas dos grupos do Verde--amarelismo e da Anta. Na contramão do radical nacionalismo pregado por outras tendências, eles fazem questão de afirmar que não repudiam "as correntes civilizadoras da Europa", contanto que não seja afetada a "nossa originalidade nacional".

Não se pode ignorar o caráter datado e provisório de manifestos artísticos. No entanto, é consenso reconhecer neles o esforço de exprimir o anseio de um grupo ou mesmo de uma época. Será produtivo observar que, mesmo após décadas de extinção do grupo modernista mineiro, a poesia de Carlos Drummond continue desenvolvendo motivos e temas consignados naquele manifesto. "Mundo grande", poema publicado em *Sentimento do mundo*, retoma o esforço em contribuir para um futuro mais humano, solidário e justo, anunciado no Manifesto ("O nosso verdadeiro objetivo é esculpir o futuro."):

> Tu sabes como é grande o mundo.
>
> Conheces os navios que levam petróleo e livros, carne e algodão.
>
> Viste as diferentes cores dos homens,

as diferentes dores dos homens,

sabes como é difícil sofrer tudo isso, amontoar tudo isso

num só peito de homem ... sem que ele estale[54].

A ideia de solidariedade como forma de reconstruir o mundo contemporâneo, o compromisso com o tempo presente, a negação dos valores capitalistas, a crença de que a poesia detém a aparelhagem capaz de reformar o mundo caótico em guerra, todo um repertório positivo e de inserção da poesia na realidade envolve os livros *O sentimento do mundo* (1940) e *A rosa do povo* (1945), o ápice de sua poesia engajada, na ânsia de compreender e participar:

Não serei o poeta de um mundo caduco.

Também não cantarei o mundo futuro.

Estou preso à vida e olho meus companheiros.

Estão taciturnos mas nutrem grandes esperanças.

Entre eles, considero a enorme realidade.

O presente é tão grande, não nos afastemos.

Não nos afastemos muito, vamos de mãos dadas[55].

Algumas circunstâncias biográficas têm sido aventadas para fundamentar a evolução da poesia drummondiana; entre elas, a mudança para o Rio de Janeiro, numa época de particular recrudescimento da dor humana, em plena segunda grande guerra mundial: "Os camaradas não disseram / que havia uma guerra / e era necessário / trazer fogo e alimento. / Sinto-me disperso / anterior às fronteiras"[56]. Os dois primeiros livros, *Alguma poesia* (1930*)* e *Brejo das almas* (1934), de certa forma são depositários de uma perspectiva lírica ensimesmada, intensa subjetividade desencantada e uma dúbia ironia. Os conflitos familiares, a cidade natal, a tentativa de compreender a desintegração da rígida estrutura patriarcal são temas recorrentes.

A partir de *O sentimento do mundo*, percebe-se a disponibilidade para expressar, para além das questões sociais ligadas à província e ao país, o grande mundo, as limitações da condição humana, numa indagação poética cada vez mais tendente à reflexão filosófica. Sem abdicar da identidade brasileira, o sujeito abre-se cada vez mais para o mundo da tecnologia e do capitalismo, interessado em nele inserir valores humanos. Na sequência, percebe-se o trabalho poético direcionado à indagação, ainda que cética, de um sentido para a condição humana e a poesia. Em "Consideração do poema" (*A rosa do povo*), espécie de arte poética escrita no contexto da segunda guerra, a lírica tradicional é questionada:

> Não rimarei a palavra sono
>
> com a incorrespondente palavra outono.
>
> Rimarei com a palavra carne
>
> ou com qualquer outra, que todas me convêm.
>
> As palavras não nascem amarradas,
>
> elas saltam, se beijam, se dissolvem,
>
> no céu livre por vezes um desenho,
>
> são puras, largas, autênticas, indevassáveis[57].

A primeira estrofe justapõe uma sequência de palavras (sono / outono / carne), articuladas ao processo criativo: "não rimarei". Distanciando-se dos sentidos habitualmente ligados às palavras *sono* (escapismo, fuga, inconsciência, adormecimento) e outono (velhice, desistência, decadência), o autor articula o fazer poético à palavra *carne*, instaurando uma ideia de poesia ligada ao corpo. O campo de atuação poética deixa de ser o espaço do escapismo romântico e da arte pela arte decadentista. A relação das palavras com algo que pode se dissolver no "céu livre", formando um desenho, pode sugerir a imagem de aviões e foguetes se desintegrando no céu, no contexto da segunda grande guerra. Esboça-se, sobretudo, o conceito de uma poética caracterizada pela liberdade e flexibilidade da atividade criativa. Se os conflitos bélicos destroem a dignidade entre os povos, resta a poesia como instrumento de conscientizar e registrar uma verdade humana.

Outro poema, este de *Claro enigma* (1951), exemplar da propalada guinada em direção às questões filosóficas e metafísicas, retoma o motivo da pedra; em forma de herança: mais uma vez é formulada a síntese do que poderia ter sido sua contribuição à literatura moderna:

> Que lembrança darei ao país que me deu
>
> tudo que lembro e sei, tudo quanto senti?

> Na noite do sem-fim, breve o tempo esqueceu
>
> minha incerta medalha, e a meu nome se ri.
>
> [...]
>
> De tudo quanto foi meu passo caprichoso
>
> na vida, restará, pois o resto se esfuma,
>
> uma pedra que havia no meio do caminho[58].

Em alguns poemas, Drummond dirige-se a Luís de Camões, figura de proa da literatura portuguesa. É o único poeta citado no primeiro livro: "Pobre Rei de Sião que Camões não cantou". Mantendo os versos decassílabos da epopeia renascentista, Drummond retoma as "armas e os barões" com que Camões abre seu poema, para exaltar, não a história portuguesa, mas o escritor que a narrou de forma lapidar em "História, coração, linguagem":

> Dos heróis que cantaste, que restou
>
> senão a melodia do teu canto?
>
> As armas em ferrugem se desfazem,
>
> os barões nos jazigos dizem nada.
>
> [...]
>
> Tu és a história que narraste, não
>
> o simples narrador. Ela persiste
>
> mais em teu poema que no tempo neutro,
>
> universal sepulcro da memória[59].

Em *Claro enigma*, no poema "A máquina do mundo", um dos pontos altos da poesia brasileira, o diálogo intertextual com Camões é incontornável. No canto X de *Os lusíadas*, Luís de Camões a descreve, de acordo com a concepção medieval:

> Vês aqui a grande máquina do Mundo
>
> Etérea e elemental, que fabricada
>
> Assi foi do Saber, alto e profundo,
>
> Que é sem princípio e meta limitada.

> Quem cerca em derredor este rotundo
>
> Globo e sua superfícia tão limada,
>
> É Deus; mas o que é Deus, ninguém o entende,
>
> Que a tanto o engenho humano não se estende[60].

No poema camoniano, o episódio ocorre após as viagens e conquistas dos portugueses no Oriente. Vasco da Gama é conduzido pela ninfa Tétis ao alto de um monte, onde lhe descortina a visão do mundo. Supõe-se serem o capitão e oficiais da tripulação (é a interpretação de Hernani Cidade) representantes da humanidade "em seu árduo anseio por atingir o conhecimento do Mundo em que vive"[61], forma de coroamento do esforço com que os portugueses estão descobrindo terras do planeta.

"A máquina do mundo" drummondiana inicia-se com a descrição de um sujeito caminhando solitário por uma estrada de Minas, "pedregosa". Ao se deparar com a visão de uma máquina que se abre diante dele, o indivíduo descreve-se enfadado, cético, percebendo a inutilidade do encontro, inócuo para solucionar suas dúvidas existenciais:

> E como eu palmilhasse vagamente
>
> uma estrada de Minas, pedregosa,
>
> e no fecho da tarde um sino rouco
>
> se misturasse ao som de meus sapatos
>
> que era pausado e seco; e aves pairassem
>
> no céu de chumbo, e suas formas pretas
>
> lentamente se fossem diluindo
>
> na escuridão maior, vinda dos montes
>
> e de meu próprio ser desenganado,
>
> a máquina do mundo se entreabriu
>
> para quem de a romper já se esquivava
>
> e só de o ter pensado se carpia[62].

Os versos são decassílabos, como os da epopeia camoniana, a linguagem mostra-se elevada, numa atmosfera solene, associada à ideia de totalidade própria da épica. A prosaica caminhada em estrada de Minas cede lugar à possibilidade de se indagar o sentido último das coisas, numa trajetória que recupera, noutra perspectiva, a de Dante na *Divina comédia* e a de Vasco da Gama, em *Os lusíadas*. As associações com o poema "No meio do caminho" são claras, explícitas: a estrada é "pedregosa"; as "pupilas gastas na inspeção" remetem às "minhas retinas tão fatigadas". Pouco interessado na mocidade às expansões nacionalistas, Drummond desde cedo acolheu no poeta épico uma visão desencantada da condição humana, o desconcerto do mundo. Mais uma vez é com um olhar cético que se recusa a possibilidade de conhecimento oferecida pela máquina, a chave de todos os mistérios: "[...] essa riqueza / sobrante a toda pérola, essa ciência / sublime e formidável, mas hermética // essa total explicação da vida, / esse nexo primeiro e singular"[63]. Para José Guilherme Merquior:

> O caminhante recusa o dom gracioso da máquina do mundo. Desdenha o conhecimento sobre-humano, acima das deficiências insanáveis da medida humana: o conhecimento místico, a graça, o presente de poderes mais altos que o homem. Ao recusá-lo, investe-se da condição plenamente antropocêntrica, estritamente profana, do homem moderno: não aceita nada que não esteja contido em sua própria capacidade, sem auxílio superior[64].

Em sua evolução, além de desdenhar o nacionalismo radical, Drummond abandona do passado o tom declamatório, prolixo, a imposição da métrica e da rima. Dentro de um código de rupturas, em consonância ao ideário do Modernismo, percebeu que um caminho produtivo seria a aliança entre a tradição e a modernidade. Acolhe o cotidiano, incorporando-o como um referente da realidade, capaz de imprimir densidade e sentido simbólico. Ao incorporar poeticamente a tradição, estabelece um elo com o passado, relendo-o, inserindo nele as linhas de força do presente, ampliando sua função dialógica, segundo formulação de Bakhtin:

> Em cada época de sua existência histórica, a obra é levada a estabelecer contatos estreitos com a ideologia cambiante do cotidiano, a impregnar-se dela, a alimentar-se da seiva nova secretada. É apenas na medida em que a obra é capaz de estabelecer um tal vínculo orgânico e ininterrupto com

> a ideologia do cotidiano de uma determinada época, que ela é capaz de viver nesta época (é claro, nos limites de um grupo social determinado)[65].

A poesia de Carlos Drummond de Andrade empreende ainda um diálogo tardio com Fernando Pessoa, poeta luso que, ao lado de Baudelaire, Rimbaud e Mallarmé, constitui um dos pilares da poesia universal. Absorvendo a máscara pessoana, o jogo autoral dos vários heterônimos, dirá em "Sonetilho do Falso Fernando Pessoa":

> Onde nasci, morri.
>
> Onde morri, existo.
>
> E das peles que visto
>
> muitas há que não vi.
>
> Sem mim como sem ti
>
> posso durar. Desisto
>
> de tudo quanto é misto
>
> e que odiei ou senti[66].

A relação com a poesia de Fernando Pessoa, mais do que reconhecimento, articula-se ao estatuto que os aproxima, poetas críticos, sensibilidades que levaram a bom termo a fusão entre inteligência e poesia ou, na expressão pessoana, autores que lograram expressar a aliança entre o pensar e o sentir: "o que em mim sente está pensando"[67]. O diálogo intertextual revela em ambos, de forma surpreendente, o esforço de esboçar o espírito do tempo, com a exata dose de ceticismo para expressar o desencanto diante do mundo da técnica e a impossibilidade de atribuir um sentido à existência.

Camões e Pessoa compõem a herança cultural portuguesa, da qual o poeta brasileiro se apropria, nela atuando de forma crítica. O saber da tradição, reelaborado pelo saber contemporâneo, resulta ampliado com os elementos distintos da prática discursiva que os recriou. Ao recolher a matéria poética dispersa no tempo, elegendo nomes tutelares da cultura portuguesa, Carlos Drummond de Andrade colabora para a construção de uma poética luso-brasileira, numa procura intertextual de diálogo e integração, como preconiza Fernando Pessoa no poema "O Infante", de *Mensagem*: "Deus quis que a terra fosse toda uma, / Que o mar unisse, já não separasse".

REFERÊNCIAS

ANDRADE, Carlos Drummond de. *A paixão medida*. Rio de Janeiro: José Olympio, 1980.

ANDRADE, Carlos Drummond de. *Poesia 1930-62*. De *Alguma poesia* a *Lição de coisas*. Ed. crítica por Júlio Castañon Guimarães. São Paulo: Cosac Naify, 2012.

BAKHTIN, Mikhail. *Marxismo e filosofia da linguagem*. Tradução de Yara Frateschi *et al*. 2. ed. São Paulo: Hucitec, 1981.

BANDEIRA, Manuel. *Libertinagem & Estrela da manhã*. Rio de Janeiro: MEDIA-fashion, 2008. (Col. Folha Grandes Escritores).

CAMÕES, Luís de. *Os lusíadas*. Pref. e notas de Hernani Cidade. Lisboa: Sá da Costa, 1947. (Obras Completas de Camões IV e V).

LIMA, Alceu Amoroso. *Quadro sintético da literatura brasileira*. Rio de Janeiro: Agir, 1959.

MERQUIOR, José Guilherme. *Razão do poema*. Rio de Janeiro: Civilização Brasileira, 1965.

PESSOA, Fernando. *Obra poética*. Rio de Janeiro: Nova Aguilar, 1986.

SANTIAGO, Silviano (Prefácio e notas). *Correspondência de Carlos Drummond de Andrade e Mário de Andrade*. Rio de Janeiro: Bem te vi, 2002.

SARAIVA, Arnaldo. *O modernismo brasileiro e modernismo português*. Subsídios para o seu estudo e para a história das suas relações. Porto: [*s. n.*], 1986, v. I.

TELES, Gilberto Mendonça. *Vanguarda europeia e modernismo brasileiro*. Petrópolis, RJ: Vozes, 1973.

"SAGRES", UM POEMA ESQUECIDO DE OLAVO BILAC

O ano de 2018 assinala o centenário da morte de Olavo Bilac (1865-1918), voz expressiva da poesia brasileira no final do Império e início da República. Considerado o terceiro ângulo da famosa trindade parnasiana, que incluía também os poetas Alberto de Oliveira e Raimundo Correa, Bilac desfrutou de ruidosa popularidade na época. No auge do parnasianismo, com a primeira edição de *Poesias*, contendo *Panóplias*, *Via-láctea* e *Sarças de fogo*, em 1888, o autor aglutinou em torno de sua obra uma unanimidade crítica eufórica e uma expectativa cosmopolita, inédita para os padrões culturais da sociedade brasileira, egressa de um longo período de subalternidade diante da cultura portuguesa, em decorrência do legado colonial.

Como seus pares, frequentava roda de boêmios, desfrutava longas temporadas na Europa, alienado dos problemas nacionais. Seu envolvimento na vida social do país reveste-se de um aspecto um tanto bisonho: a defesa do serviço militar obrigatório para jovens. Poucos intelectuais se envolveram na campanha abolicionista, imersos em controvérsias de natureza literária. Alvo de acirradas críticas no âmbito da implantação do modernismo, o poeta passou por um longo e imerecido ostracismo, que só recentemente se vai desfazendo. Autor de uma obra vasta, irregular e multifacetada, que abarca desde poemas metalinguísticos a outros de exacerbada matéria erótica, poemas de tonalidade reflexiva a outros de forte impregnação épica, Olavo Bilac modelou um perfil artístico intimamente alinhado ao seu tempo, que persiste como legado histórico de apreciável relevância. Entre as composições voltadas para o resgate de eventos e personalidades históricas, destacam-se "O Caçador de Esmeraldas" e "Sagres".

Cabe referir a adesão de Olavo Bilac aos parâmetros técnicos e estilísticos da corrente parnasiana, no que diz respeito à obediência às normas de rigidez métrica, à elaboração de uma forma requintada. Um dos mais talentosos poetas dessa tendência, Bilac usufruiu em vida de grande apreço e admiração por parte de intelectuais, em decorrência do alto grau de refinamento de seus poemas. Em linhas gerais, a produção literária de Bilac destaca-se na época — na qual se demarca o lastro entre 1880 e 1910 — como um dos pontos altos desse período singular para a cultura brasileira, em que, numa sociedade engessada, de pouca mobilidade social, o caminho das letras representava uma forma de ascensão. Para Nelson Werneck Sodré:

> Começam a pronunciar-se, de qualquer modo, vozes ainda não ouvidas, enquanto o que estava enraizado continuava a existir e buscava formas externas ilusórias para a sua manifestação. A fase é de intensa atividade da inteligência, desencontrada sem dúvida, hesitante, atraída em muito pelas soluções enganadoras e aparentes, embalada de contribuições externas, vinculada a modelos distantes. Desde essa fase é que se torna possível destacar a atividade literária de algumas de suas manifestações anteriores, não específicas, em que aparecia como elemento auxiliar e ornamental[68].

Num país pobre e subdesenvolvido, governado por uma oligarquia, o contexto cultural abrange a publicação de obras importantes, a consolidação da carreira de Machado de Assis, a fundação da Academia Brasileira de Letras (1896) e do jornal *Correio da manhã* por Edmundo de Bittencourt (1901)[69].

O poemeto "Sagres"[70] tem sido olvidado, pela maioria de biógrafos e pesquisadores, lançado num limbo injustificável, talvez por ter o autor adotado uma temática espúria à cultura nacional, embora cara à história portuguesa, o isolamento reflexivo do Infante D. Henrique. Esse esquecimento confere sentido ao verso em que Bilac se refere à permanência histórica do Infante, como mito: "Porto da paz e do olvido". Um escritor contemporâneo de Bilac, admirador de sua produção lírica, João Ribeiro, teria dito que a "a parte épica" do autor "estava condenada ao olvido"[71]. Em obra marcada por ardente sensualismo, destoa, ao erigir um elogio a um paradigma da castidade. Publicado em plaquete, em 1898, no Rio de Janeiro, antecedido de um informe à guisa de efeméride — "Comemoração da descoberta do caminho da Índia" —, "Sagres" passou a integrar o volume da segunda edição de *Poesias* (1902).

O projeto expansionista de Portugal assentava sobre dois vetores: o impulso religioso, de expandir a fé cristã, e a demanda econômica, interessada em ampliar o próprio território. Para sua concretização, foi decisiva a atuação do lendário Infante D. Henrique (1394-1460). O poema "Sagres" evoca de forma poética o destino histórico desse príncipe, visto como um nobre isolado e solitário, que teria sonhado, por antecipação, episódios da história épica de Portugal. Os anos seguiram o seu curso e

Portugal desenvolveu mais tarde sua vocação marítima. A epígrafe do historiador Oliveira Martins invoca a vertente mítica, vagamente alusiva ao expansionismo português: "Acreditavam os antigos celtas, do Guadiana espalhados até a costa, que, no templo circular do Promontório Sacro, se reuniam à noite os deuses, em misteriosas conversas com esse mar cheio de enganos e tentações". O uso reiterado de recursos sofisticados do verso e de léxico expressivo tem um efeito decorativo marcante, beirando o tratamento dispensado aos temas transcendentes. Apesar de incursionar por uma temática um tanto vaga, árida, colhida de forma quase abstrata, Bilac não se intimida diante da empreitada; pelo contrário, envolve-se emotivamente, de forma entusiasta, como se de alguma forma se identificasse com o feitio sonhador do Infante, com seu perfil reflexivo e solitário, abandonado aos mais secretos e obsessivos sonhos, tendo defronte a vastidão do mar, quase um duplo do ofício de poeta, enquanto ser marginalizado, em conflito com a realidade. Releva a força transfiguradora do sonho, como instância das grandes realizações coletivas.

Referido no título e na epígrafe, o penhasco conhecido como a Ponta de Sagres ocupa no mapa de Portugal um território extremo, ao sul, formado por extensa faixa arenítica e rochosa, plana, que se estende diante do mar e abriga o "Promontório Sacro, interdito aos humanos, onde se acreditava que os deuses descansavam à noite. O tempo, as intempéries e os piratas ingleses fizeram de Sagres um lugar de evocação"[72]. Devido à posição geográfica, à mercê de fortes ventos e vagas imponentes, o lugar sujeita-se a intensa ação erosiva. Os elementos descritivos que recobrem o cenário do espaço físico sugerem desolação, vazio, aspereza, desalento, criando uma aura de terror, adensada pelas expressões reiteradas de escuridão e abandono.

Quanto à estrutura, podem-se inferir três partes no poemeto, como se fosse uma pequena epopeia: uma proposição, uma narração e um epílogo. O poema de Bilac compõe-se de versos alexandrinos, agrupados em sextilhas e quadras de redondilhas maiores. A proposição, em que se declara o assunto, abarca as primeiras sextilhas, em número de seis; a narração compreende a matéria mais vasta, o conteúdo entre a estância sete e a doze, que apresenta o sonho do Infante, além das redondilhas, que abarcam integralmente a "voz incompreendida, a voz da Tentação", ou seja, a fala da Sereia; o epílogo corresponde às quatro últimas sextilhas de alexandrinos, esboçando o desenlace. Após a introdução narrativa, seguem-se as redondilhas, que reproduzem a "longa e cálida" fala da Sereia. Em tom de solene invocação, as imagens sucedem-se em metáforas vibrantes, sintaxe por vezes retorcida, tudo arquitetado para dar relevo à atmosfera de uma visão grandiosa, recortada por lances perpassados de efeitos e sutilezas de linguagem (reticências, maiúsculas, perguntas retóricas). As rimas sucedem-se alternadas; as ideias de santidade e sacrifício são reiteradas (Sagres/sagrado); o jogo de oposições insinua-se pejado de sentido (vida/morte, sonho/realidade, ordem/caos, velho mundo tenebroso/novo mundo solar). As primeiras estrofes delimitam a matéria, que se alterna em dois núcleos, o Promontório e o Infante, o espaço físico e o humano, cujos traços ora se confundem e se interpenetram pela singularidade, ora se distanciam:

> Em Sagres. Ao tufão, que se desencadeia,
>
> A água negra, em cachões, se precipita, a uivar;
>
> Retorcem-se gemendo os zimbros sobre a areia...
>
> E, impassível, opondo ao mar o vulto enorme,
>
> Sob as trevas do céu, pelas trevas do mar,
>
> Berço de um mundo novo, o promontório dorme.

> Só, na trágica noite e no sítio medonho,
>
> Inquieto como o mar sentindo o coração,
>
> Mais largo do que o mar sentindo o próprio sonho,
>
> - Só, aferrando os pés sobre um penhasco a pique,
>
> Sorvendo a ventania e espiando a escuridão,
>
> Queda, como um fantasma, o Infante Dom Henrique.

Quinto descendente de D. João I e Filipa de Lencastre[73], o Infante é considerado um dos homens mais capacitados e clarividentes de sua época. Para Clécio Quesado: "[...] (o Infante) na guerra, soube dar decisão à conquista de Ceuta; na vocação inata para estadista, mostrou-se um incentivador do expansionismo da cristandade, tornando-se um precursor do destino de Portugal no âmbito do domínio dos mares"[74]. Sobretudo, o Infante impõe-se como o grande agente do fervor do Sonho: "É que o Sonho lhe traz dentro de um pensamento / A alma toda cativa. A alma de um sonhador / Guarda em si mesma a terra, o mar, o firmamento," — como se lê na sexta estrofe.

O perfil de um sujeito ascético e determinado em suas obsessões, que tem caracterizado o Infante D. Henrique, surge delineado a seguir, em esboço binário, evidenciando, em primeiro plano, a figura de um ancião puro, jamais exposto às pressões do desejo carnal: "Casto, fugindo o amor, atravessa a existência, / Imune de paixões, sem um grito sequer / Na carne adormecida em plena adolescência; / E nunca aproximou da face envelhecida / O nectário da flor, a boca da mulher, / Nada do que perfuma o deserto da vida". Em seguida, Bilac dedica-se a encarecer o valor do destacado estrategista militar e guerreiro: "Forte, em Ceuta, ao clamor dos pífanos de guerra, // Entre as mesnadas (quando a matança sem dó/ Dizimava a moirama e estremecia a terra), / Viram-no levantar, imortal e brilhante, / Entre os raios do sol, entre as nuvens do pó, / A alma de Portugal no aceiro do montante". D. Henrique foi um dos responsáveis pelas explorações da costa africana, tendo participado, em 1415, da conquista de Ceuta. O tratamento a que o poeta o submete confere com o estatuto a ele outorgado pelos historiadores: "A Ordem de Cristo veio a substituir a ordem do Templo, e é por essa razão que os navios dos descobrimentos portugueses traziam pintadas nas velas a cruz dos Templários e, também por isso, coube ao Infante D. Henrique, administrador apostólico da Ordem de Cristo, um tão importante papel na condução das descobertas"[75]. Atribuir ao Infante D. Henrique a primazia do sonho e da utopia não constitui exclusividade da poética de Bilac. Nesta viagem pelos mares do sonho, cabe uma referência a outro brasileiro, também grande sonhador, tocado pela febre e o entusiasmo dos grandes feitos, o mineiro Darcy Ribeiro, como se apreende pelas observações por ele escritas um século após o poema de Bilac:

> Foi ele que compôs, peça por peça, a nau oceânica, com que os portugueses mapearam a costa da África, desenhando portulanos e plantando feitorias de caçar escravos.
>
> Sua nau era já servida de bússola chinesa, de astrolábio árabe, da vela chamada latina, também muçulmana, e do leme fixo. E surgiu a armada de canhões, cuspindo bolas de ferro e fogo. Era tudo o que o mundo precisava, então, para enfrentar o mar oceânico e descobrir, no além-mar, como de fato descobriu, Novos Mundos. Tudo obra de Henrique – o pio sábio[76].

Composto por Darcy Ribeiro, o perfil do Infante ganha uma aura de austera espiritualidade:

> O Infante viveu sua breve vida vestido no camisolão do hábito de Cristo, tecido em lã crua e não cardada. Levou sempre ao redor da cintura, debaixo da barriga, em cima das virilhas e dos culhões, um cinto de espinhos e silício, para se lacerar e queimar, pelo amor de Deus! Esse santarrão dado a longuíssimos jejuns e a tortuosas confissões, se fez o maior sabedor que houve então das artes de navegar[77].

Instalados em uma nau, voltemos ao poema de Bilac. As primeiras seis redondilhas encarregam-se de fornecer os dados para a apresentação do homenageado. São realçados traços definidores da personalidade: desde o duplo isolamento, que o leva a afastar-se da sociedade e das mulheres, configurando uma encanecida e ascética reserva moral — "Tu que, casto, entre os teus sábios, / Murchando a flor dos teus dias, / Sobre mapas e astrolábios / Encaneces e porfias —, passando, em seguida, aos atributos que reforçam a bravura como guerreiro. Os adjetivos usados na composição do retrato prestam-se a esboçar uma efígie de santo, ao realçarem os traços de um ser superior, dotado de caráter ascético e destemido — "Casto", "Forte", "duro", "calmo", "Sonhador". A gradação desses tópicos é elaborada no sentido de coroar o traço da excecionalidade — neste caso, de alguém, portador de uma alma "cerrada de todo à inspiração de fora", inteiramente entregue ao sonho. Sempre identificado à ideia de risco, o mar surge reiteradamente como "abismo", "medonho", "tenebroso", o cenário diante do qual se posta o Infante.

A tradição atribuiu-lhe a sistematização da conquista portuguesa do mar. Seus irmãos, os reis D. Duarte e D. Fernando, este conhecido como o Infante Santo, atuaram tragicamente na investida africana de que resultou o sacrifício de D. Fernando, após ser preso pelos mouros, na sequência de negociações malconduzidas. O episódio da morte do irmão assim se expressa: "Calmo, na confusão do horrendo desenlace, / - Vira partir o irmão para as prisões de Fez, / Sem um tremor na voz, sem um tremor na face". Posteriormente, auxiliou outro irmão, o regente d. Pedro, a investir nos Descobrimentos como estratégia para a expansão marítima e desenvolvimento do mercantilismo. Bilac compara D. Henrique a Argos (cujos descendentes foram os primeiros argonautas, navegantes cantados em epopeias antigas) e a Édipo, símbolo da cegueira — no caso, resultante da ideia fixa que obsidia o Infante e não da dificuldade de decifrar o mistério do mar; pelo contrário, até o sabe ler: "Na escuridão que te cinge, / Édipo! com altivez, / No olhar da líquida esfinge / O olhar mergulhas, e lês..." ("Mas o homem de pedra está diante deste infinito amargo e só vê o sonho que o devora", Raul Brandão). O lastro de esoterismo que envolve tradicionalmente a sua figura faz supor ter ele recebido diretamente de Deus a missão a que se devotou: "Ao largo, Ousado! o segredo / Espera, com ansiedade, /Alguém privado de medo / E provido de vontade... // Verás destes mares largos / Dissipar-se a cerração! / Aguça os teus olhos, Argos! / Tomará corpo a visão.../ [...] / Tu, buscando o oceano infindo, / Tu, apartado dos teus, / (Para dos homens fugindo, / Ficar mais perto de Deus)".

Fernando Pessoa, em *Mensagem* — que possui grande afinidade com "Sagres"—, também elege a figura do Infante como uma das personagens principais. Alguns especialistas chegam a insinuar que o poema de Bilac teria servido de inspiração para Pessoa (Cf. Suassuna, 1966). Em *Mensagem*, o Infante personifica o Sonhador por excelência, aquele que sonha o sonho necessário para que a obra nasça: "Deus quer, o homem sonha, a obra nasce". Nesse livro de Pessoa, lemos ainda, sobre o Infante, versos que realçam o cenário noturno, solitário: "Em seu trono entre o brilho das esferas, / Com seu manto de noite e solidão, / Tem aos pés o mar novo e as mortas eras - / O único imperador que tem, deveras, / O globo mundo em sua mão".

O Infante entrega-se por inteiro ao delírio em que vislumbra novos mundos a serem descobertos, em estado onírico povoado pela "voz da Sereia", que o impulsiona a enfrentar o desafio das naus: mostra-lhe a importância de seguir um destino heroico, cuja vitória residiria na capacidade de manter aceso o sonho. Cabe-lhe decifrar o destino obscuro, prenunciado pelos deuses, projetado misteriosamente no mar: assumir a identidade dos deuses celtas, identificar-se com eles, para defrontar-se com o oceano e descobrir novas terras:

> Vê como a noite está cheia
> De vagas sombras... Aqui,
> Deuses pisaram a areia,
> Hoje pisada por ti.
>
> E, como eles poderoso,
> Tu, mortal, tu, pequenino,
> Vences o Mar Tenebroso,
> Ficas senhor do Destino!

Ariano Suassuna, em ensaio escrito na década de 1960, afirma "que o grande feito português foi a ousadia de rasgar o véu de bruma do mar e decifrar o segredo"[78]. Qual Édipo, vitimado pela cegueira, por conta de seus desatinos, o Infante é visto como personagem trágica, arruinada pelo destino, "Fantasma" errante a vagar no promontório. Como senhor do Destino, o Infante é visto como ser excepcional, que participa do sagrado, aquele que terá o condão de fazer surgir ilhas "Como as contas de um rosário / Soltas na água sem fim". Por duas vezes o termo "Caos" é usado por Bilac, na versão impressa em 1898, na tentativa de expressar o confuso e conturbado cenário marítimo, por onde as futuras naus portuguesas haveriam de singrar, ousadas: "Começa o Caos aqui, na orla da praia escura?" (oitava estância); "Uma parcela do Caos" (penúltima quadra de redondilhas). Por duas vezes, os desastres e batalhas, inerentes às navegações, vêm à tona, sugerindo ainda o espetáculo violento e sanguinário de saques e matanças. A voz da Sereia, expressa nas redondilhas, como que prenuncia as futuras conquistas de terras "feiticeiras", pacificadas e dominadas pelo Sonho, lugares anteriormente referidos na estância sete de versos alexandrinos, ("Terras da Fantasia! Ilhas Afortunadas"), que englobam o universo de antigas e atuais colônias portuguesas, o Brasil a fechar o roteiro de conquistas (gradação sugerida na sequência de versos constantes nas redondilhas, aqui incluídos aqueles extintos da edição de 2001 — "Abrem-se ao sol os Açores"; "Pisam a África, abrasada"; "E alta já, de Moçambique"; "Largas abre as portas de ouro"; "Verá uma terra, ansiosa"; "Terá visto a Pátria, - filha / da Pátria dona das naus").

A oposição noite/dia alterna-se ao longo de estrofes, expondo, sob o manto do medo, a escura visão do caos noturno, sempre identificado com o velho mundo: "Promontório Sagrado! Aos teus pés, amoroso, / Chora o monstro...". Estabelecido o jogo opositivo, evidencia-se um elemento capaz de agregar nexos positivos, de sobrevivência, a capacidade de sonhar. A nota de religiosidade acompanha os relatos das viagens de conquista, de forma inapelável.

No epílogo, vê-se o Infante, identificado com seu destino, "mais longo do que o mar sentindo o próprio sonho", desaparecer na bruma encantada e descobrir, na navegação vivida e naquela outra, futura, por ele antecipada no sonho, feita em "galeões descomunais", o prêmio reservado àquele que manteve a alma "cerrada de todo à inspiração de fora" e teve o desígnio de pisar a mesma areia dos deuses. Dito de outro modo, "o Infante atravessa a bruma e, poeticamente, encontra na navegação que lhe é presente, e na que lhe será futura, as riquezas destinadas ao que pisou na mesma areia dos deuses"[79].

Continentes de fogo, ilhas resplandecendo,

Costas de âmbar, parcéis de aljofres e corais,

- Surgem, redemoinhando e desaparecendo...

REFERÊNCIAS

BILAC, Olavo. *Poesias*. Introdução, organização e fixação de texto de Ivan Teixeira. São Paulo: Martins Fontes, 2001.

BOTTON, Fernanda Verdasca; BOTTON, Flávio. "Sagres de Olavo Bilac: entre o mito e a história". *Revista da Anpoll*, Brasília, DF, Anpoll (Associação Nac. de Pós-Graduação e Pesquisa em Letras e Linguística), v. 33, 2012.

PESSOA, Fernando. *Obra poética*. Rio de Janeiro: Nova Aguilar, S.A., 1986.

QUESADO, Clécio. *Labirintos de um livro à beira-mágoa*. Rio de Janeiro: Elo, 1999.

RAMOS, Péricles Eugênio da Silva. "A renovação parnasiana na poesia". *In*: COUTINHO, Afrânio. *A literatura no Brasil*. v. II. Rio de Janeiro: Sul Americana, 1955.

RIBEIRO, Darcy. *Testemunho*. São Paulo: Siciliano, 1990.

SARAIVA, José Hermano. *História concisa de Portugal*. Mem Martins: Europa América, 1999.

SELEÇÕES DO READER'S DIGEST. À *Descoberta de Portugal*. Lisboa: S.A.R.L., 1982.

SODRÉ, Nelson Werneck. *História da literatura brasileira*. Rio de Janeiro: Civilização Brasileira, 1976.

SUASSUNA, Ariano. Bilac e Fernando Pessoa; uma presença brasileira em *Mensagem*. *Estudos universitários*, Recife, v.1, p.77-98, jan-mar.1966.

ENTRE O PASSEIO PÚBLICO
E O SERTÃO

JOSÉ GERALDO VIEIRA

José Geraldo Vieira (1897-1977) confessa que foi num Carnaval que dois amigos sequestraram o rascunho de seu primeiro romance: "Augusto Frederico Schmidt e Hamilton Nogueira me arrebataram da minha gaveta, onde estava de vinhadalhos havia sete anos, *A mulher que fugiu de Sodoma* para o prelo das Edições Schmidt"[80]. Em 1931, deu-se a estreia, com *A mulher que fugiu de Sodoma*, a que se seguiram *Território humano* (1936), *A quadragésima porta* (1943), *A túnica e os dados* (1947), *A ladeira da memória* (1950), *Terreno baldio* (1961), alguns com tiragens superiores a 40 mil exemplares.

O que se deu com esse escritor paulista indicia um progressivo esquecimento, um interesse em apagar seu legado, numa demonstração inequívoca de que, no país, nas últimas décadas, ocorreu o que muitos pesquisadores perceberam: "a cultura foi sendo rebaixada a instrumento de ideologia" segundo assertiva de Francisco Escorsim (posfácio). Para isso, muito contribuiu uma parte da abalizada crítica nacional. Rotular a sua obra de conservadora tem sido o recurso usado pela crítica socio-lógica, em tentativa de reduzir a relevância de uma escrita cosmopolita, de feição introspectiva e recorte universal, plasmada numa atmosfera erudita, com as inovações que lhe são próprias. Para Antonio Candido, o autor seria um intelectual deslumbrado pela Europa, "estrangeiro no próprio país": "sonho de verão de um burguês recalcado, o seu romance é, intimamente, do ponto de vista ideológico, um fruto do idealismo bur-guês que caracterizou o nosso século até a presente guerra"; "Os heróis de José Geraldo Vieira hão de forçosamente contemplar mais o próprio umbigo do que o mundo" (*A Brigada ligeira*, 1945). O preconceito contra o romance introspectivo tem início aí. Uma espessa coluna socializante recobre os anos 40 a 70, impedindo de observar que o nosso romance passava por um rico processo de renovação, agregando outros discursos e novas técnicas, patentes nos melhores romances de Clarice Lispector, Lúcio Cardoso, Otávio de Faria, José Geraldo Vieira.

Sobre a sua produção ficcional, apresenta-se a opinião de alguns escritores, tendo como fonte o *Dicionário literário brasileiro*, de Raimundo de Menezes.

"Poucos romancistas contribuíram com tanta coisa nova para a novelística brasileira quanto José Geraldo. Poucos tão conscientes em seu trabalho, poucos tão originais e donos de um universo romanesco tão vasto, nenhum integrando tanto o drama do homem brasileiro no quadro do drama do mundo de hoje. O espaço e o tempo do nosso romance cresceram e muito com a obra de José Geraldo Vieira" (Jorge Amado).

"Não é por se tratar de um contemporâneo, de um homem que podemos encontrar diariamente na esquina que devemos nos recusar a esta verificação escandalosa: o sr. José Geraldo Vieira tem o gênio literário, é, na Literatura Brasileira, uma das mais eminentes encarnações do escritor, do romancista. [...] É por isso que transpõe facilmente as fronteiras das historietas domésticas e insignificantes em que o romance corrente se situa. Ele está sempre mais além, 'do lado de lá', naquelas regiões estigianas em que penetramos a medo, guiados pela mão desse Virgílio" (Wilson Martins).

"José Geraldo Vieira, o mais vocacionalmente dotado para o gênero de todos os companheiros".

"Aqui está o grande mestre do romance brasileiro de hoje" (Érico Veríssimo).

Cabe registrar com euforia a volta ao mercado de romances, como *A ladeira da memória*. O esforço de análise de modulações interiores, a sondagem psicológica, a reflexão sobre as ruínas urbanas, a abertura cosmopolita, uma sensibilidade ao ar decadente da aristocracia, a crítica às instituições, o gosto da ebulição urbana, o lugar da tecnologia na modernidade constituem traços de sua ficção. *A ladeira da memória* é o seu quinto romance, denso de atmosfera afetiva, emotiva, vazado em estilo sugestivo, a despeito de algum preciosismo de vocabulário, de um gosto por divagações eruditas, sem descurar, no entanto, do cuidadoso desenvolvimento da intriga. Distancia-se de soluções dialéticas, adotando atalhos simbólicos, próximos de algum verniz simbolista. Contemporâneo à eclosão da segunda grande guerra, o narrador desenvolve a narrativa, em duas direções: sua tristeza diante da devastação imposta à França pelas tropas alemãs; noutra linha, registra outra mágoa que o aflige, a infecção descoberta na garganta de Renata, a amada proibida, após sucessivos exames de radiologia. Lançado em 1950, o romance resiste, como legítimo representante do romance psicológico com pretensões cosmopolitas, ricas descrições da vida de aristocratas paulistas, convivendo ao lado de miseráveis barracos ou antigos prédios invadidos. O tratamento dado à linguagem antecipa traços do estilo pop dos anos 70 (Roberto Drumond e a profusão de marcas, grifes e chancelas industriais).

REFERÊNCIAS

MENEZES, Raimundo de. *Dicionário Literário Brasileiro*. 2. ed. Rio de Janeiro: Livros Técnicos e Científicos, 1978.

VIEIRA, José Geraldo. *A ladeira da memória*. Campinas, SP: Sétimo selo, 2021.

MARQUES REBELO E OS ANOS 40

Período vastamente registrado em obras literárias, os anos 40 em nossa literatura inscrevem-se como um privilegiado contexto, com produção marcante de autores, que se expressaram nos mais variados gêneros. Afonso Arinos M. Franco, Alceu Amoroso Lima, Augusto F. Schmidt, Carlos Drummond de Andrade, Ciro dos Anjos, Clarice Lispector, Cornélio Pena, Érico Veríssimo, Gilberto Amado, Graciliano Ramos, Guimarães Rosa, Jorge Amado, Jorge de Lima, José Cândido de Carvalho, José Condé, José Lins do Rego, Josué Montello, Lúcio Cardoso, Manuel Bandeira, Mário de Andrade, Otávio de Faria, Rachel de Queirós, muitos protagonistas da saga *Espelho partido*, de Marques Rebelo, publicam livros relevantes. A ditadura de Vargas, na segunda fase do Estado Novo, com a guinada nacionalista, incentiva os esforços de autonomia no plano econômico. Apesar da persistência do autoritarismo, consegue manter abertas as fronteiras do país, assessorado pelo Ministro da Educação e da Saúde, Gustavo Capanema, num período de intensa onda migratória. Levas de judeus, fugidos à perseguição nazista, encontram guarida no solo brasileiro.

O romance *A guerra está em nós*, de Marques Rebelo (1907-1973), lançado em 1968, destaca-se como precioso arquivo dessa década. Escrita em forma de diário que recobre os anos de 1942 a 1944, a obra elabora um mosaico arejado de uma grande cidade latino-americana, flagrada em seus anseios e vetores coletivos, sem deixar de recortar os núcleos intensos de vida e pulsões individuais. O Rio de Janeiro pulsa majestoso e autêntico em suas páginas. Integra-se, nesse aspecto, na categoria das melhores experiências fictícias, no afã de registrar, com autonomia de linguagem, a substância da realidade urbana do país. Sobre os fragmentos que compõem o romance, afirma o narrador, exatamente ao meio da empreitada, no interesse de conferir seriedade a um projeto que poderia ser visto como algo esculhambado:

> São manchas, algumas de bonita cor, o que eu escrevo e acumulo neste livro caudaloso, manchas soltas, sem contato, sem relação, sem unidade, ilhotas dum arquipélago entre sentimental e maledicente, dirão muitos leitores traídos pela ótica.

> Perdão! Deem um passo atrás, um ou dois, e cerrem os olhos, tal como fazem os admiradores de pintura com um tique de ostentação. E, com surpresa, verão que os interstícios são ilusórios, pura habilidade do artista familiarizado com o pincel do pontilhismo, que as manchas, longe de se repelirem, se fundem coesamente num quadro só – o quadro que eu desejo!
>
> (1943, 13 de outubro)

Ninguém se expressaria melhor: os intervalos são enganosos, os escritos assemelham-se aos traços feitos pelo pintor impressionista; os fragmentos, à primeira vista sem relação ou nexo entre si, integram-se coerentemente num esboço planejado: "longe de se repelirem, se fundem coesamente num quadro só". No ano do lançamento, o autor contava 61 anos, esbanjando uma maturidade intelectual invejável, em plena fruição da capacidade criadora e reflexiva. O tempo focado no romance — os primeiros anos da década de 1940 — reporta obviamente a uma fase de vigor físico do autor. A combinação destes dois fatores — os anos de exuberância física retratados, o modo reflexivo como são vistos — acrescenta à empreitada um toque de mestre: os fragmentos (*as manchas*) se entrelaçam no relato, de acordo com o gosto estético do autor — "pura habilidade de artista", "o quadro que eu desejo!". Em momento evocativo, bem à frente, o narrador logra, numa sofisticada enunciação, tendo como suporte uma alusão a cores, produzir uma imagem de sutil recorte pontilhista:

> Por força duma obrigação, passei hoje pela velha casa, a casa que foi nossa. Está caiada de novo, de um branco demasiado branco, as esquadrias de um azul demasiado azul, entre fachadas que foram azuis, verdes e amarelas e que trazem agora a fatigada melancolia das cores desbotadas pela chuva. O caramanchão já não existe, as roseiras e a azáleas morreram ou foram cortadas, as últimas mangueiras debruçam-se com mais galhuda ousadia sobre os últimos quintais vizinhos.
>
> (1944, 11 de outubro)

A estrutura em mosaico, fragmentada, típica do gênero diário, elabora elementos do arquivo, em que as partes, os fragmentos datados, acabam por se agregar, em busca de uma autonomia, outorgada ao conjunto. A complexidade do universo urbano, o ar do tempo, os principais eventos da literatura e das artes plásticas, a urgência impactante da grande guerra (navios afundados, soldados brasileiros mortos), o ambiente de denúncia e sectarismo, a rotina do cotidiano carioca, a sensualidade das relações amorosas, tudo isso produz uma nítida impressão de que à literatura se direcionam as vozes dos humilhados e os gritos dos oprimidos. Nesta altura, convoco a larga experiência de Josué Montello neste campo do diário, conhecedor do amplo alcance da incursão na memória, não apenas a individual, mas a coletiva, a dos *compagnons de route*, se bem que em perspectiva distinta, de extrema fidelidade ao real. Recorto, de início, um tópico da extensa escrita diarística do autor maranhense, em que faz uma alusão a Marques Rebelo. Ao divagar, imerso em lembranças da juventude, perambulando no centro antigo do Rio, dá-se conta o autor explícito, Josué Montello (o diário não compactua com subterfúgio), de que perdera uma conferência na sede do Instituto Histórico: "Na esquina, ergo a cabeça para ler uma placa: rua Marques Rebelo. Muito bem. Aqui está a homenagem merecida. Rebelo amou o bairro e estas velhas casas. Nada mais justo que seu nome, neste lugar". Confira-se a anotação do dia 6 de setembro de 1977, em *Diário da noite iluminada*.

O expediente do diário como recurso ficcional, trilha por onde transita Marques Rebelo, não mantém afinidade com o diário, como testemunho e registro real da experiência vivida, no caso da escrita referida de Josué Montello, motivada pelo esforço de captar "um depoimento definitivo", "as verdades essenciais – aquelas que correspondem às impressões momentâneas, a que associei o rigor da probidade informativa". Montello faz essa reflexão no dia 12 de novembro, no volume citado. O diário como artifício ficcional, na elaboração de um romance, pode agregar o suporte de registros datados, terreno em que opera Marques Rebelo. Mesmo distanciando-se do estatuto do diário convencional, pela astúcia da ficção, os romances formados pela saga *Espelho partido* mantêm o foco no tempo que vai escoando. Josué Montello, noutro momento do diário publicado nos anos 90, não reconhece nessa obra de Rebelo a rigorosa fidelidade ao estatuto do romance:

> Rebelo cometeu um erro insanável quando deu ao seu diário o tom de um romance em vários volumes. O romance não chegou a ser romance. O diário deixou de ser Diário. Este, bem escrito como é, com os nomes verdadeiros no seu lugar, teria a força de um testemunho. Como romance, não alcançou a harmonia que Machado de Assis soube imprimir ao seu *Memorial de Aires*, em que talvez se tenha inspirado.

A data é 30 de outubro de 1982, em *Diário da noite iluminada*. Montello não se dá conta da evolução expressiva verificada ao longo do século, em torno do estatuto ficcional, ampliado radicalmente, no sentido de incorporar uma gama variada de discursos e matéria.

A visita do narrador a Mário de Andrade, figura emblemática do Modernismo brasileiro, será contada com sobriedade e vigilante cuidado, deixando transparecer o enlevo do jovem autor, a perplexidade diante de um dos nomes mais representativos da arte brasileira: "Recebeu-me de *robe-de-chambre* adamascado, numa fresca aura de água-de-colônia, o porte imenso, as mãos imensas, o riso grande e bom" (1942, 25 de julho). A variedade de registros, a amplitude do recorte, a fidelidade ao retrato realista, o viés irônico, a recolha de costumes, a consciência de que o novo emerge do uso crítico da tradição, todo um arsenal de recursos e efeitos são convocados numa obra que se pretende capaz de dar uma visão, ainda que distorcida, de um tempo marcado pelas notas sangrentas do extermínio. As mudanças sociais provocadas pelo início da industrialização perturbam os hábitos conservadores em geral:

> Um dos frutos da guerra, o racionamento, que começou para impressionar o povo, acabou sendo o mais rendoso negócio dos ricos. Os açambarcadores se enchem. Os vendeiros tornaram-se insolentes: "É se quiser!..." e já se sabe que é pelo câmbio negro e com filas de se perder de vista. [...] O dinheiro nunca chega. As empregadas rareiam na casa dos amigos, trocando o serviço doméstico pelo fabril, que rende mais com menos horas de trabalho.

> (1943, 11 de janeiro)

Considerado superficial por uma parte da crítica, talvez em decorrência do teor zombeteiro de suas obras de ficção, Marques Rebelo deixou marcas na literatura. Nesse arcabouço de recordações, em que insignificantes objetos ou banais portadas de prédios desencadeiam descrições ardorosas de imagens, não rareiam páginas repassadas de pruridos conceituais: "A literatura é um prolongamento escrito de nós mesmos. Nela se refletem as nossas falhas e atavismos, nossos defeitos capitais e veniais, nossas incompreensões e frustrações, apesar do empenho que temos de encobri-los, disfarçá-los, atenuá-los" (1945, 6 de janeiro). O exaltado talento verbal de Marques Rebelo, reconhecido em unânime pela crítica, encontra aqui sua vitrine especial. O escritor deixa transparecer a estirpe de sua oficina, calibrada pela astúcia narrativa, em longas leituras traquejada, afeita a acolher metáforas ousadas e modos inusitados, coloridos, sensoriais, de compor as cenas e dizer as coisas.

> Cem metros além do nosso edifício termina a rua, sem saída, em ângulo quase reto com a montanha, que grimpa em súbito aclive. As edificações são poucas neste trecho, poucas e boas, ricas até, com cuidados jardins ou invejáveis parques que se somam à floresta espessa de lianas, fetos, trepadeiras, sarmentos e corimbos. Nos terrenos sem muros a mataria é um prolongamento da floresta – ipês, quaresmeiras, paineiras, umburanas, embaúbas, sapucaias, palmeiras, mangueiras, onde os caburés gargalham noite feita, jaqueiras, jequitibás, socadas de bananeiras cujos cachos Pérsio vai colher antes que os moleques os encontrem nas vadias incursões com atiradeiras e varapaus. [...]
>
> A cem metros do edifício havia, quando chegamos, um barraco escondido numa clareira. Agora são três.
>
> (1943, 14 de junho)

Espremido em meio às centenas de personagens, avulta, no entanto, exíguo, o perfil do narrador: "Vagarosa, vagarosamente é que se vai dando forma nestas páginas sem pressa à estátua do homem pequeno que sou eu, limitado, insatisfeito, às vezes perplexo, outras esmagado. Cada dia uma bolinha de barro, mínima, insignificante, mal amassada, cada dia uma, barro ou lama, que redime as mãos impuras, que leva à noite do coração um pequeno raio de sol" (1943, 26 de novembro). Cabe registrar este outro reparo de Josué Montello, sobre a produção literária de Marques Rebelo, escritor com que compartilha o mesmo tempo, ambos sob o impacto da segunda grande guerra, de que "as páginas melhores não são aquelas em que exercitou a zombaria contra amigos e companheiros, mas sim as páginas sentimentais, de tom romântico ou evocativo" (Registro do dia 31 de maio em livro anterior, *Diário da tarde*).

Os ataques contra o Estado Novo, a princípio combatidos ferozmente pelos aparelhos do DIP (Departamento de Imprensa e Propaganda), foram se tornando frequentes a partir da segunda metade da década. Antes, na imprensa do país, quando um entrevistado propunha eleições, ou clamava por uma nova Constituição, acabava sendo preso. Aos poucos, as pressões cresceram e ficou impossível reprimir a oposição, mostrando-se combalido o empenho repressivo do governo. O Congresso de Escritores, em 1945, preconizava que os "homens do pensamento" deviam se posicionar ante os problemas do tempo, ainda mais quando foi sendo notada, de forma mais nítida, a visível coloração fascista do Estado Novo. Contra a ditadura então instalada, revolta-se bravamente o jovem político Carlos Lacerda, que viria a ser mais tarde o editor da maior parte da obra de Josué Montello. O testemunho fictício de Carlos Lacerda, feito personagem em *A república das abelhas*, na pena de Rodrigo Lacerda, que também mergulha nos arquivos sobre os anos 40, é bastante esclarecedor, a respeito da relação do intelectual com o Estado nessa época:

> Na juventude, acabei ficando contra o Governo Provisório e o Estado Novo porque eles perseguiam os comunistas e mal disfarçavam a inclinação fascista que davam a tudo no Brasil. Depois, estremecida minha adesão ao comunismo, e tendo o fascismo perdido o glamour, entendi que o Estado Novo na verdade prejudicava o surgimento de uma República moderna, política e economicamente falando. Sem eleições, não se formaram novas lideranças, o mesmo capitalismo para poucos continuou, num discurso liberal com espírito de Velha República. A industrialização que se fez foi artificial, recebida como moeda de troca dos Estados Unidos, sem confiar realmente na capacidade de investir e trabalhar do povo brasileiro, e inteiramente dependente do governo. O Estado Novo, para mim, continuava sendo um obstáculo ao progresso real das relações econômicas e no trabalho[81].

A realidade histórica vivida por Marques Rebelo, transfigurada em muitas passagens da saga, confunde-se com a do exausto Mário de Andrade no final de seus dias, a mesma dos combativos e controvertidos Carlos Lacerda e Jorge Amado. Comunistas de um lado, integralistas de outro, políticos tradicionais apoiando as oligarquias rurais, simpatizantes vira-casacas infiltrados nos dois lados, a situação política da época oscilava entre posições extremadas, contraditórias e pontuais. Aos políticos, incomodavam as atitudes reticentes dos intelectuais, instalados aparentemente numa postura ideológica imprecisa. Aos intelectuais, molestavam os excessos de arroubo social de alguns políticos. A este respeito, vale transcrever a observação feita pela personagem Mário de Andrade ao amigo Carlos Lacerda, no romance há pouco referido, de Rodrigo Lacerda:

> Esse é o problema com esse seu brilho tão fácil, com esse seu gênero tão afirmativo, essa alma de preto no branco, essa facilidade leal, clara, mas estonteante, de julgar firme. Você usa as palavras com uma verdade verbal de escritor que já nasceu feito, e com esse brilho todo ruibarbosamente, se mete a defender causas perdidas, ou inexistentes[82].

Como escritor, Marques Rebelo registra os fatos por ele observados, faz uma crônica bem-humorada do que ocorria no subúrbio carioca, sem deixar de referir a grande guerra na Europa e os reflexos pungentes na realidade brasileira. Repórter atento, divulga os acontecimentos e movimentos do governo autoritário, mas não toma partido explícito contra o Estado Novo, não se posiciona diretamente. Age como intelectual, no clássico figurino, de defensor dos valores universais. O narrador por vezes parece se identificar com a indignação popular, mas sem atuar ativamente nesse sentido.

Não seria descabido comparar Marques Rebelo ao indivíduo que atravessa a fogueira das ideologias sem se queimar, mantendo-se distanciado de engajamento compulsório. A ética humanista e a crença em valores universais se, por um lado, consentiam na luta por uma sociedade melhor, por outro, endossavam uma revolta contra as prerrogativas e preconceitos burgueses. A motivação primeira do intelectual brasileiro prezava o interesse nacional, o motivo telúrico pairava acima de tudo. Tanto na vertente verde-amarela, como na antropofágica, se adotarmos a esteira modernista, a solução socialista afigurava-se enganosa, utópica. Sem portar bandeira, o intelectual moderado dos anos 40 pleiteia um aprofundamento na análise da estrutura social, uma tentativa incessante de revisão de rumos. Talvez Marques Rebelo não tenha se esquecido da lição universal vislumbrada no encontro com Mário de Andrade, ao perceber que o mestre modernista implementava maior importância ao estético do que ao social. "Não mais comunista no sentido de se atirar no abismo, mas no de uma busca incessante por justiça social e por uma nova espécie, mais profunda, de ética"[83].

À procura de uma forma nova, mais profunda, de ética. Esta, talvez, teria sido a postura de Mário de Andrade, o escritor que se tornou amigo de Carlos Lacerda e o teria questionado sobre sua atividade política, pelo menos no enquadramento ficcional que temos acompanhado. O diálogo entre Mário de Andrade e Lacerda, enunciado no romance de Rodrigo Lacerda, pode nos fornecer alguma pista, a respeito das controvérsias políticas e ideológicas dos anos 40. Ao chamar a atenção do jovem político a respeito de sua "alma de preto no branco", pragmática e objetiva, o escritor modernista teria ressaltado (e ao mesmo tempo, criticado) a sua atuação política exacerbada. Para Marques Rebelo, na visita relatada, Mário de Andrade lhe solicita (e ao mesmo tempo, chancela, ratifica) a veemência de sua atuação estética.

> Ao acender as luzes, e garoava, saí levando no peito um calor diferente. Compreendia pela primeira vez, veridicamente, que havia oceanos e regatos, que meus olhos jamais poderiam abarcar espaciais horizontes, que minhas águas seriam, quando muito, as de recôndita enseada, longe das grandes linhas de navegação. Compreendia que um homem pode ser mais importante que a sua obra. Compreendia a suprema abnegação de sacrificá-la em prol da chefia de um movimento de renovação e descobrimentos. Compreendia que depositara dentro de mim, propositadamente ou não, um novo fermento.
>
> (1942, 25 de julho)

Os anos 40 transcorrem no Brasil em ritmo de forte inquietação, sob a atmosfera sufocante da guerra, irremediavelmente sufocados em acalorados debates nacionalistas. Talvez por isso haja tantos escritores, atores, pintores e artistas plásticos nessa *guerra* de todos. Não seria desatino afirmar que o romance *A guerra está em nós* prossegue um vigoroso e melancólico esforço, iniciado há 60 anos em *O Trapicheiro* (1959), continuado em *A Mudança* (1962), de salvar da ruína uma parte dos dias que o escritor viveu. A própria dissolução erótica em que mergulha o personagem Eduardo, suposto *alter ego* do autor, pode ser vista como uma espécie de compensação em face da impotência individual ante as ilicitudes praticadas pelo Estado Novo, num contexto marcado pela atuação dinâmica de inúmeros atores.

REFERÊNCIAS

LACERDA, Rodrigo. *A república das abelhas*. São Paulo: Companhia das Letras, 2013.

MONTELLO, Josué. *Diário da tarde*. Rio de Janeiro: Nova Fronteira, 1987.

MONTELLO, Josué. *Diário da noite iluminada*. Rio de Janeiro: Nova Fronteira, 1994.

REBELO, Marques. *A guerra está em nós*. Rio de Janeiro: José Olympio, 2009.

GUIMARÃES ROSA:
SERTÃO E NARRATIVA TRANSGRESSORES

Passados quase 70 anos após sua publicação, *Grande Sertão: veredas* (1956), único romance de Guimarães Rosa, continua um enigma explorado por pesquisadores. Dada a sua abrangência temática e estrutural, tornou-se o objeto de eleição de pesquisas em torno de variadas facetas do saber humano, da linguística à sociologia, da filologia à filosofia, da geografia à história, da psicanálise ao esoterismo. Esta é, sem dúvida, uma das prerrogativas da arte, conjugar diversos saberes numa unidade discursiva. Como afirma Roland Barthes:

> A literatura assume inúmeros saberes. Num romance como *Robinson Crusoé*, há um saber histórico, geográfico, social (colonial), técnico, botânico, antropológico (Robinson passa da natureza à cultura). Se, por não sei que excesso de socialismo ou de barbárie, todas as nossas disciplinas devessem ser expulsas do ensino, exceto uma, é a disciplina literária que deveria ser salva, pois todas as ciências estão presentes no monumento literário[84].

Esta leitura se propõe a observar as tensões articuladas às questões de gênero e à ambiguidade sexual. Dentre as pontas da experiência humana que se cruzam no texto rosiano, que a si mesmo define como "matéria vertente", destaco a ambiguidade erótica.

A crítica literária tem reconhecido, desde os anos 60 do século passado, a sua importância renovadora, seja pela habilidade de conciliar o tom e a forma ficcional à linguagem ousada, seja pelo recorte mítico e histórico do país, através de um enredo habilmente marcado pelo suspense. Com efeito, a manutenção do suspense a respeito do segredo de Diadorim e a sua relação de amizade com Riobaldo são elementos decisivos na fabulação. Os incidentes romanescos talvez nem sejam o mais importante, remetidos à sombra diante da monumental elaboração linguística. Em estudo pioneiro sobre o romance, Antonio Candido refere a necessidade de o leitor "penetrar nessa atmosfera reversível, onde se cortam o mágico e o lógico, o lendário e o real", como forma de "sondar o seu fundo e entrever o intuito fundamental, isto é, o angustiado debate sobre a conduta e os valores que a escoltam"[85].

Atormentado pela impossibilidade de amar Diadorim, Riobaldo em vários momentos deseja abandonar a vida de jagunço. Quem impede que tal aconteça é Diadorim, o companheiro inseparável, que acaba matando Hermógenes, numa luta que é a razão de toda a sua vida. Quando o corpo do companheiro é recolhido e cuidado para ser enterrado, percebe-se que Diadorim é uma mulher, a qual se vestira de jagunço e teria jurado vingar a morte de Joca Ramiro. A revelação da identidade de Diadorim é uma revelação de gênero. O suposto jagunço, por quem Riobaldo estivera o tempo todo apaixonado, é uma mulher. Seu nome homenageia o Marechal Deodoro, o proclamador da República em 1889.

> Só um letreiro achei. Este papel, que eu trouxe – batistério. Da matriz de Itacambira, onde tem tantos mortos enterrados. Lá ela foi levada à pia. Lá registrada, assim. Em um 11 de setembro da era de 1800 e tantos... O senhor lê. De *Maria Deodorina da Fé Bettancourt* Marins – que nasceu para o dever de guerrear e nunca ter medo, e mais para muito amar, sem gozo de amor...[86]

Além dos embates bélicos, a grande tensão para o narrador constitui sua relação com Diadorim, um misto de amizade e amor que os une mais de duas décadas. O desafio é a manutenção do afeto intenso numa esfera de lealdade, confiança, respeito, sinceridade. A tal ponto o destino de ambos está ligado que o narrador, ao apresentar os integrantes do bando, afirma: "O Reinaldo – que era Diadorim: sabendo deste o senhor sabe minha vida"[87]. Outras passagens explicitam a relação afetiva, iniciada na infância como amizade e que evolui até se tornar mais tarde paixão avassaladora:

> O Menino me deu a mão: e o que mão a mão diz é o curto; às vezes pode ser o mais adivinhado e conteúdo; isto também. E ele como sorriu. Digo ao senhor: até hoje para mim está sorrindo. Digo. Ele se chamava o Reinaldo[88].

> Era, era que eu gostava dele. Gostava dele quando eu fechava os olhos. Um bem-querer que vinha do ar do meu nariz e do sonho de minhas noites. O senhor entenderá, agora ainda não me entende[89].

> Amizade nossa ele não queria acontecida simples, no comum, sem encalço. A amizade dele, ele me dava. E amizade dada é amor[90].

> Era que ele gostava de mim com a alma; me entende? O Reinaldo. Diadorim, digo. Eh, ele sabia ser homem terrível. Suspa![91]

Em algumas ocasiões, Riobaldo vê-se prestes a fraquejar no elevado anseio em relação a Diadorim. O mais impressionante, nesta saga de jagunços, é a dignidade seguidamente encarecida pelo narrador na manutenção da amizade. A descoberta da identidade feminina de Diadorim, entretanto, não isenta Riobaldo de ter tido uma experiência da ambiguidade sexual, de dimensão homoerótica. A ênfase dada à intencionalidade da enunciação (os pronomes pessoais, os adjetivos e advérbios expressivos) reforça a aproximação entre os dois. "Alegria minha era Diadorim. Soprávamos o fogo juntos, ajoelhados um frenteante o ao outro. [...] Eu tinha súbitas outras minhas vontades, de passar devagar a mão na pele branca do corpo de Diadorim, que era um escondido"[92].

Amar um homem, para o narrador, o ex-jagunço Riobaldo, era enfrentar os valores estabelecidos pela sociedade. A impossibilidade de concretização desse amor resulta do legado recebido do contexto geográfico, a rigorosa moral do sertão. A paixão proibida por Diadorim, jagunço do mesmo bando, transforma-se em amor socialmente inaceitável, deixando Riobaldo hesitante entre os polos antitéticos da atração e da repulsa. Para o narrador, Diadorim era "[...] o único homem que a coragem dele nunca piscava e que, por isso, foi o único cuja toda coragem às vezes invejei. Aquilo era de chumbo e ferro"[93]. O exercício da narração possibilita-lhe realizar seu desejo, no plano onírico ou metafórico.

A grande tensão diz respeito à relação conturbada, a ponto de ver no amigo um duplo seu: "[...] mesmo eu gostava do cheiro dele, do existir dele, do morno que a mão dele passava para a minha mão. O senhor vai ver. Eu era dois, diversos? O que não entendo hoje, naquele tempo eu não sabia"[94]. Refletindo a ideia de que um complementa o outro (a rasura da mãe num caso, a falta do pai noutro), afirma que seus nomes formam um par perfeito, numa intuição de que seria possível a passagem da dualidade para a Unidade: "'*Riobaldo... Reinaldo...*'" de repente ele deixou isto em dizer: Dão par, os nomes de nós dois"[95]. Os instantes de maior aproximação acontecem tendo a água como cenário: o conhecimento inicial e a travessia da confluência do rio São Francisco com o rio-de-janeiro no barco frágil; o reencontro dos dois no rio das Velhas; o mau desejo de Riobaldo às margens de um riacho, provável afluente do rio Soninho. A terrível travessia da confluência dos rios pelas duas crianças carrega forte simbologia, simulando um ritual de iniciação: é como se Reinaldo batizasse Riobaldo nas águas, integrando-o no mistério da vida e da morte. "A água também se associa à ideia de sabedoria intuitiva. A imersão nas águas vai, portanto, trazer o duplo significado de vida e de dissolução, de renascimento e de renovação"[96].

O ritual celebrado pelos dois no rio das Velhas (o corte do cabelo, o raspar da barba, o banho) atualiza os trabalhos imemoriais da separação e iniciação dos eleitos, configurando a possibilidade de uma união transcendental, aspecto observado por Francis Utéza:

> Mergulhar nele seria portanto regressar à Fonte primordial: pelas águas das Velhas às águas das Mães. Contudo, os preconceitos da cultura sertaneja voltam à tona, impedindo o banho- "Agançagem!" No seu comentário, recusando o homossexualismo, o narrador sugere a sobre-coisa, embora pelo lado negativo da superstição quando interpreta a sua ligação com Diadorim como "coisa feia".
>
> De qualquer forma, as consequências do ritual realizado naquele arremedo do Éden se fariam sentir ao cabo de três dias, numa verdadeira iluminação: "Os afetos. Doçurado olhar dele me transformou para os olhos de velhice da minha mãe"[97].

Diadorim representa a mistura de luz e trevas, é o elemento contraditório, simultaneamente delicado e violento, aquele que tem o corpo encoberto, muitas vezes comparado à neblina, o que se esconde. É a própria duplicidade moral: demoníaco e divino; duplicidade de gênero: jagunço e donzela. O nome expressa a ideia de divisão: associa-se tanto à claridade (dia), como ao sofrimento, à escuridão (dor). Associa-se, ainda, pela coragem, ao diabo, ao diá, como diz o narrador: "Mais, que coragem inteirada em peça era aquela, a dele? De Deus, do demo?"[98]. Ao ser comparado ao pássaro manuelzinho da coroa, articula-se à espiritualidade positiva: Manuel/Emanuel (Deus conosco, na Bíblia). Liga-se simbolicamente ao pai: para vingar a morte dele, adia e abdica seus desejos e feminilidade.

A ambiguidade amorosa vem realçada nas imagens de pedra ou ferro: "Diadorim pareceu em pedra, cão que olha. Contanto me mirou a firme, com aquela beleza que nada mudava"[99]. "O amor? Pássaro que põe ovos de ferro"[100].

A equivalência entre Diadorim/Otacília, dois valores afetivos, fica destacada no episódio da pedra preciosa. "De Arassuaí, eu trouxe uma pedra de topázio". A pedra trazida de Arassuaí, (a princípio, um topázio; depois "uma safira") é ofertada a Diadorim, que reluta em aceitá-la, prometendo recebê-la após a vingança. Esta pedra posteriormente é dada de presente a Otacília, que viria a ser a mulher do narrador. De topázio, a safira oferecida a Diadorim e dada a Otacília, a pedra sofre uma transmutação mineral (do amarelo ao azul), equivalente a uma mudança espiritual. "Agora, o destino da gente, o senhor veja: eu trouxe a pedra de topázio para dar a Diadorim; ficou pra Otacília, por mimo; e hoje ela se possui é em mão de minha mulher!"[101]. Estar em mão de sua mulher representa para o narrador o símbolo de um conhecimento que se oferece e se recusa de forma absurda, de vez que: "o conhecimento do amor e sua transmutação continuam sendo a atração por Diadorim, sempre presente, não como mulher, mas como reflexo da androginia latente de Riobaldo, de uma relação interditada, mas que implica a complementação de Riobaldo"[102].

Otacília, cujo nome realiza uma transliteração com Taoísmo, revelando uma das inúmeras marcas transcendentais da obra, é uma personagem secundária, sem vida própria, apenas referida pelo narrador. "Outras horas, eu renovava a ideia: que essa lembrança de Otacília era muito legal e intrujã; e que de Diadorim eu gostava com amor, que era impossível"[103].

A associação de Diadorim a pássaro — "O amor, já de si, é algum arrependimento. Abracei Diadorim, como as asas de todos os pássaros" [104]— pode referir a elevação espiritual, o poder libertário do conhecimento, reverberando, ainda, as idealizações inatingíveis, de acordo com Ana Maria de Almeida. Riobaldo, quando se torna chefe, é comparado por Zé Bebelo ao urutu, uma cobra, elemento que rasteja.

> Diadorim – seu duplo, pressentido e interdito – é o espelho no qual se reflete a oposição básica que há em Riobaldo, dividido entre o desejo de repouso e a movimentação insuperável do espírito. [...] Diadorim é o elemento solar – o pássaro – enquanto Riobaldo é a serpente, o Urutu-Branco, símbolo do primitivo, dos instintos mais baixos. Todas as

mitologias arcaicas acentuam o antagonismo terrível dos dois elementos[105].

A rasura da crítica frente ao componente homoerótico é sintomática e reflete a repressão imposta aos estudos sobre sexualidade. Numa tentativa de associar a crítica literária a uma teoria da cultura, Jonathan Dollimore discute o caráter fluido e instável do homoerotismo e os diversos intentos filosóficos, literários e científicos de dar-lhe fixidez, aprisionando-o numa narrativa coerente e impondo-lhe um esquema classificatório. Esta discussão parte da evidência de um paradoxo no cerne da cultura ocidental moderna; o da centralidade simbólica do homoerotismo para a própria cultura heterossexual que obsessivamente o repudia, de forma a se estabelecer uma relação em que "sua marginalidade cultural está em proporção direta a seu significado cultural"[106].

Outro aspecto nebuloso liga-se à crise crônica "de definição do homo/heterossexual, nomeadamente masculino, que data do fim do século XIX". O caráter difuso da personalidade de Diadorim sanciona exemplarmente a rasura da análise homoerótica. Como é sabido, os estudos de gênero impõem-se na década de 80 dos EUA, fortemente ligados aos estudos culturais. Fundamental na argumentação de Sedgwick, o conceito de armário pressupõe um ato de fala de um silêncio — não um silêncio particular, mas um silêncio que intermitentemente faz crescer a particularidade em relação ao discurso que o circunda e que o constitui como diferente[107].

O narrador vive a experiência de amar um homem, sofrendo a culpa disso. Paralela à luta dos jagunços, em meio às carências e farturas do sertão, a experiência de ter amado um companheiro o assusta. Mesmo que no final se descubra a real identidade de Diadorim, a lembrança que Riobaldo dele carrega é a de um companheiro de combates, o parceiro com quem partilhou momentos alegres e decisivos. Ao narrar o tempo após a morte de Diadorim e o seu consequente abandono da jagunçagem, Riobaldo refere que teria ficado fora de si.

> Mas eu disse tudo. Declarei muito verdadeiro e grande o amor que eu tinha a ela (a Otacília); mas que, por destino anterior, outro amor, necessário também, fazia pouco eu tinha perdido. O que confessei. E eu, para nojo e emenda, carecia de uns tempos. Otacília me entendeu, aprovou o

que eu quisesse. Uns dias ela ainda passou lá, me pagando companhia, formosamente[108].

Fazendo a intersecção de discursos estéticos, teológicos e eróticos, Ellis Hanson analisa o percurso existencial de vários autores que se converteram ao Catolicismo, Igreja cujo discurso oficial repudia de forma veemente o homoerotismo. Uma de suas conclusões é justamente esta: os escritores decadentistas viram a Igreja Católica como um "cenário para a articulação do desejo e da identidade homossexuais"[109].

Seria interessante reler a citação apresentada anteriormente: o narrador fala em "emenda e nojo", diante das recentes e trágicas ocorrências. Se a *emenda* referida é matéria pacífica de aceitar dentro das tradições sertanejas, a correção de um possível desvio, o mesmo não acontece se o nojo referido diz respeito ao corpo nu de Diadorim, ou melhor, Deodorina. Nojo de quê? Do corpo estraçalhado ou do corpo feminino? A última leitura apenas seria possível, se a valentia do leitor fosse enorme. Nojo pelas lembranças passadas? Sentimento de culpa? Nonada. Há um momento em que a alegoria da união abençoada, ainda que interdita, emerge de forma explícita. Trata-se do relato do morto esquecido dentro da igreja, no "arraial triste" do Carujo. O povo fugiu por medo de *alguma guerra*, "fecharam a igrejinha com um morto lá dentro, entre as velas". O morto esquecido pode representar o passado; o homem morto ali deixado pode representar a extinção, o desaparecimento da imagem masculina assumida por Diadorim. Decorridos alguns meses, reaberta a igreja, Riobaldo e Diadorim lá entraram: "Homem com homem, de mãos dadas, só se a valentia deles for enorme. Aparecia que nós dois já estávamos cavalhando, lado a lado, par a par, a vai-a-vida inteira"[110]. Este episódio, inserido antes dos acontecimentos finais, não pode ser lido como esboço fantasmático ou alegórico da união dos dois? Dois jagunços, um verdadeiro, outro que se revelaria postiço, mas que até então exibia uma identidade de jagunço, que seja, um simulacro de jagunço. A igrejinha do arraial de nome espúrio passa a funcionar como cenário da articulação do desejo ilícito, numa leitura ousada da enunciação, proporcional à audaciosa aventura dos personagens.

REFERÊNCIAS

ALMEIDA, Ana Maria. O paradoxo da totalidade em *Grande sertão: veredas*. *In*: *O eixo e a roda*. Belo Horizonte: Faculdade de Letras da UFMG, n. 2, 1984.

BARCELLOS, José Carlos. Literatura e homoerotismo masculino. Perspectivas teórico-metodológicas e práticas críticas. *Caderno seminal*. Rio de Janeiro: Dialogarts/Uerj, v. 8, n. 8, 2000.

BARTHES, Roland. *Aula*. Tradução de Leyla Perrone-Moisés. São Paulo: Cultrix, 1997.

CANDIDO, Antonio. *Tese e antítese*. São Paulo: Cia. Editora Nacional, 1964.

GALVÃO, Walnice Nogueira. *Guimarães Rosa*. São Paulo: PubliFolha, 2000.

ROSA, Guimarães. *Grande sertão*: veredas. 3. ed. Rio de Janeiro: José Olympio, 1963.

SEDGWICK, Eve. *Epistemology of the closet*. Berkeley/Los Angeles: University of California Press, 1990.

UTÉZA, Francis. Realismo e transcendência: o mapa das minas do grande sertão. *Scripta*, v. 2, n. 3. Belo Horizonte: PUC Minas, 1998.

OTÁVIO DE FARIA:
A FORTUNA CRÍTICA DA PRIMEIRA HORA

Otávio de Faria (1908-1980) permanece como nome de referência, quando se avalia o desenvolvimento do romance de sondagem interior em língua portuguesa. Os críticos pioneiros de sua ficção foram elaborando, naturalmente, um vasto painel de avaliações, elogios e interpretações que compõem um vasto mural, uma fortuna crítica ainda hoje fluida e consultada. O contexto era ainda arredio a abordagens transversais, o que significa dizer objetividade e um certo rigor. Na década de 40, Mário de Andrade, Oscar Mendes, Rosário Fusco, Adonias Filho, Álvaro Lins, Temístocles Linhares, e, posteriormente, a partir da década de 50, Sérgio Milliet, Antônio Olinto, Eduardo Portela, Ernani Reichman, Alcântara Silveira, João Etienne Filho, Paulo Hecker Filho, Roland Corbisier compõem o clube dos admiradores de sua exuberante ficção, estampada em 15 títulos que formam a saga da *Tragédia Burguesa*. Nas décadas de 60 e 70, Wilson Martins, Josué Montello, Tristão de Ataíde, dentre outros, prosseguem avaliando os romances do ciclo, na forma de prefácios ou artigos. Os comentários críticos de Oscar Mendes, contemporâneos ao lançamento dos dois primeiros romances da saga, ainda hoje mantêm-se relevantes, pelo que descortinam em torno de técnicas do romance psicológico e de peculiaridades da visão de mundo do autor. No mesmo ano da publicação de *Mundos mortos*, 1937, o crítico publica, no periódico *Diário*, de Belo Horizonte, uma resenha, recortando posturas axiais da trama: "O seu livro é um admirável estudo da alma dos adolescentes, num dos momentos mais trágicos e mais perigosos de sua vida, o daquela transição, entre a adolescência e a virilidade, o da entrada em contato com todos os agoniantes problemas da carne e do espírito"[111].

Publicado o segundo volume de *Tragédia Burguesa, Os caminhos da vida*, em 1939, o mesmo Oscar Mendes observa: "Aqui, como no volume anterior, é a vida dos adolescentes que se desdobra aos nossos olhos, com as suas inquietações, os seus erros, os seus entusiasmos, os seus ímpetos de orgulho, as suas fraquezas, os seus vícios, os seus desesperos, as suas cóleras, os seus dramas aparentemente insignificantes, mas muitas vezes de uma funda repercussão na sua vida futura"[112].

Surpreende neste artigo a segurança com que o analista, de forma perspicaz, aprofunda-se em alguns aspectos que se tornariam recorrentes em futuras investigações. Destaca elementos importantes na definição da espessura psicológica da ficção de Otávio de Faria, focando a figura do protagonista, Branco, que se isolara dos companheiros, preocupado, em ser grande e diferente:

> O autor analisa aguda e cuidadosamente a alma desse adolescente tímido, ensimesmado, orgulhoso, de uma sensibilidade arisca e dolorosa, diferente dos demais pelo que nele há sinceridade de anseio de perfeição, de honestidade, de entusiasmo e de contemplação diante das coisas belas da vida, e, de repugnância e de horror diante de todas as misérias, quer as mesquinhas, quer as que se estadeiem no cinismo, da própria degradação[113].

Oscar Mendes equipara ao protagonista (Branco) o seu rival, Pedro Borges, assinalando os traços que o caracterizam como contraponto a Branco: "É a própria antítese de Branco. É o inimigo das cogitações psicológicas, das análises de sentimentos e de ideias. Nada de introspecções. Vive a vida objetivamente, sensualmente. E é só. Interessa-o apenas o prazer do momento. A carne domina e o espírito só vale quando possa proporcionar melhores satisfações aos sentidos"[114].

Sobretudo, Oscar Mendes refere-se a uma tônica, que será posteriormente decisiva na fortuna crítica de Otávio de Faria, a forte adesão à ideologia cristã: "Numa bela página, [...] brota de seu pensamento [de Branco] a resolução de não pactuar com esse mundo em que os tipos como o professor Luís Veloso, como Pedro Borges e outros jovens da fauna colegial, são os triunfantes, são os louvados, são os premiados, com todas as galas da vida mundana"[115].

Dentre as avaliações de primeira hora, destaca-se, também, a do crítico pernambucano Álvaro Lins, certeira ao referir posturas técnicas e hermenêuticas: "Um conflito de duas naturezas humanas, de dois mundos, de duas formas de vida e dois sistemas de ideias. Sentimo-nos como diante da própria luta entre o Bem e o Mal. Mais uma vez o Sr. Otávio de Faria se divide entre a ética e a estética; procura atingir a ética pela estética e a estética pela ética. Fica com o Bem ou com o Mal? Fica entre os dois, na fronteira entre Pedro Borges e Branco"[116]. Numa subdivisão de sua análise, diante de um romancista dividido "entre o sonho de pureza e os seus demônios", Álvaro Lins afirma:

> Pedro Borges tem a sua grandeza, o seu valor, a sua personalidade. Num sentido quantitativo, ele tem tanta grandeza quanto Branco. Num sentido ético é que estas grandezas se opõem e se repelem. Esteticamente, romanescamente, prefiro Pedro Borges. O que existe nele de demoníaco, de monstruoso, de "homem do mal", parece-me, literariamente, realizado com mais força e mais arte do que a figura de Branco. Acredito, por isso, que só um autêntico romancista seria capaz de se dividir, esteticamente, entre dois lados opostos, participar de ambos, comunicar a cada um – mesmo ao mais monstruoso – toda a força dos seus nervos e do seu sangue. O sr. Otávio de Faria está do lado de Branco, com certeza, está identificado com ele, mas como sabe interpretar, compreender e sentir o outro lado de Branco, o lado de Pedro Borges![117].

O romance de Otávio de Faria, como é sabido, evolui devagar, em câmera lenta, repisando diálogos e cenas, que retornam, às vezes, recortadas sob outro ângulo, explorando prismas diferentes. O mesmo fato, ou diálogo, pode ser retomado, focado de outra forma. A seguir, intento acompanhar uma parte da intriga, comprovando a assertiva de Antônio Olinto sobre o domínio narrativo do autor de *Mundos mortos*, acompanhando passo a passo o desenrolar dos fatos:

> Um dos aspectos menos notados na ficção de Otávio de Faria é o da excelência de sua técnica narrativa. Não há um momento da história de *Mundos mortos* que deixe de aparecer, claro e visível, diante do leitor. O plano do romancista é o psicológico, é o de perquirições sobre os motivos dos atos humanos, o das contínuas oportunidades de uma pessoa, numa situação dada, agir bem ou mal, certo ou errado. Para acentuar o esmiuçamento de seus personagens, faz Otávio de Faria questão de prender-se ao terreno dos acontecimentos e jamais descambar para generalidades teóricas. Daí sua exata coerência com o mundo que inventa. E sua objetividade ficcional[118].

Retomar a sequência narrativa ajuda a compreender o objetivo do narrador. Desde as páginas iniciais, o relato revela-se contaminado pela excessiva presença de Branco. Os lances iniciais abarcam a movimentação de um grupo de jovens, flagrados em férias na cidade de Petrópolis. O protagonista, percebendo-se isolado, decide procurar aproximação com outros jovens, alguns colegas de Liceu, no Rio de Janeiro. Deflagrada a trama, torna-se nítido o esforço do romancista em esboçar os traços que definem o protagonista, Branco, um jovem em formação que, mesmo ao se isolar, não descuida da necessidade de solidariedade, da urgência da afetividade. Percebe que, além do gradil do jardim da casa, havia um grupo de jovens mais ou menos da sua idade, vivendo aventuras e jogos próprios da idade. Um mundo diferente o atrai, ao mesmo tempo que o ameaça:

> Criaturas aparentemente sem mistério e segredos, protegidas por altas muralhas de uma hábil dissimulação, depois de terem estado a nosso lado horas seguidas, olhando inexpressivamente, sorrindo sem nada revelar de si mesmas, traem-se de repente num olhar que diz tudo, num sorriso que entrega o que têm de mais profundo e lhes parecia mais secretamente encerrado no âmago do coração. Para que esconder, para que disfarçar? Nada resiste à convivência, ao direito que se adquire de estar presente nesses momentos decisivos de revelação irrestrita do fundo real, de que cada um é constituído[119].

O romancista fornece dados físicos, de temperamento e de caráter de alguns garotos. A idade entre os 15 e 19 anos, descontraídos, eles caçoam de tudo, organizam passeios de bicicleta, organizam caravanas a pontos turísticos (como a Pedra Grande), frequentam jogos e sessões de cinema. Além dos Paivas (Armando, Luisito, Silvinha e Elza), contavam-se novos amigos, os colegas do Liceu Paulista (Zé Luís, Maurício, Gustavo e Antônio). No meio dos companheiros, irmã de dois deles, Elza atrai-lhe o interesse. Feitos os contatos, Branco considera ter rompido o isolamento, motivo de apreensão de familiares. O grupo cresce, com o acréscimo de mais um participante, o artificioso Pedro Borges, rival de Branco, no tocante à aproximação de Elza. Na sequência, observam-se os movimentos de Pedro Borges, insinuando-se cada vez mais diante de Elza, que, no entanto, o considera "pretensioso e mal-educado". O aparecimento de Pedro Borges, concomitante à sedução da garota, direciona o conflito para outro patamar, o da competição. Branco, no entanto, atormenta-se por ter se isolado excessivamente, movendo-se na tentativa de se aproximar de outros jovens, colegas de colégio, vizinhos de sua casa de férias em Petrópolis. O esforço no sentido de se socializar, de expandir o relacionamento vai sendo revelado aos poucos. "O grave, o sério, era outra coisa. Era aquela invencível sedução pela vida irresponsável e superficial, tola, medíocre daqueles seus vizinhos"[120]. Ao entusiasmo inicial, ao gosto de participar dos jogos e das relações, sucede a decepção, o desgosto por haver avançado além do gradil do jardim de sua casa.

> Que é o mundo, afinal, pensava agora, senão o jardim da nossa casa? O triste, porém, é que não sabemos defendê-lo: abrimos quase sempre os portões e entram por eles em tropel, com as primeiras curiosidades satisfeitas, os ávidos de vida alheia, os sedentos de companheiragem para a miséria comum. Entram os cães, desde os mansos, os que só mordem de surpresa, até os danados, de que podemos fugir logo. Entram os animais peçonhentos, disfarçados e definitivos, envoltos em mil mantos de sedução[121].

Os principais motivos, técnicas e temas abordados se consolidam: o estatuto psicológico da ficção, o substrato da ideologia católica, o interesse por personagens jovens, o conflito entre inocência e mundo real, a criatura e o destino, Deus e o demônio. O debate em torno da diferença de caracteres entre Branco e Pedro Borges agencia um dos temas principais nas primeiras críticas. A busca de uma pureza difícil, quase impossível de ser alcançada, corresponde à dificuldade e aos riscos de se aproximar de coisas belas, mas inacessíveis, como a Pedra Grande, entrevista em passeio ao lado da garota, sob o luar. A transformação gradativa de menina para moça, observada em Elza, deixa-o exasperado, desencadeando o suscitar de pulsões eróticas, que o perturbam. Branco procura, nos caminhos em que se aventura, desvendar a si mesmo, não apenas aproximar-se dos outros. Não teme expor-se ao ridículo, quando, na volta do passeio à Pedra Grande, esgueira-se atrás de uma árvore, curioso por flagrar a intimidade dos namorados Elza e Pedro Borges. O flagrante vislumbrado restará sempre ofuscado por uma franja ambígua, detrás de um galho de árvore: flagra um beijo entre os dois. Decide, então, Branco afastar-se do grupo, após tortuosa aproximação, não comparecendo aos jogos. Os amigos, no entanto, o procuram, exigindo sua presença. A lentidão da narrativa atende a duplo desiderato: acompanhar a sequência dos fatos e esmiuçar o interior das personagens. O caldo começa a transbordar, pois Elza se torna alvo de comentários maldosos. Fraqueja o namoro com Pedro Borges, interessado em outras aventuras, com outras garotas. A súbita experiência da perda, ensejada pela visão entre as árvores, corresponde ao recrudescimento de uma crise, para Branco, capaz de abalar suas convicções, deixando-o inseguro, preterido pela moça por quem estivera apaixonado. Os eventos são descritos a partir da perspetiva do protagonista, que vai filtrando os lugares e ambientes em que as coisas sucedem, simultaneamente às reações e sensações experimentadas.

A época do lançamento dos primeiros títulos (década de 40) ficou marcada por francos debates entre intelectuais socialistas e católicos. São contundentes, quando não raivosos, os exegetas de perfil marxista que se debruçam sobre a saga, surpreendidos pela amplitude da empreitada, movidos, no entanto, do intento de corroer a receção, atitude assumida como contrapartida ideológica. Reconhecem o mérito de elogios pela grandiosidade da fatura, mas criticam o desleixo da linguagem e os efeitos moralizantes. Dentre esses analistas, alguns tentam se isentar de serem catalogados como intelectuais vinculados à agenda dos militantes católicos. Sérgio Milliet é um deles: "O romance de Otávio de Faria surge, com efeito, a meus olhos, antes como uma criação do que como uma crítica, a qual, quando aparece, assume feições moralistas. Dessa apologética visível nasce o grande defeito do romance, a nítida e dogmática separação do bem e do mal"[122]. Antônio Olinto, postado noutro flanco, sobre a tentativa de apreender a presença de uma clivagem moralista, atribuída ao romancista, revela-se em juízo esgarçado, menos esquemático e combativo, mais compreensivo:

> [...] sua gente vive às voltas com o problema do bem e do mal, dando às vezes a impressão de se ligar a ortodoxia, mas a fidelidade do autor à verdade interna de seu mundo fictício é maior do que um possível apego a teses. No íntimo, tanto o romancista como seus personagens sabem que existe um dono das trevas que pode, em determinados momentos, virar "senhor do mundo". E há nisto uma dialética de mais forte dinamismo – porque de fundo moral, "comportamental" - do que muito exame *a priori* de condições sociais, tidas como historicamente infalíveis[123].

Desprovida de ações violentas e arrebatadoras, isenta de cenas eróticas escaldantes, centrada nas alterações de conduta de adolescentes, a ficção de Otávio de Faria nem por isso desperta menos agrado e suspense.

A princípio, Elza não passa de uma garota, irmã de conhecidos de colégio, incapaz de despertar interesse, apesar de bonita: "Tímida, descuidada, não convidava a vista a se deter sobre ela, a lhe descobrir os segredos. Sob a blusa sempre muito abotoada, os seios mal apontavam. Ainda que sem meias, as pernas – ou o pouco que tinha conseguido ver – não lhe diziam nada"[124]. A recorrência à imagem de Elza registra as transformações de menina que se torna adulta, apagando o aspecto geral de ingenuidade, cedendo lugar ao perfil de mulher atraente, sedutora: "[...] sabendo fazer valer perfeitamente os seus encantos, a sua graça de mulher"[125]. Nessa altura, representa um trunfo, disputado inicialmente entre Branco e Pedro Borges, depois entre Pedro e Maurício. A imagem da menina que se faz mulher reaparece no final, no delírio desencadeado pela lembrança de um outro vulto feminino avassalador, Geralda, a que teria "um ninho entre os astros". O narrador disserta sobre a inocência, apresenta-a como ignorância da turbulência da vida, diante da sexualidade. Retorna, então, o conflito entre a pureza e o desejo, a pureza e o mundo: "Sentia ter se deixado dominar, haver perdido o controle. Entregara-se cegamente ao entusiasmo que o possuía. Alguma coisa de mal nisso? Pensara, acaso, em alguma situação equívoca? Comprometera, a pureza de Geralda? Perturbara sua inocência, seu sono tranquilo de menina apenas à beira da mocidade?"[126]. Ao vislumbrar a passagem de menina à mulher, — "em quem uma idade já sucedera à outra com a nitidez da manhã em relação à aurora"[127], Branco debate-se novamente entre o ideal de pureza e as solicitações da realidade. O processo narrativo ilumina um aspecto determinante, em que blocos diegéticos se sucedem em círculos concêntricos, formando uma estrutura agregadora de elementos que se repetem. A ambiguidade de Branco torna-se mais uma vez nítida: católico, intransigente em questões éticas, anula-se, diante dos ataques feitos por Pedro Borges ao dogma da virgindade de Maria. Quem assume a posição de revanche é Paulo, aluno apagado, que age movido por um impulso momentâneo, de considerável presença noutros contextos. O desenlace da trama evidencia, mais uma vez, a atitude tendenciosa, injusta, do diretor do Liceu: três dias de castigo para Pedro Borges, expulsão do colégio ao aluno Paulo, tido como rebelde e indisciplinado. Reconhecendo-se acovardado, por não se ter insurgido contra Pedro Borges, Branco decide abandonar o Liceu Paulista: "Considerava-se, em grande parte, culpado da expulsão de Paulo Torres – daquele triste incidente que tanto e tanto lastimava"[128].

A filiação do romance à militância dos intelectuais católicos não abandona a visão crítica diante de equívocos da Igreja católica ao longo dos séculos: não compactua com suas falhas históricas. Ao se conscientizar da crise que enfrenta, Branco assim se dirige a um amigo: "Essa crise só pode fazer com que as pessoas se aproximem de Deus, da religião. Perder a fé por quê? Por que a gente se reconhece um monturo de lama, um saco de misérias? Motivos a favor, não contra..."[129]. Nas páginas finais, o narrador solicita a possibilidade de se solidarizar com o protagonista: assegura que a postura do jovem diante dos conflitos e da adversidade resulta da grandeza de seus ideais; solidarizar com Branco é acreditar na luta pela esperança, na luta pelos ideais. Fica evidenciada a homologia entre a convicção de Branco e a convicção cristã. "Tinha um grande caminho diante de si e queria segui-lo. Não recuar, não transigir, não capitular. Fazer da sua vida um exemplo vivo, rico, grande, capaz de entusiasmar, de arrastar outros na mesma aventura"[130].

O nome Branco, acrescido do sentido de pureza, resulta ratificado nesta postura: "A fachada branca do casarão do Liceu pretendia ser um símbolo! Fachada, apenas! Queriam-na branca, imaculada. Mas, por dentro, pouco se importavam com o que houvesse. Cada um que fosse um poço de lama – contanto que a fachada ficasse preservada. Triunfava a mentira oficial"[131]. Branca, o nome da mãe, reforça esse referencial. O título de um capítulo, retomado num dos volumes da série, "O cavaleiro da Virgem", sugere ecos idealizados de posturas medievais. Num dos momentos da narrativa, Branco considera "não alcancei ainda os cimos da cordilheira". Outros índices podem ser referidos, reveladores da ideia de pureza como algo difícil de ser alcançado, coisa extremada, ampliada pela fantasia, idealizada: a Pedra Grande, "Geralda ou o ninho entre os astros", título do último capítulo, sínteses de todas as emanações belas, inquietantes, sublimes, deslocadas da realidade. Enquanto Elza remete à Pedra Grande, Geralda relaciona-se ao "ninho entre os astros". Em nenhum momento, no entanto, Branco transfere para os outros a dificuldade de se relacionar:

> Assim, a impressão de ter sido no grupo, apesar de tudo, um estranho, invadia-o nessas horas de maior tristeza. Esforçara-se, entregara-se o mais que pudera. Confraternizara logo. Esperara, ansiara, sofrera muito, insistira, conservando sempre viva a esperança. Mas, sempre, sempre mais forte que tudo, a sina de não ser igual, de não pertencer à mesma raça.[132]

Ao lado das qualidades da ficção de Otávio de Faria, referendadas nos artigos, as falhas também se fizeram notar: a mais reiterada recai sobre o que se convencionou denominar os deslizes da linguagem, certo desleixo da forma, herança de reparo antigo, exarado na apreciação de Mário de Andrade. Tais juízos cessam, aparentemente, na terceira leva de críticos, que se deram conta de que talvez o que importava para o autor era afastar-se de um excessivo labor retórico, na busca de uma linguagem translúcida, ajustada à simplicidade despojada, que se distancia de torneios decorativos e do fervor enfático. O legado do modernismo preza o culto de alguma espontaneidade, distância da linguagem rebuscada. O rigor inicial esvanece.

O esforço mais abrangente de revisar a receção aos romances de Otávio de Faria deve-se a Temístocles Linhares, em *História crítica do romance brasileiro*, de 1987, no capítulo "Burguesia e pecado".

> Mas, como dissemos, a sua obra, hoje completa, ainda continua a ser vista por duas correntes, a dos que lhe são a favor e a dos que a repudiam, não aceitando as suas teses. Tanto a primeira, como na segunda corrente, encontramos críticos de renome. Entre os primeiros, figuram Tristão de Atayde, Álvaro Lins, Ernani Reichmann, Alcântara Silveira e entre os segundos Mário de Andrade, Wilson Martins, Eloy Pontes, Paulo Hecker, Raymundo Sousa Dantas.
>
> Vamos ver o que dizem essas duas correntes, ambas extremadas, para tomarmos posição intermediária, sem exageros, como é nossa intenção[133].

REFERÊNCIAS

FARIA, Otávio de. *Os Caminhos da vida*. Rio de Janeiro: Companhia Editora Americana, 1971.

LINHARES, Temístocles. *História crítica do romance brasileiro*. Belo Horizonte: Itatiaia; São Paulo: USP, 1987.

LINS, Álvaro. *Os mortos de sobrecasaca*. (1940-1960). Rio de Janeiro: Civilização Brasileira, 1963.

MENDES, Oscar. *Seara de romances* – ensaios críticos. Belo Horizonte: Imprensa Oficial, 1982.

MILLIET, Sérgio. *Diário crítico*. VI. 1948/1949. São Paulo: Martins Editora; USP, 1981.

LÚCIO CARDOSO

Algumas avaliações críticas, produzidas ao longo dos anos, passam a cristalizar-se com estatuto canônico. O esforço de análise das modulações interiores das personagens, a sondagem subjetiva, constituem traço inarredável e intenso da ficção de Lúcio Cardoso (1912-1968). Em nossas letras, seu contributo é importante, na tentativa envolvente de perscrutar o curso do pensamento e das emoções das personagens, enredadas em circunstâncias fortemente carregadas de reações e devaneios sutis. A sofisticada dimensão estética decorre da intricada contaminação poética de que se reveste a ficção do autor de *A luz no subsolo* (1936), *Mãos vazias* (1938), *O desconhecido* (1940), *Dias perdidos* (1943), *Inácio* (1944), *O enfeitiçado* (1954), *Crônica da casa assassinada* (1959). Após citar os títulos de Lúcio Cardoso, complementa Rui Castro: "[...] todos remetiam à ideia de porão, vazio, ausência, perda, grilhões, morte. Não eram livros de apelo popular e as editoras não tinham pressa em publicá-los. *Crônica da casa assassinada* ficou dois anos na gaveta de uma delas"[134].

O escopo narrativo, longe de se erigir em objetivo primeiro, apresenta-se em geral associado a um amplo e arejado mergulho na atmosfera subjetiva. O nome de tal processo denomina-se percepção poética do universo interior das personagens. Dentre os primeiros críticos, Álvaro Lins foi certeiro ao perceber nele "um romancista de análise e de introspecção", "um escritor que nenhum preconceito e nenhum escrúpulo perturbam no seu propósito de revelar, em profundidade, as forças íntimas e mais desconhecidas que movimentam os homens, os seus sentimentos, os seus atos"[135]. Prossegue, à frente, no mesmo artigo: "Os recursos do Sr. Lúcio Cardoso voltam-se todos para as lutas de sentimentos, para as paixões que destroem e aniquilam, para as revoltas que sufocam e transbordam, para os amores, os ódios, as invejas, os ciúmes que parecem captar e contêm a essência mesma da vida"[136].

Grandes obras, aquelas que ficam ressoando para sempre em nós, assustam-nos, quando decidimos dizer alguma coisa sobre elas. Julgamo-nos pequenos para a empresa, procuramos uma rota de fuga qualquer. Antes de prosseguir, lanço mão de referências e citações fundamentais. Retomo comentários de Sérgio Milliet, dos anos 40, quando o romance foi publicado. Num deles, reconhece ter sido 1943 um ano de grandes lançamentos ficcionais: "1943 deu-nos uma farta colheita de boa ficção. *Terras do sem fim, Fogo morto, Dias perdidos, O agressor, [...] Quadragéssima porta* [...]* Rompemos o nosso isolacionismo e entramos na agitação do mundo. Saímos da aldeia para a metrópole"[137]. Analiso, a seguir, dois títulos do autor, *O enfeitiçado* e *Dias perdidos*.

O enfeitiçado de Lúcio Cardoso pertence a uma trilogia que assinala as primeiras incursões do romancista no contraditório e aterrorizante universo urbano. Mais um mergulho no exercício da ficção de tendência psicológica, experimentada em várias trilhas e matizes, através de exuberante fluxo verbal, dividido entre a reconstituição cuidadosa do cenário e a captação do universo interior das personagens, marca inconfundível do autor mineiro. Desde o início, o narrador se mostra um indivíduo amargurado, hesitante entre o arrependimento e a urgência da confissão:

> Bem pensado, que pode falar um velho pândego como eu, sem crença, sem família, sem fortuna, sem nada mais que o prenda ao mundo? Mas não se precipitem; não me tiraram nada; eu mesmo é que reneguei tudo, que atirei fora os tesouros que possuía, os bens que os homens prezam, e que a mim sempre interessaram tão pouco. Ouso mesmo dizer que há dias em que não consigo reter todo o desprezo que me sobe à alma[138].

Surpreende o final niilista, absolutamente desesperado, desesperançado. As páginas derradeiras exalam o gosto depressivo da degradação e da morte. Após longo percurso em busca do filho, o enigmático Rogério Palma, com o qual desfruta apenas breves momentos de abandono e fuga, em cenários decadentes, Inácio Palma confessa sua desistência, esquadrinhado num beco sem saída. Vê-se desprezado, relegado à sarjeta, pressionado a dar cabo da própria vida, sob a pérfida e implacável vigilância de um bandido, pago para exterminá-lo. O perseguidor do filho percebe-se também na mira de outro perseguidor, implacável e inescrupuloso.

> Mas isto era eu, unicamente eu, minha pobre matéria enganada e triste. Mas o Homem? Para onde ia, de que forças vitais se desfizera, como pudera chegar àquele estado de crise? Já não era apenas mal-estar o que eu sentia – do fundo do abismo contemplei o mundo com vertigem. O portal que eu atravessara deixava-me numa grande noite estranha e

> sem limites. Porque não era só a responsabilidade de tão grande vazio que me pesava como uma tonelada de ferro sobre a consciência: era também o fulgor de tão grande inutilidade, o desesperado sol de gelo e de silêncio que me fitava com seus olhos exangues[139].

Em sua tumultuada demanda pelo reencontro com o filho, o protagonista não se constrange em pactuar com a mais descarada sordidez, nos arredores periféricos do submundo da prostituição. Lina de Val-Flor, cartomante interesseira a quem consulta, no intuito de encontrar o filho, aproxima-o de uma adolescente, Adélia, por quem o narrador passa a sofrer uma atração bizarra e atormentada, temperada com os desatinos da velhice. A procura da juventude (do filho, da amante) toma a forma de uma obsessão. O perseguidor que não lhe dá trégua desde as antigas relações com Lina, a mando desta, obriga-o a que se suicide, no quarto que aluga numa pensão.

Alguns críticos que se debruçaram sobre a obra polêmica do autor usam a imagem do "poço sem fundo" para expressar o pessimismo nela presente e, sobretudo, a ousadia como desvenda as forças obscuras que dominam as personagens, castigadas, incapazes de fugir de uma destinação trágica. Lúcio Cardoso denominou de "o mundo sem Deus" à trilogia formada por três novelas — *Inácio*, de 1944, *O enfeitiçado*, publicada em 1954, e *Baltazar*, que ficou inacabada.

As duas novelas, *Inácio* e *O enfeitiçado*, retomam o motivo da busca do desejo, seguem trilhas especulares. Inácio, o protagonista-narrador da segunda (*O enfeitiçado*), reverbera, em sua procura pelo filho, o caminho por este percorrido, Rogério Palma, no primeiro (*Inácio*), na busca pelo pai. Na busca pelo filho desgarrado, Inácio encontra a morte. Na busca pelo pai idealizado, Rogério vê-se frustrado e enlouquece: após muito tempo errar pelas noites sórdidas, o encontro ocorre. Com ele, a decepção: com rosto de boneca, voz fina, Inácio, idealizado no passado pelo filho, não passa de um criminoso frio. O cenário que os envolve, nesse périplo tecido de afeto e maldade, é a cidade do Rio de Janeiro, em especial os bairros boêmios antigos, como a Lapa, o Méier e o centro.

O desconhecido confirma a importância do legado ficcional do autor. Por vezes altivamente preterido, por críticos de renome, o legado ficcional de Lúcio Cardoso perdura como um dos pontos elevados da nossa literatura. Logo no início do romance destaca-se o motivo do pai ausente, longamente explorado. O protagonista, imerso em recordações do passado, detém-se na imagem do pai indiferente às lidas domésticas, aquele que "partia como uma sombra, como o tardio fantasma que sempre fora"[140]. A ausência do pai atormenta o protagonista: "Quantas vezes o fitava com olhos úmidos, ansioso para que uma palavra mais carinhosa levantasse a porta do véu misterioso"[141].

Novela centrada numa única personagem, *O desconhecido* estrutura--se em torno do esboço de seus sentimentos, caráter e paixões. Um peão, cujo passado permanece incógnito, decide estabelecer-se numa fazenda interiorana, em que se relacionam pessoas estranhas. Nada de especial ocorre, aparentemente, a não ser o interesse da proprietária da fazenda pelo novo empregado. Dominada pela obsessão da posse de pessoas e objetos, Aurélia tenta transformá-lo em amante. José Roberto torna-se amigo de Elisa, uma criada, e de Paulo, empregado humilde que almeja uma vida melhor, longe dali. Numa precipitação descontrolada, o protagonista mata Paulo, refugiando-se em seguida numa pensão, onde é flagrado no primeiro e último capítulos. A cena do crime, praticado em vertigem emotiva, é reiteradamente elogiada. O ritmo dos acontecimentos, delineados sob a chancela de rigorosa análise, revela que o autor não tem pressa em relação ao andamento da intriga. Em narrativa lenta, os episódios que envolvem a temporada de José Roberto na fazenda dos Cata-Ventos evoluem de forma vagarosa. Qualquer detalhe, ruído, mudança de clima ou de comportamento motivam um comentário ou reflexão do narrador, sempre vigilante e atento.

Teria Lúcio Cardoso, com pouco mais de 30 anos na altura, atentado para um possível confronto com o *tempo perdido* de Proust, se nos fixamos no título: *Dias perdidos?* Embora pareça bizantina, a comparação faz sentido. Se levarmos em conta as convenções do romance psicológico, tudo procede e em grande estilo. O narrador mostra pleno domínio dos recursos narrativos, acrescido de algo mais, os ornatos do virtuosismo e de certos requintes de sutileza e análise de comportamento. De imediato, alguns estereótipos precisam ser eliminados. Há uma tendência equivocada de se relacionar o romance psicológico à presença de elementos ligados à delicadeza, à suavidade, ao devaneio. Fica-se tentado a juntar tudo sob a chancela do feminino. Nada mais falso. Confunde-se técnica narrativa, centrada na fixação de memória como feixe de intersecção entre o passado e o presente, a ênfase no primado da reflexão, com visão de mundo sob o prisma da fantasia e da psicologia, no pior sentido que tal assertiva possa significar. O romance psicológico não prescinde de uma vigorosa elabo-ração, recetividade à dimensão metafísica, aos temas da consciência, do comportamento, do destino, abordados à luz da análise introspectiva. Não raro impõem-se digressões tangidas pela leveza e suavidade de tons, tudo aliado à lentidão narrativa, à densidade dramática, à riqueza de detalhes.

Em *Dias perdidos*, Lúcio Cardoso alcança um estágio de depuração e esgotamento de processos e técnicas do romance psicológico. É precisamente a análise do comportamento, quase sempre flagrado sob o impacto de desdobramentos morais, o forte do narrador. E nesse aspecto Lúcio Cardoso é desconcertante. A variedade de sugestões provocadas por uma situação ou um gesto, as nuances interpretativas, o efeito dramático de um detalhe da roupa ou de um móvel, tudo é repassado de forte intensidade. O autor manipula como ninguém os efeitos de mediação espacial, os espectros obsessivos. O romance é estruturado em três partes, todas com 17 dilatados capítulos. O núcleo humano retratado abarca não mais que meia dúzia de personagens, alguns de complexo perfil, tais como Clara, Sílvio e Diana, outros lineares, como Chico, Áurea e Jacques.

O romance tem sido analisado como obra autobiográfica, tentativa de evocar a vida do pai do escritor Lúcio Cardoso, na figura esbatida do pai errante e nômade, sempre ausente de casa, à qual volta para morrer. Nesse sentido, são delineadas ilações intertextuais com o livro de memórias da irmã do autor, Maria Helena Cardoso, *Por onde andou meu coração*. No final da 2ª parte, avulta a ruína física de Jacques, a luta contra a morte. O motivo da porta, revelador das sensações de medo, agonia, insegurança, opressão e sufocamento, é explorado com mãos de mestre. As emoções, as cenas interiores são elaboradas com rigor, precisão e riqueza de detalhes. Os mínimos sobressaltos, as mais sutis sensações são delineadas de forma expansiva, com um crescente interesse em flagrar condicionamentos externos se projetando nos reflexos, a correspondência sob a forma de cadeia reflexiva. A descrição de noites de insônia e febre resulta recheada de alusões, rumores e insondáveis ruídos (ratos roendo a madeira, em velhos quartos de fazenda). Em especial, o sufocante final observado no capítulo 14 vai crescendo, com a mórbida sugestão de que a morte se aproxima, até que o vento da tempestade instala-se efetivamente e apavora, focalizando a dinâmica dos movimentos, e simultaneamente, sem mais, fazendo sacudir a porta com "monstruosa mão". Lúcio Cardoso é, indiscutivelmente, mestre do romance intimista, psicológico. A imagem de Clara a vagar, vestida de preto, mergulhada numa terrível solidão, após a morte do marido, imprime-se vigorosa: "passeando de um lado para outro, rememorando sem descanso uma vida carregada de secretas culpas"[142]. Entre muitos, um dos interesses do livro é acompanhar, tendo em vista o intento autobiográfico, o perfil de Sílvio, porta-voz do autor Lúcio Cardoso.

> Diana se afastou, erguendo os ombros. Sílvio permaneceu sozinho, olhando os grupos que riam e conversavam em torno da mesa, devorando sanduíches, doces e refrescos. O sol filtrava-se através das ramas do limoeiro e arrancava cintilações dos talheres espalhados sobre a toalha branca. Abelhas voavam sobre restos de bolos. Sílvio sentiu-se desamparado como se estivesse numa ilha deserta. É que ainda não tinha compreendido de que espécie de solidão era feita sua natureza, e naquele momento ainda lutava, bem longe ainda dessas tréguas que afinal se concederia um dia, quando em torno dele tudo estivesse realmente morto - não pela inexistência, como sua fugaz impressão de minutos antes, mas pela carência de importância, por tédio, pela compreensão de que tudo isto pertence a um domínio a que não é mais possível voltar quando se saiu um dia, ou melhor, quando Deus nos escolheu para caminhar do lado de fora[143].

Envoltas em análises sobre a evolução dos fatos e a ressonância de um evento sobre outro, as descrições evoluem lentas, repassadas de digressões formatadas em registro apurado, em tom arrebatado e eloquente, carregadas de notas extraídas da memória. Assim, como se o narrador não lograsse manter-se distante dos fatos narrados, alguns sinais configuram processos de autobiografia: "Seria impossível reavivar sentimentos que haviam existido com tão grande intensidade? Como tudo passava depressa, como os minutos se perdiam, sem que soubéssemos o seu valor!"[144]. Em alguns momentos, o narrador se intromete nos fatos narrados, através do uso do pronome possessivo de primeira pessoa no plural. Como se não conseguisse manter-se distante das situações narradas, o tom dos comentários assimila processos camuflados de autobiografia. A morte de familiares e de amigos persiste incômoda, acarreta uma espessura sombria que precisa ser extirpada, o que pode ocorrer na ficção:

> Sílvio compreendeu então que era aquele o modo pelo qual costumamos perder os seres a quem mais amamos, sem termos tido tempo para dizer as palavras que devíamos ou sem poder demonstrar os sentimentos que realmente existem no fundo do nosso coração. Tudo deve permanecer

> para trás, mergulhado nesse irremediável silêncio, enquanto a vida prossegue na triste atmosfera de recriminações que não se desfazem, de prantos que não se esgotam, de mal--entendidos que nunca mais cessarão de alongar sobre nós a sua sombra de remorso[145].

Numa estrutura narrativa sofisticada, o autor imprime ao relato uma desesperada e arrebatadora beleza. A tendência ao acento reflexivo, à eloquência e à exaltação dramática, pode ainda ser creditada ao gosto da época, a literatura dos anos 40. Sobretudo, como escritor, sabia que "não existem fatos isolados. Todas as coisas se correspondem, como as notas de uma imensa e dolorosa sinfonia"[146]. A consagração como romancista ocorre com *Crônica da casa assassinada*, de 1959, ponto alto em arquitetura narrativa, densidade dramática, escavação psicológica e espessura trágica, ao sugerir o debate em torno de paixões incontroláveis e do incesto. Como atividade paralela, simultânea à escrita dos romances, o autor dedicava-se à poesia, ao registro de um caudaloso diário, a roteiros cinematográficos e peças de teatro. Atingido em 1962 por um AVC, que lhe paralisou metade do corpo, encontrou nos últimos anos na pintura sua forma de expressão. Extremamente habilidoso em descrever conflitos extremos, ocorridos em cenários toldados de fumaça e sombras, quartos de pensão ordinária, mesas de bar sórdidas, apartamentos sufocantes, bordéis do centro do Rio antigo, interiores de fazendas mineiras, Lúcio Cardoso construiu um universo ficcional único, habitado por personagens insatisfeitos, perversos, alucinados.

REFERÊNCIAS

CARDOSO, Lúcio. *Crônica da casa assassinada*. Rio de Janeiro: Letras e Artes, 1963.

CARDOSO, Lúcio. *Inácio, O enfeitiçado e Baltazar*. Rio de Janeiro: Record, 2002.

CARDOSO, Lúcio. *O desconhecido*. Rio de Janeiro: Civilização Brasileira, 2000.

CARDOSO, Lúcio. *Dias perdidos*. Rio de Janeiro: Civilização Brasileira, 2006.

CASTRO, Ruy. *Ela é carioca*. São Paulo: Cia. Das Letras, 2021.

LINS, Álvaro. *Os mortos de sobrecasaca*. Rio de Janeiro: Civilização Brasileira, 1963.

MILLIET, Sérgio [1944]. *Diário crítico*. 2. ed. São Paulo: Martins, 1981. v. II.

MILLIET, Sérgio [1947]. *Diário crítico*. 2. ed. São Paulo: Martins, 1981. v. V.

ADONIAS FILHO

O primeiro romance de Adonias Filho, *Os Servos da Morte* (1946), traz a público um novo autor, com um projeto de estrutura romanesca inovador e instigante. Tendo como moldura a região do sul da Bahia, conhecida pelo cultivo do cacau, distancia-se dos ingredientes do romance regionalista, em voga no contexto dos anos 30-50. Surpreende, de imediato, o domínio do discurso interior, adaptado ao contexto regional, o gosto em adensar a intimidade das personagens, flagrando emoções, sentimentos, reações gestuais e reflexões, diante de cada episódio. O relato delineia os conflitos vividos por uma família sertaneja, o comportamento primitivo e desalinhado de seus membros diante da adversidade, o alcoolismo de Rodrigo, a loucura de Ângelo, a brutalidade assassina de Paulino Duarte, a ignorância atávica de Quincas, a paixão de Elisa na encruzilhada do destino. A lentidão com que a narrativa se desenvolve decorre desse mergulho introspectivo. O enredo progride devagar, em câmera lenta, repisando cenas e diálogos, que por vezes retornam, sob ângulos diferentes, acrescentando intensidade aos embates internos, diante de núcleos familiares vingativos e traiçoeiros. Alfredo Bosi assim reage, em avaliação à técnica do autor:

> Mais radical como sondagem interior e mais denso nos seus resultados formais é o romance de Adonias Filho, para quem a zona cacaueira tem servido de plataforma para uma incursão na alma primitiva que, para ele, se confunde com os próprios movimentos da terra. O telúrico, o bárbaro, o primordial como determinantes prévios do destino são os conteúdos que transpõe a prosa elíptica de *Os Servos da Morte* (1946), *Memórias de Lázaro* (1952), e *Corpo Vivo* (1963). Adonias Filho é o continuador de uma corrente ficcional que começou nos anos de 30 com escritores de formação religiosa inclinados ao romance de atmosfera: Lúcio Cardoso, Cornélio Pena, Jorge de Lima. A esse tipo de prosa ajustou-se bem o uso intensivo do monólogo à Faulkner, e a armação de uma trama em que as personagens ficam, por assim dizer, suspensas nas mãos de um poder supra-psicológico, a graça, o Destino[147].

A exploração da violência, da brutalidade, de ações instintivas constitui um traço de seu romance, numa linguagem aliciante, propensa a longas e detalhadas digressões. À guisa de amostragem, adianta-se um recorte expressivo, uma passagem em que a relação tensa entre Cláudia, casada com Quincas, e o sogro Paulino Duarte se evidencia. "A mulher avançou, sempre guardando distância, convicta de poder extrair, no abismo daquele espírito, segredos que adivinhava terríveis e horrendos. Avançou cautelosamente, decidida, forçando um sorriso seco, de zombaria, que despertasse rancor"[148]. Ao tomar conhecimento de que o sogro intenta matar, a golpe de foice, Ângelo, figura alienada, a sofrer isolado com sua doença num quarto, a postura indignada da mulher vem à tona: "No primeiro momento, petrificada, Cláudia esperou que o velho prosseguisse. Ele sentou-se, cruzou as pernas, e tossiu, um pigarro seco, arrastado"[149]. A narrativa segue, refém de um narrador minucioso, atento às menores reações, movido, no caso, pelo interesse em revelar a frieza do patriarca, fadado a se revelar portador de um temperamento brutal e inescrupuloso. O leitor vigilante, adestrado pela lentidão do relato a esmiuçar detalhes, retoma um outro momento, fixado no passado, bem anterior a esse, em que a fixação num vocábulo atende a uma intenção reiterada. Em meio à dinâmica de prospecção e retomadas de cenas do passado, por força dos zigue-zagues e do *flashback*, o adjetivo "seco" fora usado lá atrás, no afã de esboçar uma atmosfera carregada de segundas intenções e de aspereza: "Paulino Duarte separou os lábios para falar, mas trancou-os com um pigarro seco"[150]. Um ano após publicar *Os servos da morte*, Adonias Filho, no intento de se resguardar, diante de críticas que contestavam a relevância do romance, insinuando a rasura da crítica social, assim se expressou:

> Enfim, certos críticos, como certos romancistas, têm preconceitos que gravitam em suas opiniões, já não digo como dogmas, mas como se fossem a própria verdade. Concedem ao romance, que em si mesmo é tão amplo quanto o homem e todos os seus abismos, uma limitação rigorosa. Forçam uma finalidade, como se em arte a finalidade não implicasse decadência, e, como alguns dos julgadores de *Os servos da morte*, admitem o fracasso de tudo porque não se contemplou uma solução sobre dados sociais. Esqueciam, esses puritanos do romance fixo, que o homem, apenas com a obscuridade dos seus sentimentos morais e dos conflitos de suas emoções, ainda é mais nobre que todos os problemas materiais e todos os oscilantes valores polí-

> ticos. O drama de uma consciência, isolado, e que exprima realmente aquela intensidade que Willian Faulkner pôs nos seus livros – acima de qualquer medida, a inspiração descendo ao movimento noturno que ergue o delírio na confusão entre o bem e o mal, não sabendo precisar onde começa o pecado e termina a inocência – essa, a meu ver, a única matéria capaz de justificar em um romance a sua universalidade[151].

Fica nítida a importância dispensada ao tratamento da consciência, à tentativa de expressar o fluxo da consciência de personagens. O narrador dissemina no relato expressivas passagens, repletas de traços denotadores de um universo animalesco, brutal e violento. No caso de Paulino Duarte, as constantes aproximações aos cães reforçam o temperamento ríspido e rude: "Algumas vezes, deitava-se entre os cães, adormecia entre eles como um animal"[152]. A violência, a agressividade, o sentimento de ódio e vingança acompanham as ações retratadas. Ângelo, o filho bastardo, talhado para vingar o assassinato da mãe, Elisa, a quem se sente atado, numa fixação que beira a morbidez, move-se entre o delírio febril e o desespero. Ao vagar, à noite, sozinho, na floresta, entre a ventania alucinada e a consciência de sua fatalidade, sente-se perseguido pelos vultos de mortos, integrado à natureza, na qual busca a imagem da mãe: "Como fugir, como abandonar tudo aquilo se a morta vivia ali, se ela o espreitava confiante na sua ação? Não, ele devia ficar"[153]. O comentário que se segue deve-se ao pesquisador Pedro Américo Maia:

> No fundo de *Os Servos da Morte*, há uma projeção aparentemente realista de um problema ontológico, o do ser necessário como prova da existência de Deus. Em volta desse problema nuclear se ajuntariam outros de ordem metafísica, como o da predestinação, ou de ordem psicanalítica, como o do complexo de Édipo. A personalidade selvagem de Paulino Duarte, dominante do alto do seu patriarcado violento, a mulher e os filhos, duros e revoltados, a figura estranha de Ângelo em sua luta decidida contra o pai e em sua perpétua adoração da Mãe, marcam os pontos mais antagônicos desse grupo familiar que, na sua hostilidade fatal, se despedaça de encontro a uma punição inexorável. Ignora-se a amplitude do pecado que precisou de tamanha tragédia, de tanto sangue e de tantas lágrimas para a sua remissão, mas sente-se vagamente que o autor sugere a

ausência de Deus e a perpetração dos primeiros crimes como causas iniciais da desgraça que pesa sobre todas essas vidas reunidas[154].

Talvez seja a loucura a condutora das sequências narrativas, focando personagens exiladas em suas obsessões e fixações. Esvaziadas de ânimo, desvinculadas de mínimos lampejos de vontade de viver, jogadas em tramas por vezes extremas e abjetas, alguns protagonistas descobrem que todos os abandonaram, que tudo se juntou para destruí-los. Exauridos de sangue nas veias, debatendo-se contra os elementos, desperdiçam as exíguas forças que poderiam ter. "Abaixando a cabeça, compreendendo agora a submissão à loucura durante certos momentos, Rodrigo julgou salvar-se"[155]. Noutra instância, evidencia-se a hesitante suposição: "era a loucura, a estranha loucura que o subjugava durante horas, dias e semanas"[156]. A atmosfera ao redor voga marcada pelos tons sombrios do pesadelo, paixões alucinadas, de véspera nublada de tempestade. "Não, não poderia saber que também há escolhidos para o sofrimento, e que no sofrimento se insere uma grande moral irrevelada!"[157]. O leitor descobre-se diante de um refinado criador de estilo, um grande ficcionista, para quem a linguagem se oferece como instância de imagens densas e sugestões inusitadas, no limiar de uma obra que se ia expandir em horizontes por enquanto apenas esboçados.

REFERÊNCIAS

ADONIAS FILHO. *Os Servos da Morte*. Rio de Janeiro: Edições GDR, 1965.

ADONIAS FILHO. *A Manhã*. Letras e Artes. Rio de Janeiro, 16 de março de 1947.

BOSI, Alfredo. *História concisa da literatura brasileira*. São Paulo: Cultrix, 1970.

MAIA, Pedro Américo. *Dicionário crítico do moderno romance brasileiro*. Belo Horizonte: Grupo Gente Nova, 1970.

JOSUÉ MONTELLO

Autor de extensa obra romanesca, ensaísta de méritos, tendo publicado também biografias, peças teatrais, novelas e diário, Josué Montello (1917-2006) integra a seleção dos expoentes da moderna ficção brasileira. Dentre os títulos da produção ficcional, quase todos ambientados sob a moldura ensolarada da orla de São Luís do Maranhão, publicou *Janelas fechadas* (1941), *A luz da estrela morta* (1948), *O labirinto de espelhos* (1952), *A décima noite* (1959), *Os degraus do paraíso* (1965), para muitos seu melhor livro. Viriam depois *Cais da sagração* (1971), *Os tambores de São Luís* (1975), ponto alto de seu mergulho ficcional e histórico, abordando três séculos de escravidão, *A noite sobre Alcântara* (1978), *A coroa de areia* (1979), *O largo do desterro* (1981), *O baile da despedida* (1992). Josué Montello, filiado entre os modernos praticantes do romance introspectivo, dentro da tradição que remonta ao Realismo, é bom exemplo dessa virtude, do autor que se entrega prazerosamente à prática da escrita. Dono de uma técnica romanesca apuradíssima, produz uma fileira de romances, reconhecidos pela densidade de análise psicológica, força dramática, rico esboço de costumes, amplo espectro de motivações, que abrangem temas condizentes à consciência religiosa, racial e moral. As reconstituições de épocas do passado são efetuadas com extrema fidelidade e senso de coerência histórica, com esplendor no aspecto descritivo e arquitetônico. No seu caso, talvez se possa aquilatar um exemplo de que a consciência da expressão literária se enriquece com o excesso de virtuosismo no desenvolvimento da trama.

Cais da sagração traz um protagonista rico de experiência, o velejador Severino. O estilo é elegante, transparente, as descrições poéticas e sugestivas. Ainda atual, comove pela densidade humana e amplo espectro de motivações. O final flagra o conflito vivido pelo velho barqueiro, experimentado nas lides do mar, ao perceber o desinteresse do neto pelo ofício. Mestre Severino, de índole fria, assassino da mulher, Vanju, ao espreitar artimanhas adversas, decide morrer no mar, lançando-se no perigo da grande tempestade que sacode as altas ondas alvoroçadas. O pior lhe ronda a mente: morrer, "arrastando na morte o neto que não queria ser barqueiro"[158]. Josué Montello transfigura nesse desenlace o drama de muitos pais (ou avós) que sofrem a indiferença dos descendentes. Entre ondas agitadas e trovões, o barco avança "aos trombolhões", na treva escura oceano adentro, retalhado por relâmpagos. Os eventos sucedem-se dramáticos, nas malhas de uma destinação trágica, ampliada por ressonâncias religiosas. Nessa luta com o mar, o neto descobre seu destino, amparando o avô arquejante.

Nesta edição da Record, após o romance, transcrevem-se 25 comentários de grandes nomes da intelectualidade brasileira, referentes a este romance — *Cais da sagração* e a Crítica. Dentre eles, recolho fragmentos de três autores, Jorge Amado, Antônio Olinto e Pedro Calmon.

> Poucas páginas na novelística brasileira tão densas de humanidade quanto aquelas em que Josué Montello, em *Cais da Sagração* descreve a visita de Mestre Severino, o duro barqueiro envelhecido aos ventos e às marés, à pobre meretriz Dudu – Dona Dudu como ele a trata. Mestre Severino foi à sua casa contratar mulher para o neto que completou quatorze anos e chegou à idade de deitar com mulher: "A Senhora vai gostar de se deitar com ele, Dona Dudu". A delicadeza de sentimentos, a timidez, a força de amor do velho pelo neto a vencer o encabulamento, a infinita compreensão da rameira, a perfeita anotação do diálogo lento e rico, fazem dessas páginas do novo romance do ficcionista maranhense exemplo da alta qualidade da novelística brasileira contemporânea (Jorge Amado).

> *Cais da Sagração* é romance do mar. Ainda quando os personagens estão em terra, é ao mar que eles se reportam. Os conflitos vão, no livro, para o mar e nele se concentram e se explicam. Daí a força das cenas de mar, das travessias. Com a publicação desse livro de Josué Montello em 1971, pode-se agora dizer que a literatura brasileira passa a ter cinco – nada mais do que isso – grandes romances do mar: *Jana e Joel*, de Xavier Marques; *Mar Morto*, de Jorge Amado; *Albatroz*, de José Geraldo Vieira; *Maria de Cada Porto*, de Moacir C. Lopes; e *Cais da Sagração* (Antônio Olinto).

> No seu último romance, Cais da Sagração, escalou Josué Montello o cimo de sua carreira de escritor. Mas é preciso acrescentar, passando do autor ao livro, que nessas páginas abrasadas de sol, a literatura brasileira ganhou um novo

> modelo, com a força irradiante que têm as obras-primas na orientação e no impulso das correntes estéticas. Devia dizer: na reformulação dos valores de que se tecem as novelas. Com perspectivas, desenho e colorido próprio; sobretudo, a superposição hábil das paisagens. Sobre o claro panorama da terra natal, o horizonte humano que o prolonga; como se o barqueiro moreno da beira do cais fosse, na luz e no mar de São Luís, o retrato necessário para aquela verde moldura. Unificados o autor, o personagem, ou antes, a maravilhosa farândula dos personagens, Mestre Severino, o filho, Vanju, Lourença, cenas e cenários no quadro mais sugestivo e real que se possa desejar do Maranhão velho, humilde, praieiro, translúcido (Pedro Calmon).

Outro grande romance do autor, centrado na questão racial, *Os tambores de São Luís* flagra um contexto alargado, da segunda metade do século XIX, às primeiras décadas do século XX. Visto em perspectiva desdobrável, recobre um arco temporal mais distendido, procede de tempos mais retardados, dos anos 60 do século XVII até os dias de hoje. Três séculos de escravidão no Brasil, permeados por revoltas, vicissitudes e tragédias, o sofrido processo de assimilação racial, em que o negro integra-se como indissociável componente da cultura brasileira, com sua indolente sensualidade. Em cuidadosa reconstituição da época, apresenta-nos a cidade de São Luís esplendente de vida colonial, sobrados azulejados, vibrantes paixões e violência contra os negros, exercida pelo fazendeiro Dr. Lustosa. Com artérias de nomes saborosos, Rua das Cajazeiras, Rua da Cotovia, Praia do Jenipapeiro, Rua do Horto, Largo do Quartel, Rua do Navio, Beco das Crioulas, a cidade expande-se em memória de atos de valentia, solidariedade, sensualidade e opressão. Acompanha de perto a saga de Damião, um escravo que se torna, por conta do empenho individual, líder dos negros e síntese de todo esse sofrido processo. Ao assumir a missão libertadora levada a cabo pelo pai, embora em outro plano, procura na instrução (no seminário) uma forma de mobilidade social e de influenciar positivamente os outros negros. De acordo com Oliveira, tendo em conta as lutas entre brancos e negros, a desistência final de Damião representa a vitória da mestiçagem:

> A proposta de esquecimento do passado e do consequente apagamento de conflitos é colocada no desfecho. Durante quase toda narrativa, há destaque para o vasto conjunto de lutas das quais participa Damião. Contudo, ao final da narrativa, após praticamente sucumbir à inequívoca situação do negro

> pós-abolição, o protagonista acaba interiorizando a postura do branqueamento. Logo quando a abolição foi proclamada, os ex-escravos saíram às ruas a fim de cobrar seus senhores pelos seus infortúnios. A multidão enfrentou a tropa policial e se dirigiu ao Palácio do Governo. Lá, a pedido da multidão, Damião subiu ao palanque e desferiu um discurso pouco coerente com a trajetória de lutas empreendida por ele[159].

A intriga evolui de forma lenta, assentada numa concepção um tanto folhetinesca de narrativa. Dentre os fatores subsidiários da estrutura ficcional, delineia-se a nitidez da visualidade: os cenários recortam-se num enquadramento de moldura teatral. O suporte descritivo erige-se com desdobrado interesse pelos detalhes, em que os mínimos elementos e objetos se nomeiam, dando relevo a uma espessura tátil e plástica: "[...] se dispusesse melhor os breguecos e santos ali deixados, poderia abrir a janela, arejando o aposento, e ter espaço para armar sua rede"[160]. Noutro passo: "Na rua [...] via negros com máscaras de flandres, e se apiedava deles. Mais revoltado se sentia, quando dava com eles atados por uma corrente de ferro, a caminho da Praia Grande"[161]. Alguns méritos do romance de Montello se evidenciam: a linguagem polida, elegante, ajustada ao assunto, recuperando expressões pitorescas, antigas formas de linguagem. Algumas expressões, bastante reiteradas, como as usadas para descrever as sobrancelhas, constituem um traço de sua ficção[162].

No final do relato, registra-se o encontro auspicioso de Damião, o líder dos negros, com a figura emblemática da poesia maranhense do contexto simbolista, o poeta Sousândrade: "Agora, ali estava, ainda intimidado pela figura aristocrática, de mãos finas, cabelos lisos já grisalhos, um lume de candura nas pupilas azuis"[163]. Recorta-se, então, uma outra São Luís, a dos poetas, do porte de Gonçalves Dias e Odorico Mendes, não mais o lugar do sofrimento dos negros, mas uma cidade altiva, espraiada diante do mar, orgulhosa de sua arquitetura, sua história, seus poetas e músicos.

REFERÊNCIAS

MONTELLO, Josué. *Cais da sagração*. Rio de Janeiro: Record, 1971.

MONTELLO, Josué. *Os tambores de São Luís*. Rio de Janeiro: Nova Fronteira, 1985.

OLIVEIRA, Luiz Henrique Silva de. *Negrismo*: percursos e configurações em romances brasileiros do século XX (1928-1984). Belo Horizonte: Mazza Edições, 2014.

RUI MOURÃO

Ao retornar a Ouro Preto, pressionado por forças secretas e misteriosas, o narrador surpreende-se a vivenciar encontros inesperados. Depara-se com fantasmas, seres irreais com os quais empreende um *mergulho* no tempo, passando a viver na época do ciclo do ouro. Descobertas de minas, tesouros saqueados, tiroteios em emboscadas, peripécias supostamente inseridas na História, episódios fabulosos e extravagantes formam o *plot* de *Mergulho na região do espanto*, décimo romance publicado por Rui Mourão (1929-2024). Com os anteriores *Boca de chafariz* (1991) e *Quando os demônios descem o morro* (2008), encerra-se a trilogia de Ouro Preto, empreendida pelo autor, com extensa contribuição à cultura de seu país. Integrou, juntamente com Affonso Ávila, Laís Corrêa de Araújo e Fábio Lucas, o grupo da revista *Tendência* (1957-1962), empenhado em inserir parâmetros críticos e nacionalistas ao debate cultural. Desde a estreia com *Raízes* (1956), até os dias que correm, deu a lume expressivos títulos no terreno da ficção, quase todos ambientados em Belo Horizonte, abordada desde seus primórdios, como arruado e aldeia até adensar-se em núcleo urbano de alargadas complexidade e vitalidade (*Curral dos crucificados, Cidade calabouço Jardim pagão, Monólogo do escorpião, Servidão em família, Invasões no carrossel*) além de ensaios (*Estruturas: ensaio sobre o romance de Graciliano, O alemão que descobriu a América*).

"A culpa sem dúvida fora minha. Como justificar o fato de alguém, num súbito rompante, sem qualquer planejamento – mesmo sem avaliação do que se passava -, resolver tomar o ônibus e, contrariando inteiramente seus hábitos, se deixar levar para uma viagem cujo objetivo sequer havia sido revelado?"[164].

Esta confissão, feita quase ao meio da trama, revela o traço inseguro e intempestivo do indivíduo que se arroga o direito da autoria. Fugindo ao escopo convencional de obras literárias centradas nos eventos da Inconfidência Mineira, o autor desdenha supostamente os ritos canônicos da revolta ocorrida no solo mineiro em fins do século XVIII. O narrador, ou melhor, uma configuração múltipla e diversificada de vários narradores, emerge modificado nos vários capítulos, numa postura em que o estatuto da duplicidade se renova a cada passo. O mesmo espanto vivenciado pelo narrador central reduplica-se nos outros sujeitos que se dispõem a contar histórias, nas quais a febre da extração do ouro é a tônica. Entre os diversos sujeitos enunciadores do relato delineia-se um intricado jogo de reflexos entre o estatuto do Autor e o do Narrador, desdobrável na identificação desse último com outros personagens surgidos da névoa do tempo (Salustiano, Ubirajara Dantas, Gonçalo Torto, Bartolomeu Curado). As sucessivas encarnações do narrador são registradas em minúcias de detalhes:

> Deixara-me invadir pela curiosidade de poder entrar em contato com seres de outras esferas. Chegando a essa compreensão naquele momento, o temor que me rondava entrou a transformar-se em pânico. Extrema sensação de insegurança aprofundou-se em minha alma. Sentia-me impotente. Não possuía meios de livrar-me da figura de homem que falava, gesticulava na minha dianteira[165].

A identificação com os mortos, visitantes em rituais noturnos, nem sempre acarreta total assimilação de caracteres; em alguns casos, ocorre gerando disparidade e contradição. A tentativa de compreender o fenômeno da criação literária não desaparece entre os devaneios e a turvação de ideias que acometem o narrador. Interessado em perscrutar a especificidade do ato de elaborar enredo e criar personagens, produzir ficção, enfim, de forma rude entrevê os desdobramentos do pacto romanesco, sugerindo o somatório de três instâncias — o fingimento, a invenção e a expressão, sem deixar de acentuar o peso decisivo da terceira delas, nem sempre levado em conta: "Comprovava-se àquela altura o amadurecimento da sensibilidade do escritor, que havia atingido o máximo da capacidade expressional"[166]. O ofício de escritor transparece em meio à turbulência dos fatos: "Você – simplesmente você – era responsável pelo fenômeno duplo de enxergar o que devia ser informado sobre o passado e transportá-lo para a corrente verbal"[167]. Até aqui (mais ou menos a metade do livro), as coordenadas da ação são estas. A guinada observada a seguir, na exata proporção de um corte epistemológico, conduz o relato a um afunilamento temático, na busca de afirmação do protagonista. Até então seduzido pela importância das letras, este debruça sobre si mesmo, no sentido de desvendar seu lugar no mundo. Advém daí o derradeiro *espanto*, ao se perceber predestinado a se envolver visceralmente nas lides literárias.

Como pano de fundo, o alvorecer do ouro que brilha intensamente desperta cobiça e fermenta o sonho de liberdade. Surgido em profusão, o cobiçado metal gera rivalidades, impostos, ladrões, contrabandistas. Afluem bandos de aventureiros, muitos travestidos de mineradores, alentados pelo sonho de fácil riqueza. Operador de tensões, o narrador transita entre as ideias de ganância e serenidade, recolhimento e agitação, saúde e doença, riqueza e miséria, opressão e liberdade, violência e harmonia nas relações humanas. O gosto de descrever embates sociais e cenas de multidão, presente em outras narrativas do autor, articula-se ao interesse de flagrar a dinâmica da ocupação do solo, em que bandos de aventureiros instalam-se inopinadamente de uma hora para outra em lugares inóspitos, atraídos pela ambição.

O *mergulho* não indicia necessariamente uma permanência ou pacífica imobilidade. Ao contrário, o mergulho metafórico comporta um movimento de fuga, de passagem. Ou de surpresa. Rui Mourão constrói uma ficção de fundo crítico. Não tem sentido revisitar o passado de Ouro Preto desprovido de um projeto dessa ordem. No segundo retorno a Ouro Preto, vultos históricos (Tiradentes, José Álvares Maciel, Cláudio M. Costa, Luiz Vieira) passam a materializar-se diante do narrador. "Divagações filosóficas desdobráveis e arregimentadoras, carregadas de acumulações eruditas, ganhavam eficiência, fluência, brilho"[168]. Com *eficiência, fluência* e *brilho*, os vultos do passado materializados assumem o enunciado. As variações sobre o tema têm uma fonte ilustre. Basta compulsar a lírica barroca de Cláudio Manuel da Costa, protagonista de trágico destino à altura desses fatos, para atar os laços. Na ode "A Milton", o suave árcade mineiro, numa pausa entre o fervor em exaltar os animosos paulistas (o poema épico *Vila Rica*) e o afã de cantar as fontes e o enlevo das ninfas, afirma: "Contigo me entretenho, / contigo passo a noite, e passo o dia, / e cheia a fantasia / das imagens, ó Milton, do teu canto, / contigo desço às Regiões do espanto"[169].

REFERÊNCIAS

COSTA, Cláudio Manuel da. *Poemas de Cláudio Manuel da Costa*. Introd., sel. e notas de Péricles Eugênio da Silva Ramos. São Paulo: Cultrix, 1966.

MOURÃO, Rui. *Mergulho na região do espanto*. Belo Horizonte: Ed. UFMG, 2015.

BENITO BARRETO:
FICÇÃO E HISTÓRIA

O projeto ficcional de Benito Barreto, na construção dos quatro volumes da *Saga do caminho novo*, inscreve-se como discurso híbrido, em que são confrontados documentos históricos e relatos fictícios. Na série literária, instala-se de forma exemplar no gênero épico, ou narrativo, cuja origem remonta ao registro de lendas populares acerca de um fato histórico, de contorno sobejamente conhecido. A epopeia clássica apresentava cinco partes: proposição, invocação, dedicatória, narração e epílogo, destacando-se a narração, por ser a mais desenvolvida. Esta primeira evidência por si só mostra a grandeza da empreitada, diante dos incidentes básicos da Inconfidência Mineira: a conspiração, a militância do líder, o pano de fundo iluminista, a traição, o julgamento e a condenação dos envolvidos. A narração ampliada desses eventos, perfazendo mais de 1.800 páginas, não apenas surpreende como atesta o árduo labor, estendido em anos de pesquisa e efabulação, no intento de reconstruir o turbulento contexto do final do século XVIII nas Minas gerais. No caso abrangente de um quarteto, a presença de redundância, a recorrência de sinais e eventos fictícios, retomados com maior ou menor intensidade dramática, ocorrem por força da manutenção de determinada atmosfera ou insinuação de um efeito de convencimento. Monumental, grandiosa, exuberante, desmesurada são adjetivos apropriados para caracterizar a tetralogia, desde já incorporada de forma significativa ao repertório da literatura brasileira.

As grandes realizações épicas partem do pressuposto de que alguns fatos excepcionais fundamentam a história de um povo. Cabe ao autor recolhê-los da fria inscrição em que jazem como documentos ou lenda, para, com as notas do *engenho* e as ferramentas da *arte*, acrescentar elementos capazes de lhes fornecer espessura humana e existencial, dando-lhes moldura narrativa. Com efeito, a matéria histórica, mesclada à matéria ficcional, só alcança a dimensão estética definitiva, ao convocar as duas qualidades há poucos referidas, de notório lastro renascentista.

O fato de Tiradentes ter sido cristalizado pelo Estado como herói (o feriado no dia 21 de abril) favoreceu a consolidação de uma imagem distante e solitária. A Inconfidência foi sonho e luta de várias pessoas, convencidas pela vaga iluminista e enfeitiçadas pela quimera da liberdade. O conhecimento profundo do contexto histórico, ainda que necessário, não seria suficiente para produzir obra de tal envergadura e significado para a cultura nacional. Outras competências e disposições se fazem compulsórias: o soberbo domínio de recursos ficcionais, o conhecimento da natureza e do povo focalizados, acrescidos de uma prodigiosa imaginação, aplicada ao esforço de preencher, sem se submeter a arranjos esquemáticos, as lacunas do registro historiográfico e literário. O acúmulo de peripécias, os lances folhetinescos, o ritmo vertiginoso e o uso competente de variados registros de linguagem (o arcaico, o erudito, o regional, o mítico, as expressões italianas e francesas) conferem colorido e vigor ao enredo.

O quarteto apresenta uma sugestiva estrutura circular: o início do primeiro romance, *Os idos de maio*, e o final do último, *Os despojos da morte*, relevam um aspecto retórico fundamental, a questão da autoria. No primeiro romance, a trama inaugural corresponde à fuga do narrador para Minas, após haver declarado às autoridades o paradeiro de Tiradentes no Rio de Janeiro, sob ameaça de ser lançado ao mar. Dirige-se para Minas, a serra do Caraça, disposto a se purificar: "[...] para aí cumprir auto-sentença de degredo, que a si mesmo impõe-se, por redimir-se e alimpar-se"[170]. No último romance, momentos antes do assassinato de Tiradentes, o narrador o procura na prisão e lhe pede perdão, por ter traído a causa libertária.

> [...] tentei resistir, mas não dei conta, aquele dia: eu não fui capaz: foi mais do que podia, me perdoa, Tiradentes! - logo falei, de arranco, sem preâmbulo, e continuei: - depois de me abaterem, a pescoções e pontapés, eu fui levado a uma alta torre e aí, com a minha cabeça e o tronco já enfiados pela ameia, às mãos de um tipo de nome Capitania, o Vice-rei gritou ao meu ouvido, me arrancando os cabelos, que só me dava aquele instante para refletir e entregar vosmicê, ou o mameluco, naquele momento mesmo, me atirava dali contra os pontões de pedra à vista lá embaixo, onde rugia e espumava o mar[171].

Sob vários aspectos, a delegação do foco narrativo ao Padre Inácio revela-se produtiva. Por ser personagem-chave para a evolução da intriga, o relato sob sua chancela ganha em consistência e verossimilhança, ao privilegiar não apenas uma testemunha dos acontecimentos, mas um pivô da prisão do herói. Em contrapartida, ao se arrepender, o padre narrador enceta uma atividade de penitência e compensação pelo seu pecado, engajando-se, no limite do possível, ainda que por expedientes fraudulentos (a mudança de identidade de padre para professor) na fileira dos simpatizantes do movimento rebelde. Esta estratégia isenta o autor do risco de incorrer em teor panfletário, diante do acentuado engajamento político e da exacerbada postura contraideológica, num enfoque de recorte maniqueísta.

O narrador autodiegético, este o nome que a teoria literária lhe atribui por ser contemporâneo aos fatos narrados, tem a responsabilidade de ordenar o material. O início no meio dos acontecimentos, já estando preso, na ilha das Cobras, o Alferes, confere legitimidade ao código narrativo ortodoxo. Travestido na pele de um professor de latim e de retórica, o narrador é instado por Irmão Lourenço a mudar de nome, como forma de camuflar sua real identidade, passando a se chamar Gerônimo/Jerônimo Nogueira: "Ensinas latim e as belas letras, te especializaste em retórica e conheces a língua dos teus maiores"[172]. Estas qualificações também podem ser atribuídas ao narrador: um narrador clássico, sabedor de que as epopeias iniciam *in media res* (no meio dos fatos). Versado em retórica, sabedor das realizações dos maiores, o titular da narração dialoga intertextualmente com Camões e imita *Os lusíadas*, cujo relato heroico principia flagrando os navegantes em pleno oceano: "Já no largo oceano navegavam / as inquietas ondas apartando" (canto I, 19). Protegido e instruído pelo Irmão do Caraça, o ambíguo Lourenço, que teria fugido de Portugal, para não ser morto, em decorrência de atuação insurgente contra a realeza, o falso professor em Minas deveria se apressar em "[...] conhecer a cidade, e em saber — isso, porém, com astúcia e arte, para que não levantes suspeita nem te comprometas — onde moram os poetas e estadeiam os seus maiores"[173]. Apaga-se o distanciamento dos fatos narrados e cria-se a possibilidade de permanente surpresa, mesmo num romance histórico, no qual o essencial dos acontecimentos é de domínio público. O leitor vê-se transportado também para o contexto conturbado dos derradeiros anos do século XVIII. A regressão temporal da autoria, sob a chancela de um mestre que revela intimidade com a retórica, renderá inúmeros outros efeitos, como forma de captar o contexto marcado por contradições e interesses de toda ordem.

> Quase sempre, no trânsito entre História e ficção, o resultado é que acontecimentos fictícios ganham plausibilidade

história e o fato histórico se irrealiza nas teias da ficção. A História não é centro axial irradiador de sentido, nem a ficção uma idealidade estética criada do nada. Na verdade, a narrativa histórica comporta elementos e procedimentos da elaboração ficcional, assim como a ficção reelabora componentes derivados de fontes históricas[174].

D. Maria I e Tiradentes são representações metonímicas de dois modelos antagônicos, a dominação do poder político e a rebeldia da colônia explorada. A Coroa Portuguesa atua no sentido de administrar a colônia com medidas autoritárias e opressoras, impedindo a manifestação da autonomia, cobrando impostos abusivos. Esta política torna-se objeto de contestação de um grupo, consciente da exaustão da riqueza mineral do solo, diante do recrudescimento do aparelho opressor. Lusos e mazombos distinguem-se no plano político, na cultura e inclusive no uso da língua, como reconhece o Visconde de Barbacena: "[...] quanto a isso de falar com alguma correção, vale lembrar que na Europa, em geral, falamos bem desde meninos: ainda os dentes não nos nasceram e já lidamos a contento com os verbos e as concordâncias, os predicados e os pronomes. O que, porém, aqui não acontece com os mazombos, os quais..."[175].

Ao narrador culto, porém, não são os ingredientes retóricos os únicos instrumentos que lhe estão disponíveis. Move-se num palco ideológico em que as vertentes iluministas começam a baralhar a estabilidade do sistema absolutista, o esclarecimento é considerado um trabalho crítico da razão, capaz de analisar tanto a ascendência do estado dominador, quanto o anseio de liberdade de homens amordaçados. Tiradentes ouvirá de seu confessor, Frei Raimundo Penaforte, que "[...] o comportamento das pessoas, mesmo, ou principalmente, em se tratando dos reis dos Estados, dos seus ministros e generais... estará sempre ligado, necessariamente, e limitado às conveniências e circunstâncias de momento"[176]. Dividido entre a fidelidade aos princípios da religião e a simpatia pelos ideais humanos e nacionalistas, Padre Inácio considera-se tomado pelo esforço de alterar algumas assertivas pacíficas, como forma de purificar-se. Além da intimidade com a retórica, o narrador acaba por desenvolver também relações com o teatro; por força de sucessivas mudanças de aparência, experimenta as contradições, a duplicidade do comportamento humano. Diante do confessor do Alferes, tenso entre a fidelidade à fé (o segredo de confissão) e à Coroa Portuguesa, a quem é confiada ainda a missão de converter os inconfidentes à ideologia dominante, com a consequente anulação do sentimento nacionalista, reflete: "Chega a ser um tipo de lascívia e tentação, por exemplo, o aguçado empenho com que, de minha parte, o espreito e observo, a perscrutá-lo, lhe tentando achar, na face e nos seus traços, possíveis novos vincos, quem sabe, ou expressões e olhares, supostamente evidenciadores de serenidade e leveza d'alma, ou, ao contrário, denunciadores de conflitos e tensões maiores"[177].

Depois de experimentar a duplicidade em si mesmo (castidade/ sensualidade) e sofrer a tentação de, com o extermínio de Tiradentes, ter o caminho livre para seduzir Perpétua (também desejada pelo Alferes e pelo Vice-Rei), o narrador enfatiza o envolvimento amoroso do padre Rolim com sua companheira. Cabe-lhe, em suma, destacar o substrato humano do comportamento dos protagonistas, numa moldura histórica esgarçada, ao fixar as situações cotidianas de um contexto de rematada configuração romanesca, sem deixar de insinuar refinadas associações. Dessa forma, ao intervir nos documentos da tradição, amplia o significado do passado.

A água, símbolo ambivalente, apresenta-se, em consonância a várias situações, de forma dúplice e ambígua, na saga: dá vida, como pode trazer a morte. Apesar da proibição de implantar gráficas na colônia, a elite brasileira estudava na Europa, de onde trazia livros. As ideias iluministas (1751 a 1772) eram conhecidas pela classe culta. A biblioteca do cônego Luís Vieira, visitada pelos amigos Gonzaga e Cláudio Manuel da Costa, era famosa, com mais de 800 volumes. Quando Tiradentes percebe em Minas que a Conjuração Mineira se consolidara entre intelectuais e aristocratas (juristas, escritores, padres, fazendeiros, artistas, altas patentes militares), vai ao Rio de Janeiro, talvez em busca de maior adesão de empresários e populares. Consta nos documentos e na saga uma reunião que promove com empreendedores, na qual teria apresentado seu projeto de canalizar os córregos e rios da cidade para abastecer a população. A questão contraria os interesses dos barões d'água, que vendiam o produto em galões. O Vice-Rei é avisado, ordena uma busca implacável a seu paradeiro, acelerando sua prisão. A água é também essencial à vida, além de estar ligada à ideia de limpeza e purificação. Ao se aproximar o sacrifício de Tiradentes no Largo da Lampadosa, o narrador antevê a sua viagem de autopunição, no sentido inverso à do herói, salientando a importância das fontes na paisagem mineira: "como aquelas muitas que eu bebi, nas bicas de bambu nos barrancos, pelos caminhos de Minas, que, aliás, é muito o que com os rios se parecem..."[178]. Nesta passagem, o narrador expressa também o delírio do Alferes: "Vontade, sim, vontade muita de pôr de novo os pés naquelas águas e naquele chão"[179].

Dentre os recursos retóricos usados pelo narrador erudito, destaca-se, pelos efeitos disseminados, a paródia. Referida brevemente por Aristóteles como figura específica de obras menores, a paródia será retomada por Bakhtin, no início do século XX, no estudo do romance de Dostoiévski. Para o teórico russo, a paródia é a mais desenvolvida forma de representação do discurso do outro, cuja voz se manteve silenciada no texto original[180]. A paródia recusa a ideologia vigente e possibilita a revelação de aspectos anteriormente não percebidos, ao inserir um corretivo na seriedade unilateral do discurso elevado. O intento do parodiador seria mostrar uma outra realidade, uma vez que, ao não se submeter à concepção monológica do mundo, decide focalizar com olhos livres uma nova perspectiva. Em primeira instância, o discurso elevado refere-se àquele presente nas obras maiores (tragédia, epopeia); engloba também a visão de mundo das classes dominantes. Na realidade Bakhtin vê o romance como o gênero apto para acolher a cultura da burguesia (o povo que morava na cidade), tal como a epopeia se ajustava à aristocracia. O romance consolida-se no século XIX como forma apropriada para representar a sociedade e os conflitos burgueses.

A teoria da paródia pressupõe a construção da imagem do protagonista em interação com os outros personagens, a relação do autor com o narrador, a inserção num universo múltiplo de relações culturais, humanas e psicológicas, que fundamentam a elaboração literária. O narrador-personagem, através da paródia, abdica da intenção de sobrepor-se à fala de outros atores, configurando a presença de múltiplas vozes. O relato pluridiscursivo mostra-se capaz de apreender a diversidade e totalidade da sociedade de classes, dando guarida a posições antagônicas. A postura de diálogo com outras instâncias discursivas, decorrente da condição dialógica da linguagem, não deixa a narração imune a atitudes de valoração (ideologia, comportamento ético), as quais, quase sempre pelo empenho subjetivo do narrador, se tornam evidentes. Ao expressar o que fora silenciado, o parodiador critica a ideologia dominante, revelando uma nova visão, inconformada e insubmissa.

Benito Barreto imprime à sua saga forte teor de contestação ao domínio português no Brasil. O discurso religioso, no contexto absolutista, reproduz o sistema político, com o qual mantém estreita afinidade; a Igreja reproduz o sistema de exclusão da sociedade colonial. Não causa estranheza a perplexidade de Aleijadinho, a ponto de provocar vergonha no padre narrador: "[...] é a vontade minha de saber o que é que, no final das contas, pensa e põe a nossa Santa Madre Igreja quanto a isso, de ser ou de não ser, o negro e o índio, gente... por igual, filhos de Deus, que nem sois vós, os brancos"[181]. Mais diplomático, o Irmão Lourenço, grande admirador do gênio da escultura, busca atenuar a postura discricionária da Igreja, através de fala conciliadora: "[...] o que acontece é que Deus dorme, também, às vezes e, por isso, com frequência, toma por caminho errado a Sua Igreja"[182].

A aproximação e solidariedade do Alferes com o seu carrasco, o guarda-mor Capitania, é algo inusitado, a amizade entre os dois é elaborada de forma paródica refinada, a ponto de suscitar analogia com o tratamento dispensado por Saramago à amizade entre Jesus e Judas, no *Evangelho segundo Jesus Cristo*. Tiradentes, preocupado com o sofrimento de Capitania, o carrasco encarregado de enforcá-lo, no episódio da raiz de dente inflamada, cura-o, moldando uma peça, para que pudesse mastigar e sorrir.

> Também à Ilha das Cobras, não lhe trouxe a primavera flores, as quais, de resto, soem mui raro brotar das pedras, mas o mameluco Capitania voltou a rir, o que é, talvez, mais raro e difícil que minar a água, a flor nascer ou o verde, dos rochedos.
>
> - Deus pague a Vosmicê, galé. Deus dê a Vosmicê, em anos de vida, o que me vai dar em dentes! – exclamava, vendo Tiradentes ajustar e polir o molde de sua arcada, para a dentadura que está a lhe fazer[183].

Horas antes do martírio, Tiradentes pensa no sonho de uma pátria livre, árdua construção coletiva, através do trabalho dos mazombos, da luta dos rebeldes e do patrimônio dos artistas (escultura, artes plásticas, música, poesia). Em seu delírio, revive a dor de conviver com a opressão, vendo as riquezas da terra serem assaltadas, carreadas às pressas para os navios europeus. Exprime sua interpretação a respeito da extraordinária arte popular: produto de revolta e sofrimento — "[...] o Athayde só faltou ele pintar de vermelho as lágrimas, acho até que algumas delas fez com sangue! e, assim, aqueles nossos grandes músicos mestiços e os negros, no que compunham e tocavam, mais gemiam que cantavam"[184].

Libertas quae sera tamen, o verso extraído por Alvarenga Peixoto da lírica de Virgílio, é muito mais que a máxima do movimento, mas um projeto natural e universal. O anseio de liberdade é visto como inerente aos fenômenos da natureza, à privação da liberdade seguirá a privação da vida, este é um motivo recorrente ao longo dos capítulos, com o alcance de um refrão obsessivo e obstinado: "mesmo as potencialidades naturais e entre essas, muito principalmente, a água e os ventos tendem para o movimento e a liberdade dos quais, de resto, uma e outro necessitam e dependem"[185]. Modulado com as notas da indignação e da perplexidade, o motivo retorna: "Mesmo os rios e ribeirões de Minas, que em desde que gente, inda menino, vira correr e atravessava a cavalo ou pelos quais andava de canoa e os vadeava, arregaçando as calças, nos vaus de passagem, ao pé dos bambuais... se ousassem os Céus detê-los, o que não fariam! Ah, nem quer pensar!"[186].

Ao narrador resta captar as contradições internas da sociedade, as oscilações de ordens e comandos, as hesitações e o jogo variado de interesses, o registro de um contexto envolto em inequívoca teia de ambiguidade. Dentre os inconfidentes, seres feitos de barro e esperança, há os indecisos, os pusilânimes, os temerosos (Gonzaga, Cláudio Manoel), os que apoiam pela metade (o tenente coronel Paula Freire), os que aderem intelectualmente (Gonzaga, Cláudio, Alvarenga Peixoto, Ignácio Alvarenga), o que trai a causa para obter benefício (Silvério dos Reis), o insurgente destemido (o Alferes). À ganância, à opressão e aos rigores da Corte, correspondem a rebeldia e conspiração dos mazombos. O doutor Cláudio, sexagenário de saúde frágil, jurista de renome e fazendeiro abastado, recebe, depois de Tiradentes, o olhar mais atento do narrador, que registra sua dupla e arbitrária condenação. A primeira ao ser assaltado em casa de madrugada, entre violência e brutalidade, ficando à mercê de um punhal, o pescoço sob as esporas de um militar, que lhe rouba as barras de ouro e lhe extermina a família, dias antes da prisão no vão de uma escada, até o fim trágico.

Alguns incidentes são significativos no que diz respeito à ambiguidade e às contradições sociais: lealdade inicial à coroa portuguesa, apoio à causa da Inconfidência (Irmão do Caraça, Gonzaga, Cláudio Manoel). A alternância entre o mito e a realidade aproxima alguns personagens (Gonzaga/Dirceu, amante de Marília, Gonzaga/Critilo, autor das *Cartas Chilenas*; Cláudio/ Doroteu, nas *Cartas Chilenas*; Maria Doroteia de Seixas Brandão/Marília, a amante fictícia de Dirceu, em *Marília de Dirceu*). Por circunstâncias profissionais, o jovem cientista Álvares Maciel torna-se hóspede e preceptor da esposa e dos filhos do Visconde de Barbacena, sem deixar de ser simpatizante da causa inconfidente. O conflito entre voto de castidade e sensualidade é um traço que identifica o Padre Rolim e o Padre Inácio. A personagem Perpétua, uma das amadas de Tiradentes, morre ao se lançar de um penhasco, em dupla fuga: à caçada do Vice-Rei, por ela seduzido; ao Padre Inácio, que também aumentava o cerco a seu redor. Esta relação de três ângulos, em que a mulher desempenha o papel de mediadora, admite o seguinte esquema:

--------- Vice-Rei (conquista, dominação)

Perpétua -------- Tiradentes (amor, companheirismo)

--------- Padre Inácio (desejo, traição ao herói)

A ambiguidade de gênero envolve dois personagens: Izidora e João Costa. Izidora, a filha de Montanha, chefe de bando, é por ele dada de presente a Tiradentes como Isidro, um rapaz ajudante; em noite de lua, vendo-a dormir, Tiradentes descobre tratar-se de uma moça de belos seios. João Costa, chefe de tropeiros revoltados, em busca de informações sobre o Padre Rolim, traveste-se de mulher, para adentrar no convento feminino de Macaúbas, onde o religioso inconfidente, antes de fugir, internara sua companheira, Rita Quitéria, filha de sua irmã de criação, Chica da Silva. A sensualidade difusa de Bárbara Heliodora, bela e enigmática fazendeira que seduz a todos os homens da época, do Visconde de Barbacena ao esbirro sargento Parada, favorece o papel de mediação entre os dois modelos ideológicos.

Ao se aprofundar a descrever o sofrimento do Alferes na Ilha das Cobras, em prisão que mais se assemelha a uma cova, pelo ar rarefeito e malcheiroso, o último volume, *Despojos: a festa da morte na corte* em vários passos compara Tiradentes a Cristo: "Uma sepultura singular, em que o condenado, conquanto já, de fato, enterrado, ainda se move e respira; ainda pode imaginar, lá fora, a vida e o mundo, mas já não participa daquela nem faz mais parte deste!"[187]. Identificado a elementos naturais, como o oceano, o preso exibe uma gargalheira no pescoço e grilhões nos pés: "Pesam e esfolam mais, a cada dia, os ferros da grilheta. As correntes doem sempre mais e a cada dia é mais difícil caminhar com elas, mesmo e apenas levantar-se e ficar de pé ou dar um passo"[188].

Esgotadas as possibilidades concretas de sucesso efetivo, a Conjuração perde sua força: os envolvidos são presos, o processo de condenação é instalado. Uma vez que Tiradentes advoga para si toda a culpa, os outros inconfidentes recebem pena menor — o degredo para a África. Tiradentes é o único condenado à morte. Paradoxalmente, ao proceder ao seu martírio, a Coroa portuguesa extermina um inimigo, mas cria um herói. Após sua morte, com a exposição das partes esquartejadas do seu corpo nos lugares onde em vida atuara contra a dominação lusa, fica estabelecido o seu retorno e permanência, doravante como despojo físico, material, que se desintegra e degrada naturalmente, semente de sua fixação perene, como palavra e exemplo. A história de um homem ali acabava. As raízes do mito estavam lançadas. Desta ambivalência entre realidade e mito nutre-se de forma inventiva a ficção de Benito Barreto.

REFERÊNCIAS

BAKHTIN, Mikhail. *Problemas da poética de Dostoiévski*. Tradução de Paulo Bezerra. Rio de Janeiro: Forense-Universitária, 1981.

BARBIERI, Therezinha. *Ficção impura*. Rio de Janeiro: Eduerj, 2003.

BARRETO, Benito. *Os idos de março*. Ilustrações de Sebastião Januário. Belo Horizonte: Casa de Minas, 2009.

BARRETO, Benito. *Bardos e viúvas*. Ilustrações de Sebastião Januário. Belo Horizonte: Casa de Minas, 2010a.

BARRETO, Benito. *Toque de silêncio em Vila Rica*. Ilustrações de Sebastião Januário. Belo Horizonte: Casa de Minas, 2010b.

BARRETO, Benito. *Despojos*: a festa da morte na corte. Ilustrações de Sebastião Januário. Belo Horizonte: Casa de Minas, 2012.

REIS, Carlos; LOPES, Ana Cristina M. *Dicionário de teoria narrativa*. São Paulo: Ática, 1988.

ADÉLIA PRADO

Adélia Prado logra executar, em *Os componentes da banda*, uma partitura narrativa, desfibrada, sem músculos. Fruto de uma arejada conceção do que seja uma novela, ou um concerto verbal de feição aglutinadora, acolhe breves relatos, receitas domésticas, reflexões intempestivas, pensamentos aleatórios, esboços de poemas, lembranças de experiências passadas, registros diários e devaneios de uma anódina rotina doméstica. A narradora não faz segredos de seu estatuto de dona de casa, em segundo casamento, envolvida em tarefas corriqueiras, pequenos compromissos, eventos banais, efemérides citadinas e familiares. Na verdade, uma dublê de dona de casa e professora: "Em plena aula a cantineira abre a porta, sem bater: 'ponho o que pra senhora hoje? Tem empada e biscoito frito'. Sinto tanta vergonha que não tenho coragem de escolher. Põe qualquer coisa, falo depressa, pros meninos se esquecerem de que eu posso escolher entre empada e biscoito frito"[189]. Sem esquecer as impressões fugidias sobre uma ou outra palavra — como "soturno", a preferida do pai, ou "pudera", considerada a mais bela palavra pela mãe. Prefere ser conhecida por compositora, não como escritora. Rodeada de frades solícitos, comadres espevitadas, amigas desconfiadas e parentes pernósticos, a narradora irascível se deixa contaminar pela poeta, religiosa e onipresente.

> Não pinto o cabelo, os fios brancos têm excelente brilho, Deus me quer tão bem, as pessoas pensam que pinto as mechas esmeradamente. Penso em fazer balé, pra dar boa diligência aos gestos. Como se movem lindo os bailarinos. Senti uma sensação esquisita, a mocinha me elogiou: "que pés lindos!" Papai tinha pés inacreditáveis, era bom ver ele descalço, pés para amoroso trabalho de estátua. Nunca soube. Fora melhor também eu não saber. Mãos não tenho bonitas, só quem acha é Pedro que se ri apenas de minhas orelhas.[190]

Não há um enredo decisivo, uma ossatura de fatos rígidos, encadeados logicamente. Mas os casos narrados têm uma graça pitoresca, provocam um interesse dobrado em quem deles se aproxima, seduzido por uma descrição ingênua, uma situação simultaneamente grotesca e engraçada, o coloquial tosco. Sucedem-se, sem encadeamento rigoroso e uma fixação sólida em algum contexto, notações e comentários avulsos sobre eventos rarefeitos: um casamento na roça, um aniversário de criança, uma novena ensaiada. O que salva toda essa barafunda de intriga esgarçada é uma postura descontraída diante da linguagem, como se a cada linha a narradora se revelasse encantada pelo poder mágico das palavras. Não seria demasiado lembrar que a autora é, antes de tudo, grande poeta, como tal nomeada e premiada duas vezes em 2024, pelo conjunto de obra: Prêmio Machado de Assis da Academia Brasileira de Letras; Prêmio Camões.

> Não sou carioca, por isso não uso verão, uso tempo de calor, quando a gente fazíamos piquenique na cachoeira do rio Lambari. Eu era má, eu já fui bem mazinha, quando comprava um queijo, era só pra mim. As mulheres na feira têm ancas de surrar marido, que belo manto adiposo, verdadeiras rainhas. João Peruzinho chegou com sua barriga fantástica, quer quiabos o homem, pra comer com angu. O Rei que faça sarcófagos, nós queremos o teatro, para rir dele em praça pública, imitar seu andar, sua preocupação em depois de morto não feder. Um país tão grande, um pedaço pra cada um, revezando por turnos, enquanto um cava o outro dança. Estou em cantos gozosos, disposta a furar a orelha por uns brincos de outro, estou feliz porque perdi o rumo e só tenho desejos e futuro. Não perco o gosto de escarpas.[191]

Por vezes o relato beira o universo infantil por ser poético, ou seria o contrário? A mistura de lucidez e sutileza, de lirismo e objetividade, com uma deliberada tentativa de embaralhar o universo referencial, culmina num mergulho desordenado no fluxo de consciência que só consegue pausa e respiração num apelo místico, cessado apenas com um ponto final.

REFERÊNCIAS

PRADO, Adélia. *Os componentes da banda*. Rio de Janeiro: Guanabara, 1985.

MARIA JOSÉ DE QUEIROZ

Nascida em 1936 e falecida em 2014 em Belo Horizonte, a autora foi Catedrática de Literatura Hispano-americana (UFMG), ensaísta notável e ficcionista de grandes recursos. Maria José de Queiroz conquistou vários prêmios, entre eles, o Sílvio Romero da Academia Brasileira de Letras (1963), o Pen Clube do Brasil (1978), o Othon Bezerra de Mello da Academia Mineira de Letras, instituição à qual pertenceu. A metade do ano costumava passar na Europa, onde lecionava e fazia pesquisas, a outra metade dividia entre o Rio de Janeiro e Belo Horizonte. Além de ficção, publicou poesia e uma dezena de ensaios, com destaque para *César Valejo: ser e existência* (1971), *A literatura encarcerada* (1981), *A América sem nome* (1997) e *A literatura e o gozo impuro da comida* (1994). Seus principais livros de ficção compreendem títulos publicados desde o final dos anos de 1970, como *Ano novo, vida nova* e *Invenção a duas vozes* (os dois de 1978), a que se seguiram o *Homem de sete partidas* (1980), o clássico no gênero romance histórico *Joaquina, filha de Tiradentes* (1987), *Amor cruel, amor vingador* (1996) e *Vladslav Ostrov, príncipe do Juruena* (1999). Dentre outros, destaca-se seu contributo à ficção de perfil histórico, na polêmica vertente de complementar com dados da imaginação o fluxo incompleto dos documentos.

O enredo de *Homem de sete partidas* envolve o alvoroço que toma conta de uma tradicional família mineira diante da herança deixada por um rico parente aventureiro. Em vida, o desaparecido cruzou selvas e mares numa trajetória errante e turbulenta; após sua morte, seu espólio é objeto de diligências jurídicas que afetam dois países vizinhos, o Brasil e a Colômbia. Os lances decisivos dizem respeito à sua atribulada atividade como bem-sucedido empresário, suas relações sociais e políticas, o engajamento em atuações anarquistas e sua morte misteriosa.

> Cavaleiro de belo porte, testa alta, queixo dominador, pulso forte, eu o confundi primeiro com os *cowboys* do Velho Oeste. Amante, sensual, olhar sedutor, nele descobri, mais tarde, na adolescência, modelo a imitar: era D. Juan, Casanova aventureiro, Valentino irresistível. [...] Corajoso até a temeridade, vencia batalhas, triunfava das traições e das cila-

das. Tio Euclides, posso dizê-lo, foi meu passaporte para o sonho. Sonho épico, quando, a cavalo, investia contra panteras, onças, serpentes e tamanduás, lutava contra índios e bandoleiros; lírico, quando, violão ao peito, enamorado, evocava saudades da pátria ou cantava o amor impossível, a amada jamais encontrada[192].

Para além da matéria ficcional, o mergulho no percurso do lendário parente e nas vísceras da política autoritária de repúblicas latino-americanas, pulsa a construção de uma experiência humana cosmopolita, rica em sutilezas de linguagem (com seguras incursões no castelhano) e saber antropológico. Na contracapa, Flanklin de Oliveira diz o essencial, de forma clara: "Essa mineira [...], sendo ensaísta de fina inteligência, sabe também que o romance é uma arte submetida às iluminações do intelecto – uma arte que se constrói, e não uma simples história que se narra". Em ritmo paralelo ao multifacetado narrador principal, o narrador em terceira pessoa sob a ótica e voz do sobrinho Bernardo, outras narrativas se sucedem. O testemunho da mãe, de idade mais próxima à do cunhado, este frustrado ao descobrir que se casara com mulher estéril, reforça o caráter sedutor de Euclides:

Porque eu lhe lembrava a esterilidade da mulher e nele despertava o despeito de machão ferido. Que Deus me perdoe se peco contra a humildade! E que me perdoe também por ter pecado tantas vezes contra a castidade! Quando eu menos dava por mim, me vinha o desejo de dormir com ele e dar-lhe o filho com que sonhava. Como se fosse Lia, me metia na cama com ele e concebíamos o varão que Raquel, a bela, não concebera[193].

Como o suposto protagonista inexiste no presente do relato, por tratar-se de alguém sobre o qual são feitas revelações, o espaço narrativo surge ampliado. Ao assumir o comando das diligências para solucionar o caso, tarefa simultânea à função de narrador privilegiado, Bernardo passa a dividir com o tio o lugar do protagonista.

Euclides Gomes Bastos passara, da noite para o dia, de cavaleiro invencível, amigo certo, conselheiro e tio querido, à condição de fantasma. Rosto sem traços, personagem de morte obscura, titio tomara caminho ignorado, fundindo-se às sombras da noite amazônica. Traição grande, enorme, a que sofri. Por que não deixou para desaparecer depois da nossa viagem?[194].

Bernardo não procura apenas resolver a pendência da herança, não é o interesse financeiro a grande motivação de sua busca; interessa-lhe reconstituir o percurso e a espessura humana do homem que rompera com a rotina e a pacata vida mineira. Ao viajar para a Colômbia, Bernardo de certa forma refaz o roteiro espetacular de tio Euclides e expande o conhecimento dele e de si mesmo. Os informes são desencontrados. Os indícios do provável assassinato de Euclides Gomes Bastos por motivos políticos, ele os narra entre os contratempos enfrentados quando decide conhecer, apesar de inúmeras tentativas, da parte de autoridades, no sentido de dissuadi-lo, as três pessoas que haviam privado da sua amizade ou intimidade, citadas no testamento. "Aliás, não há como a aclimação em terra estranha para aprofundar as características nacionais. Euclides, rebelde, anarquista confesso, tinha esse grande, enorme defeito: era estrangeiro. Não se deixara assimilar pelo meio naquilo que o meio tinha de mais típico: o sistema"[195]. E somos levados a repetir a pergunta feita por Pedro Nava, na apresentação: "Tio? Só tio? Ou as veredas de suspeita abertas pela autora permitem que se deem à figura bonachona e faladeira de D. Luzia os delineamentos trágicos de uma Francesca de Rimini incubada?". Uma das amantes colombianas de Euclides guarda uma foto da mãe de Bernardo, motivo de ciúmes: "Onde já se viu isso? Guardar retrato da cunhada como se se tratasse de noiva, ou namorada!"[196]. O resultado final ultrapassa o estrato puramente romanesco, a autora revela-se plenamente aparelhada para arquitetar um relato envolvente e denso, envolto pelo mistério, suspense, senso de polifonia e vantajosa aliança entre conhecimento cultural e linguístico.

REFERÊNCIAS

QUEIROZ, Maria José de. *Homem de sete partidas*. 2. ed. Rio de Janeiro: Record, 1999.

NÉLIDA PIÑON

Mestre no intricado ofício de narrar, exercido em alta dimensão com engenho e arte, Nélida Piñon (1937-2022) enriquece a cultura brasileira com romances impregnados de aventuras e reações humanas pungentes, suor e lágrimas vertidos à deriva de contextos diversos. A vivacidade, o hausto vivificante, a pletora de emoções, a irredutível aragem de vida decorrem do contato diuturno com as palavras e de uma imaginação poderosa e privilegiada.

Iniciada com o romance *Guia mapa de Gabriel Arcanjo* (1961), a extensa obra, largamente premiada, compreende diversos títulos de contos: *Tempo das frutas* (1966), *Sala de armas* (1973), *O calor das coisas* (1980), *A camisa do marido* (2014). A lista de romances abarca, além do volume de estreia, *Fundador* (1969, prêmio Walmap 1970), *A casa da paixão* (1972, troféu APCA), *Tebas do meu coração* (1974), *A força do destino* (1977), *A república dos sonhos* (1984, APCA, Pen Clube do Brasil), *A doce canção de Caetana* (1987, prêmio José Geraldo Vieira), *Vozes do deserto* (2004, Jabuti 2005), *Um dia chegarei a Sagres* (2020). São livros de memórias: *Coração andarilho* (2009, prêmio espanhol Terenci Moix), *Uma furtiva lágrima* (2010). Os livros de ensaio incluem *Aprendiz de Homero* (2008, prêmio Casa de las Americas, Cuba, 2010), *Filhos da América* (2016). Pelo conjunto da obra, foi distinguida por outros prêmios: Literatura Latinoamericana y del Caribe (1995, México), Rotary Clube do Rio de Janeiro (1997), Iberoamericano de Narrativa Jorge Isaacs (2001, Colômbia), Rosalía de Castro, Pen Club Galiza (2002), Menéndez Pelayo (2003, Espanha), Príncipe das Astúrias (2005), Vergílio Ferreira (2018, Portugal).

Compete às sagas serem portadoras dos valores e apreensões do contexto em que foram escritas. No caso de *A república dos sonhos*, depara-se o leitor com uma visão de mundo esfacelada pelo arbítrio de uma ditadura, a um tempo impiedosa diante da corrupção e dos movimentos libertários. O Brasil, alçado ao patamar de uma república de sonhos, expõe-se como território generoso aos imigrantes, ao mesmo tempo que se busca reescrever seu fantasioso passado de impunidade, de prodigalidade inquieta, fonte de oportunidades e expectativa de desenvolvimento. O mito da terra provedora, de riquezas inesgotáveis, perpassa ao longo dos capítulos da trama: "Era hora de voltar a escavar as terras brasileiras, em busca de tesouros. Sempre teve certeza de encontrá-los"[197].

A paisagem ensolarada de Galícia paira sobre as personagens que de lá saíram, na ilusão de se enriquecerem numa América coroada de fartura e extravagância. Em polos opostos, movimentam-se os protagonistas Madruga e Venâncio. Em Madruga presenciamos a sedução pela aventura numa América construída em sonhos, cultivados por uma desenfreada ambição: "De resto, sou ainda um estrangeiro nesta terra, sob permanente suspeita. Meu único sonho é conquistar o Brasil"[198]. O apelo da aventura, envolta nas asas da cobiça, norteia os seus movimentos, ao se deparar com as oportunidades de trabalho e riqueza.

Viver no Brasil para Venâncio só se justifica se puder projetar nos elementos naturais a lembrança comovida de sua terra distante: "Quantas vezes, desta varanda do Leblon, poderiam eles, em seguidos exercícios de imaginação, alcançar a Galícia em rápidas braçadas, levados apenas pelos alísios, favoráveis à navegação"[199]. Galego aqui exilado, europeu que se deixa aos poucos e com dificuldade contaminar pela cultura tropical, compõe um diário, importante documento de interpretação de hábitos e costumes brasileiros: "Ninguém aqui se isenta facilmente dos apelos sexuais. Eles ganham forma pela manhã, sem hora de se esgotar"[200]. O lento e gradativo processo que encaminha Venâncio à loucura produz devastadora destruição no ânimo de Madruga, o antigo amigo de todos os dias, "Os motivos que atraíram Venâncio à América divergiam frontalmente dos seus. Ele não viera de tão longe para esburacar a terra pelas manhãs, criando bolhas e feridas pelo corpo, em busca de um tesouro. O único tesouro de Venâncio consistia em preservar o direito ao sonho"[201].

A produção de um romance vigilante em relação ao tempo de sua escrita — e numa dimensão grandiosa — acarreta alguns ajustes de contas ao autor. Um deles, inarredável, diz respeito à aceitação resignada da impotência de sua geração diante da avassaladora opressão instalada pelo estado autoritário. Vários blocos narrativos alternam-se, sem que a linguagem tendente ao poético e às digressões reflexivas se modifique, no entanto. Projeto arrojado, complexo, realizado numa extraordinária combinação de sabedoria e excepcional domínio de recursos.

A lenta e extenuante agonia de Eulália atravessa todo o relato que se alastra esmiuçando as escaramuças familiares, a agrura de viver num espaço inóspito e os expedientes adotados pelos imigrantes no esforço de adaptação à nova terra. Personagens reais misturam-se aos fictícios, com os quais se moldam harmoniosamente, como os botões novos ocupam o lugar antes ocupado por outros que se perderam. Santiago Dantas, Manuel Bandeira, Getúlio Vargas ocupam algumas páginas com sua aura histórica polida, sem influenciar a sequência da trama, convocados a compor um canto da moldura de um quadro previamente esboçado. Ao narrador multifacetado não escapam as sutilezas dos pequenos gestos, nem a desmedida das grandes empreitadas.

REFERÊNCIAS

PIÑON, Nélida. *A república dos sonhos*. Rio de Janeiro: Record, 2015. (Edição comemorativa dos 30 anos).

JOÃO UBALDO RIBEIRO

João Ubaldo (1941-2014) procede, em *Viva o povo brasileiro*, a amplo recorte temporal, do século XVI ao século XX, num esforço de reconstruir a sociedade brasileira, resultado de mistura de raças e mestiçagem cultural. O narrador acompanha a evolução de grupos humanos que se fixaram no Recôncavo baiano no século XVI, o embate de culturas e a formação do que se poderia chamar de sentimento identitário brasileiro, em sua dinâmica e conflitos, em seu hibridismo cultural jamais finalizado. Só desta forma se concebe um projeto étnico, enquanto processo em contínuo enriquecimento, jamais se dando por acabado e pronto. Ao sentimento nacionalista de pertença a uma cultura subjaz quase sempre a inveja ao sistema cultural oposto. Esta já era a crença de um intelectual do século XIX, representado no romance:

> Na verdade, sustento que a mestiçagem é uma real alavanca do progresso desta terra, pois que o espírito do europeu dificilmente suporta as contorções necessárias para o entendimento de circunstâncias tão fora da experiência e vocação humanas. Eis que o Brasil não pode ser um povo em si mesmo, de maneira que as forças civilizadoras hão de exercer-se através de uma classe, no caso os mestiços, que combine a rudeza dos negros com algo da inteligência do branco[202].

Em grandiosa empreitada, efetuada em linguagem polifônica, apta a recuperar os inumeráveis usos da língua portuguesa em território americano, o narrador projeta-se numa dilatada linha do tempo, ao focalizar a evolução de um grupo étnico em sua fixação à terra, durante quatro séculos. As descrições da paisagem tropical alternam-se ao panorama de crendices, exotismos, batalhas e luta pela sobrevivência. Assim, o clã de Perilo Ambrósio reveste-se de traços comportamentais específicos, delineadores de representação racial. As peripécias são contadas de forma linear, uma linearidade irregular, contaminada por avanços e voltas, em células dinâmicas, expressas em blocos narrativos, numa progressão cronológica que tangencia alguns fatos da história oficial. Ao narrar os primeiros lances do que teriam sido os primórdios da colonização, indígenas aterrorizavam os europeus, aqui chegados numa aventura exploratória marcada pela violência e cobiça desenfreada. Os atos de antropofagia então cometidos surpreendem pela naturalidade e ironia com que são narrados, mesclando os dados culturais da culinária portuguesa à visão animalesca, primitiva dos selvagens:

> O caboco Capiroba então pegou um porrete que vinha alisando desde que sumira, arrodeou por trás e achatou a cabeça do padre com precisão, logo cortando um pouco da carne de primeira para churrasquear na brasa. O resto ele charqueou bem charqueado em belas mantas rosadas, que estendeu num varal para pegar sol. Dos miúdos prepararam ensopado, moqueca de miolo bem temperada na pimenta, buchada com abóbora, espetinho de coração com aipim, farofinha de tutano, passarinha no dendê, mocotó rico com todas as partes fortes do peritônio e sanguinho talhado, costela assada, culhõezinhos na brasa, rinzinho amolecido no leite de coco mais mamão, iscas de fígado no toucinho do lombo, faceira e orelhas bem salgadinhas, meninico bem dormidinho para pegar sabor, e um pouco de linguiça, aproveitando as tripas lavadas no limão, de acordo com as receitas que aquele mesmo padre havia ensinado às mulheres da Redução, a fim de que preparassem algumas para ele[203].

Amleto Henrique Nobre Ferreira-Dutton, mulato de confiança do barão Perilo Ambrósio, através de expedientes ilícitos, consegue enriquecer-se, apoderando-se do patrimônio do antigo protetor. Seu nome, "resultado da união anglo-portuguesa"[204], união orgulhosamente por ele atestada mais de uma vez, denota a mestiçagem cultural. Numa das recepções promovidas em sua residência, diante de altas instâncias da religião e do exército, Amleto expõe uma concepção elitista de cultura, ao excluir os pobres (negros e mulatos):

> Mesmo depuradas, como prevejo, as classes trabalhadoras não serão jamais o povo brasileiro, eis que esse povo será representado pela classe dirigente, única que verdadeiramente faz jus a foros de civilização nos moldes superiores europeus – pois quem somos nós senão europeus transplantados? [...] Que somos hoje? Alguns poucos civilizados, uma horda medonha de negros, pardos e bugres[205].

As ideias a respeito da natureza selvagem e a visão eurocêntrica de cultura são lançadas, vez por outra, como forma de moldar um confronto para a formação do sentimento nacionalista. O cônego visitador, ao referir o medo de que o barco soçobre no revolto mar baiano, expressa também ilações elitistas:

> [...] mesmo nessas civilizações avançadas, onde o espírito do homem não é pervertido por uma natureza luxuriosa e corruptora, onde a mestiçagem não estiola o sangue e o temperamento, onde, enfim, é possível existir o que aqui jamais será, ou seja, uma cultura e vida dignas de homens superiores, mesmo nessas nações estas máquinas não deixam de oferecer perigo[206].

Um dos recursos convocados constitui a suposta equivalência dos contrários, seja para aproximar homens de animais, seja para opor a língua dos brancos à dos negros, ou confrontar a cultura europeia à dos trópicos. A caracterização primitiva das personagens atinge o ponto extremo ao equiparar os homens a animais: o Barão, em sua agonia, teria sido acometido pela raiva canina. Quando tudo parecia anunciar o fim, o moribundo vocifera um palavrão, chamando para perto de si um negro, o qual atende por emblemático nome de anjo. Com a promessa de que lhe faria uma confidência, o Barão morde-lhe a orelha: "[...] havendo os dois sido encontrados ainda nesse enlaçamento conturbado, o barão respondendo apenas com rosnidos ao que lhe falavam e Rafael Arcanjo berrando como um porco esfaqueado"[207]. Não é ingênua a presença do negro de nome angélico ao lado do senhor rural. Tudo ocorre dentro de um sistema de trocas e assimilações, recusas e transformações: a sensação de vazio é solenemente preenchida de maneira falsa e hipócrita: "Infelizmente, ninguém ficou certo quanto a suas últimas palavras, mas Frei Hilário, que esteve junto a ele até o desenlace, anotou as que – claro milagre, para quem já não falava ou sequer via – ele murmurou na escuridão do quarto, a poucos minutos do final: Pátria, honradez, luta, abnegação. Haverei servido bem a Deus e ao Brasil?"[208].

A canastra onde o filho de Amleto, o militar Patrício Macário, teria guardado suas memórias, escritas ao longo de uma vida atribulada, depois de demorada viagem ao interior do país, desperta o interesse. A canastra teria um valor simbólico por sua vinculação à misteriosa crença da Irmandade dos negros e seria aberta quando o protagonista completasse 80 anos. Tal não ocorre, a canastra é roubada. Zilá Bernd assim comenta o episódio:

> Quando foi proclamada a Independência, em 1822, quando o Brasil se tornou nação, a identidade nacional teve que se construir rapidamente, o que foi feito tendo por base o modelo da busca de premissas homogeneizantes, pois a nacionalidade não suporta o heterogêneo. Procedimentos tendo por objetivo reduzir a diversidade são acionados. A volta de Macário a um Brasil compósito e sua tentativa de dotar o país de uma memória longa e plural pela rememoração das culturas indígenas e africanas opera uma subversão do esquema da homogeneidade. Esta leitura de *Viva o povo brasileiro* nos permite dar maior importância à identidade do povo brasileiro do que à identidade da nação brasileira[209].

A construção de traços identitários comporta desvios e confrontos diante da ideologia hegemônica. Por seu turno, os embates gerados no interior das relações de trocas, à medida que se afastam das ideias de centralidade, não objetivam apagar de todo os resíduos da cultura transplantada, mas operam numa dinâmica produtiva de aproximação/afastamento. A transformação de Dafé em bandoleira, guerreira sem vínculos com o aparelho estatal de segurança, ilustra a hipótese. Chefe de bando opositor, o lugar de Dafé no universo narrado é um lugar ambíguo. Ali estão definidos e estabilizados os lugares do dominante e do subalterno, o negro. A recusa em inscrever-se como objeto de prazer dos senhores marginaliza-a socialmente. Sua transformação em guerreira destemida marginaliza-a institucionalmente, perante o Estado. Mas não deixa de ser curioso: mesmo procurada pelo Estado, ela mantém relações clandestinas com o aparato militar. No velório de Leléu, ela e seu bando comparecem disfarçados de militares. À época da guerra do Paraguai, ela instrui um elemento do bando para se alistar no exército do Imperador, porque ali teria muito que "ver e aprender". Não deixa de ser igualmente relevante o sentimento nacionalista por ela proclamado: "Eu também sinto um arrepio quando se fala no Brasil, quando ouço os hinos e vejo o povo levantar os olhos para a bandeira. Pois não é a nossa bandeira e é nossa bandeira"[210].

O encontro amoroso entre Maria da Fé e Patrício Macário pode ser visto como uma das fases da iniciação por que escolhe passar o Major, algo como a redescoberta de um filão étnico obscuro, mas vital e altamente produtivo. Com a guerreira, o militar aprende a importância da experiência popular e o valor da esperança, quando está em jogo a construção da justiça e da felicidade, contra toda espécie de tirania. Não existe uma síntese do trabalho de elaboração da identidade de um povo. Este processo não tem fim, jamais está acabado, nem terá uma autoria individual: será o produto de todos os que vivem no mesmo território. Não existe um paradigma a ser transmitido, mas a necessidade de uma contínua renovação e integração de elementos diversos.

Incomparavelmente belo, o romance efetua a conjunção de uma pluralidade de vozes e discursos (o folclórico, o literário, o mítico, o histórico), numa grandiosa alegoria da formação étnica brasileira. Ainda que aberta à circulação de ideias polêmicas, a ficção brasileira mais uma vez mostra-se inscrita num projeto nacionalista, no qual muitas vezes busca sua legitimidade, na linha do pensamento de uma crítica de tendência sociológica:

> Quem escreve, contribui e se inscreve num processo histórico de elaboração nacional. [...] A literatura no Brasil, como a dos outros países latino-americanos, é marcada por este compromisso com a vida nacional no seu conjunto, circunstância que inexiste nas literaturas dos países de velha cultura[211].

Engajado, sem incorrer no tom panfletário, divertidíssimo, sem apelar à banalidade, o romance dialoga com a epopeia, recuperando o vigor e a densa espessura dos relatos de fundação, sem excluir as ideias humanistas e as notas de puro encantamento.

REFERÊNCIAS

BERND, Zilá. Enraizamento e errância: duas faces da questão identitária. *In*: SCARPELLI, Marli Fantini; DUARTE, Eduardo de Assis (org.). *Poéticas da diversidade*. Belo Horizonte: UFMG/FALE: Pós-Lit, 2002.

CANDIDO, Antonio. *Formação da literatura brasileira*. 9. ed. Belo Horizonte: Itatiaia, 2000.

RIBEIRO, João Ubaldo. *Viva o povo brasileiro*. Rio de Janeiro: Record/Altaya, 1984.

MARIA ADELAIDE AMARAL

Nascida em Portugal em 1942, Maria Adelaide Amaral veio para o Brasil com 12 anos, afirmando-se como escritora versátil e talentosa. Tendo iniciado como dramaturga, em 1976, com a peça *Bodas de papel*, conquista com o primeiro romance, Luísa, o prêmio Jabuti em 1986. Ingressa na Globo na década de 90, onde trabalha com vários parceiros (Sílvio de Abreu, Lauro César Muniz, Alcides Nogueira, Geraldo Carneiro), na produção de novelas e minisséries. Autora teatral de prestígio, terá peças dirigidas por renomados diretores, como Cecil Thiré, José Wilker, Paulo César Saraceni, Aderbal Freire. O romance em foco, talvez o seu ponto alto no gênero, mereceu adaptação televisiva, na primeira década deste século, sob o título de *Queridos amigos*.

A história recria o encontro de 12 amigos, separados temporariamente por circunstâncias variadas, após o suicídio de Leo, publicitário e escritor voluntarioso, fracassado no casamento e com dificuldade de se afirmar como literato. O recorte histórico abarca o fim dos anos 80, em São Paulo, no âmbito de agudas influências (queda do muro de Berlim, Guerra Fria, fim do socialismo, expansão da AIDS, fortalecimento dos EUA, eclosão de movimentos de minorias, recrudescimento de temas ecológicos e étnicos). A trama decorre dos diálogos dos participantes do grupo, alguns oriundos de atuação política nos anos apertados da ditadura militar, outros sobreviventes do refluxo da onda de liberação dos costumes dos anos 70. Os sucessos, infortúnios e apreensões dessa geração refletem, de forma intensa e concentrada, um contexto de lutas, afirmação de diferenças sexuais e utopias. Vivendo as agruras de uma grande metrópole, num ambiente de fortes pressões conservadoras, em meio à tensa afirmação de opções minoritárias (gays, negros) e de ondas pacifistas, os personagens equilibram-se entre a vertigem das drogas e sexualidade dissoluta. *Aos meus amigos* elabora um retrato, nem sempre repousante e sereno, de um grupo de amigos, cujo percurso existencial, de contorno multifacetado, esbarra no contexto opressor da ditadura. Este o maior mérito da autora: compor um amplo, consistente e ousado mosaico em que muitos de nós, que fomos jovens naquele período, nos vemos impiedosamente projetados. Dentre os personagens, movem-se jornalistas, editores, médicos, publicitários, modelos, escritores, empresários, professores, donas de casa, artistas plásticos e homens comuns, expostos à turbulência de grandes transformações sociais.

> Éramos um bando de pretensiosos, um bando de bostas que se imaginavam geniais, pensou Lena. "E afinal, quem somos nós na grande ordem das coisas? Nada, nem esses que se projetaram mais que os outros", Lena considerou amargamente. Pela primeira vez naquela tarde teve vontade de chorar. "Se ao menos a gente se divertisse, se ao menos a gente vivesse num país com menos sobressaltos"[212].

A quebra de paradigmas, a passagem do tempo, as devastadas relações sociais, a exacerbação do modelo capitalista, os novos formatos de relacionamentos são discutidos de forma viva e concreta. Esta escuta atenta do cotidiano revela-se como positiva herança do labor teatral, na árdua e vertiginosa expressão de situações dramáticas, à beira do abismo. A autora não se preocupa em eliminar os liames com o mundo real, são citados eventos, nomes de rua, programas de televisão, artistas e canções da época, na busca de atenuar os limites do real e do fictício. O livro estrutura-se através da justaposição de fragmentos de diálogos, outra marca do universo do teatro: o enfrentamento contínuo dos personagens, quase sempre em experiências-limite: drogas, homossexualidade, desagregação familiar, participação política, frustrações individuais e coletivas. As fronteiras do trágico esfumam-se, desde o início quando o suicídio é comunicado e se anuncia o encontro da geração.

> Professava as teses do Partido, embora não fosse filiado, e não compreendia como alguém como Leo podia continuar niilista em tempos tão exaltados. "Eu não estou com vocês, nem com a *uísquerda*, nem com os novos propedeutas da direita nem com nenhuma facção farisaica. Eu quero ter o direito de me entregar a todos os delírios estéticos sem o risco de ouvir um discurso sobre os perigos da alienação"[213].

O romance de Maria Adelaide Amaral desnorteia qualquer aprendiz de crítica. Em decorrência de uma perversa tradição, os críticos profissionais economizam palavras diante de bons livros. Acusados muitas vezes de arrogância e omissão, carregam ainda o fardo de serem taxados de escritores frustrados. Para certa crítica tradicional, o fato de um autor escrever para televisão era motivo suficiente para lhe torcer o nariz. Está na hora de ser sincero e honesto: este é um romance notável. A autora é um dos grandes nomes da literatura contemporânea, de qualquer país, sem dever nada a ninguém. Seu retrato da geração dos anos 70 e 80 é preciso, cruel, incontornável e impecável.

REFERÊNCIAS

AMARAL, Maria Adelaide. *Aos meus amigos*. São Paulo: Globo, 2009.

EDNEY SILVESTRE

O livro de Edney Silvestre impressiona pelo acabamento literário, intriga envolvente, mistura de gêneros e dimensão alegórica. Para um estreante no gênero, trata-se de um grande romance, elaborado com refinada estrutura narrativa e engenhosa reconstituição histórica. Não surpreende ter arrebatado dois grandes prêmios em 2010: o *Jabuti* de melhor romance, o prêmio São Paulo de Literatura (categoria estreante). Um ano em que o *Jabuti* derrapou, com a polêmica premiação do romance de Chico Buarque, *Leite derramado*, um segundo colocado alçado a livro do ano. *Se eu fechar os olhos agora* revela uma narrativa ágil, os fatos sucedem-se num ritmo acelerado, desde a primeira cena: dois garotos fogem da escola, vão nadar no lago e lá dão de cara com uma mulher morta, jogada no mato, o corpo mutilado. Começa então uma longa batalha para desvendar o crime. Paralelamente à busca do verdadeiro assassino, transcorre o amadurecimento forçado dos dois garotos, que se veem atirados numa realidade cruel. Recursos típicos do folhetim, associados ao ritmo investigativo do romance policial, criam uma atmosfera de suspense em torno da história da vítima, que se mistura promiscuamente com a história de uma cidade do interior fluminense. Violência, opressão, preconceito racial, taras sexuais, escândalos em suas mais torpes ramificações, diretamente relacionados à alta sociedade, vêm à tona e são esmiuçados. A verdade também vem à tona no desenlace, entre lances decisivos e trágicos, envolvendo a classe dominante da região, sustentada e validada pelos estratos judiciários, religiosos e financeiros.

Acabada a leitura, alguns pilares da arquitetura ficcional me inquietam. Como dois garotos, aparentemente ingênuos, acabam envolvidos numa trama policial? Recebem ajuda de um idoso ex-comunista, é verdade, um militante decadente, que no passado fora torturado pela polícia de Vargas. Até onde o estofo neorrealista, em sua moldura engessada, o gosto pelos detalhes, o enfoque maniqueísta, é um suporte produtivo na elaboração de uma obra que se pretende engajada na realidade brasileira das últimas seis décadas? A evocação do filme *A doce vida*, de Fellini, em que as imagens um tanto delirantes reverberam a hipocrisia das relações entre Estado e Igreja, não é apenas um aspecto circunstancial, ligado ao contexto dos anos 60: funciona como espécie de contraponto temático e estilístico, em momento de alta densidade crítica. A meta proposta — delinear o seu alcance político — requer um breve percurso teórico.

Acreditam os adeptos da análise política que o desempenho deliberadamente engajado de uma obra pode produzir um efeito contrário, quando alguns elementos excedem a dosagem. Não se cogita o aspecto do engajamento como objetivo final, da intenção trotskista de defender uma determinada ideologia, com o natural desdobramento de se produzir arte como espaço de propaganda, resultando quase sempre em arte de encomenda, panfletária, de precário valor estético. Edney Silvestre não faz arte desse tipo. Mas o excesso de situações politicamente corretas, envolvendo o estatuto do narrador, e o ímpeto de, através da escrita, atuar no sentido de fazer justiça, no sentido absoluto, são armadilhas escorregadias, propensas a escamotear o inconsciente político. Uma obra comprometida aparentemente com processos dialógicos pode colaborar para disseminar um conteúdo monológico. Dito de outro modo: um artefato estético construído com as torpezas da lama social e empenho idealista, ainda que recheado de boas intenções e voluntarismo positivo, pode ter um efeito reacionário. Um projeto literário aparentemente revolucionário, comprometido com os oprimidos, muitas vezes acaba se revelando reacionário. Falta o contraditório, sobra pouco para pensar e participar. Flávio Kothe afirma:

> [...] uma obra pode estar recheada de ideologemas de esquerda e acabar funcionando a favor da direita, assim como uma obra (*São Bernardo, Le Neveu de Rameau*) pode armar-se de ideologemas de direita e adotar um ponto de vista narrativo contrário do autor para conseguir funcionar com maior contundência[214].

Em crônica publicada na *Folha de São Paulo*, no ano de 1910, Luiz Felipe Pondé, peremptório e debochado, dizia não gostar de arte como "ferramenta de cidadania", atributo que, a seu ver, faz da arte "coisa de retardado". De um lado, evidencia-se a recorrência a pressupostos idealistas na elaboração do enredo ao restaurar, de certa forma, a convicção de que a infância é um paraíso de inocência, justiça e solidariedade. Os heróis são dois garotos de classe média, empenhados em descobrir a verdade dos fatos relacionados ao assassinato, à revelia do interesse da própria polícia em fazê-lo. Para tanto, sacrificam a natural fruição dos folguedos. Plenamente convictos de sua verdade, opõem-se à grande maioria dos atores sociais. Por sua vez, a postura combativa de Ubiratan e sua militância, no sentido de conscientizá-los, tem paradoxalmente o condão de tornar caricata sua eficácia: "Os meganhas de Getúlio Vargas arrancaram todas as minhas unhas. Uma a uma. A sangue frio. Me torturaram. Mataram amigos meus"[215]. Alçado à instância interpretativa de sua própria fabulação, o teor crítico do personagem se vê esgarçado, diante de uma estrutura social sôfrega por divulgar os indícios de sua ruína. "- Em 1937 fui torturado pela primeira vez. A polícia de Vargas arrancou todas as minhas unhas. Uma por uma"[216]. A autovitimização, as referências à repressão da era Vargas, aliadas à instância idealista na feitura do relato (adolescentes no papel de bem-sucedidos investigadores) funcionam como dados circunstanciais tendentes à inscrição num difuso projeto de engajamento.

Ler um texto é, antes de tudo, situá-lo como expressão histórica de seu tempo ou do tempo nele representado, compreendê-lo em seu contexto. As ciências humanas pressupõem a contextualização para seu efetivo desenvolvimento. F. Jameson desenvolve uma teoria de interpretação política da literatura, "um modelo hermenêutico novo, mais adequado, imanente ou antitranscendente" em seu livro *O inconsciente político*. A História nos é apresentada sob a forma de um texto, afirma o pesquisador americano, empolgado pela argumentação marxista, complementando que as categorias ficcionais não reproduzem rigorosamente a realidade histórica. Seria ocioso, todavia, no atual estágio, ignorar que os dois sistemas (a História e a ficção) se contaminam e irrigam de forma dialética. Narrativas alegóricas "constituem uma persistente dimensão dos textos literários exatamente porque refletem uma dimensão fundamental do nosso pensamento coletivo e de nossas fantasias coletivas referentes à História e à realidade"[217].

Toda a querela da leitura ideológica remete à ideia espinhosa de mediação, ou seja, a relação entre instâncias e a possibilidade de transferência de um plano para outro. Seria ingenuidade desconhecer a interdependência dos códigos, ainda mais diante da brutal evidência de que os fatos sociais são unos e indivisíveis, trazendo, contudo, no seu bojo, a inseparável conexão entre os usos da linguagem e as contradições sociais. O desempenho estético decorre quase sempre de índices implícitos ou sugeridos, disseminados sutilmente no tecido narrativo. Por muito que se enraíze na realidade brasileira dos últimos 60 anos, reconstituindo com maestria o cenário geográfico e humano, o romance de Edney Silvestre não ultrapassa o horizonte de uma visão panorâmica do interior fluminense, no início da decadência da aristocracia cafeeira. Nesse aspecto, a denúncia das contradições internas e da corrupção é o desenvolvimento natural de um determinado contexto ou estilo. Os dados de uma obra devem ser "questionados em termos de suas condições formais e lógicas e, particularmente, de suas condições semânticas de possibilidade"[218]. Flávio Kothe assim argumenta: "a arte, mesmo em suas pretensões mais realistas, nunca pode ser a 'realidade', entendida como uma coisa em si nem pode ser o sublime de um mundo das ideias. Essas buscas de identidade só podem redundar em fracasso e frustração"[219]. *Se eu fechar os olhos agora* pode se enquadrar na categoria de narrativa alegórica. Esta interpretação, explorada amiúde nas resenhas sobre o livro, provém do próprio romance: "- Aparências enganam. Mais cedo ou mais tarde vocês irão aprender. Nada neste país é o que parece. E esta cidade é um microcosmo do Brasil"[220]. O narrador disponibiliza dados sobre a historicidade de seu relato, muitos dos quais envolvem uma crítica contundente aos costumes da aristocracia rural.

Outro teórico, Bakhtin, vê coincidência entre a ideologia do autor e a do herói. Para ele, a soberania ideológica do autor é um traço do romance monológico, daí seu acento ideológico único. A palavra do autor e a palavra do herói estão no mesmo plano. O destinatário da literatura distingue-se do público estático que se emociona com o conteúdo das matérias veiculadas pelos veículos de comunicação de massa. A lição mais evidente da teoria marxista de Jameson privilegia não tanto a capacidade de o texto literário reproduzir a estrutura social, mas sua força manipuladora, ao controlar ou reprimir elementos dispersos e interditos, nos quais se plasma o inconsciente político. A complexidade estrutural do foco narrativo, no romance de Silvestre, é sintomática nesse aspecto. Três narradores alternam suas vozes, ao longo do livro: Eduardo, um dos garotos; o narrador onisciente; o relato de Paulo, o outro garoto, elaborado na idade adulta. Aparentemente diferentes, emanam um discurso convergente, de feitio autoritário. Além de complexo, o foco narrativo é sofisticado, no intuito de despistar as possíveis interpretações biográficas. Quando tudo leva a crer que o narrador se identifica com Eduardo, o menino de pele clara, ou que Eduardo seria seu porta-voz, passados mais de 30 anos, reaparece Paulo na pele de funcionário da ONU, incorporando uma dimensão cosmopolita ao texto. Eduardo está morto e seu neto envia-lhe uma pasta com o relato. "Não moro em lugar nenhum, realmente. Vivo onde trabalho"[221].

REFERÊNCIAS

BAKHTIN, Mikhail. *Problemas da poética de Dostoiévski*. Tradução de Paulo Bezerra. Rio de Janeiro: Forense-Universitária, 1981.

JAMESON, Fredric. *O inconsciente político*. Tradução de Valter Lellis Siqueira. São Paulo: Ática, 1992.

KOTHE, Flávio. *Literatura e sistemas intersemióticos*. São Paulo: Cortez, 1981.

SILVESTRE, Edney. *Se eu fechar os olhos agora*. 2. ed. Rio de Janeiro: Record, 2010.

WILSON BUENO

Surgido na década de 80, o escritor paranaense Wilson Bueno (1949-2010) tornou-se conhecido como escritor inventivo, publicou uma dezena de livros, em especial três títulos, elaborados numa concepção aberta de gênero, no limite entre a ficção e o texto, *Bolero's bar* (1986), *Manual de zoofilia* (1991) e o romance *Mar paraguayo* (1992), reconhecido por críticos exigentes como notável experimentação e metáfora de bisonhas ditaduras latino-americanas. Editou em Curitiba nos anos 80 um caderno de cultura de prestígio, o *Nicolau*. No último livro, publicado após sua morte trágica, envereda por uma narrativa de feição intimista e familiar, recriando o percurso pessoal e o de sua geração. Diálogo insistente e compulsivo com um irmão falecido, revive cenas luminosas e sombrias do passado em comum, repisando alegrias, traumas e dores familiares. "Mentindo a mim mesmo, alinhavo frases, longos períodos, parágrafos sujos ante o medo e a ignorância de que escrever é para os gênios e não para um poeta em tom menor feito este que lhe escreve, Mano, poeta de fim de semana, sonetista atabalhoado"[222].

Ousado mergulho na memória, em linguagem poética e elaborada, o relato flagra um funcionário público aposentado, envolvido, com voracidade e impiedade, em reminiscências pessoais, revisando uma vida, ora considerada uma "bandalha", ora "acabrunhado e inútil universo"[223]. Acorrentado a lembranças pungentes, o narrador não esconde seu interesse em organizar como discurso os fragmentos de um passado que não se confunde apenas a uma crônica familiar, mas engloba também os anseios, utopias e perplexidades de toda uma geração. Produzida no início do milênio, esta literatura mantém, no entanto, laços com aquela vinda a lume, décadas antes. Tânia Pellegrini, após mergulhar nos retratos do país publicados a partir dos anos 80, considera:

> Lendo a maioria dos estudos a respeito da narrativa dos anos 70, fica-me a sensação de poder sentir, entre linhas, um certo desdém, um teor quase pejorativo, uma certa tentativa de minimização apriorística, patentes em expressões como "síndrome do terror", "bufonerias da tortura", "neurose de heroísmo" e equivalentes. São expressões que

> se prendem sobretudo ao conteúdo dessa literatura que se fez apesar e por causa (?) do contexto. É uma literatura que estabelece com o leitor uma cumplicidade imediata, devido à qual ele pode "ver" imagens minuciosamente elaboradas, "ouvir" vozes que lhe contam segredos até então ocultos, informações proibidas e transgressoras, mediados por procedimentos narrativos aparentemente conservadores, que parecem manter a velha tradição dos "retratos do Brasil"[224].

Numa escrita que busca seu foco nas potencialidades inovadoras da ficção, o relato resvala em alguns percursos paradigmáticos dos anos 70, o da eclosão do movimento gay, no âmbito da revolução sexual da época (os tumultos de Stonewall ocorrem em 1969, nos EUA). Mesmo sem o estatuto de figuração principal, a cena gay, no conjunto dos fragmentos, não perde a relevância, como representação do homossexualismo na literatura brasileira contemporânea. A dedicatória a Caio Fernando Abreu é sintomática nesse aspecto, ao sugerir o uso de cenários fictícios que duplicam lugares autobiográficos. O registro subjetivo, em primeira pessoa, já de si complicado, ressente-se ainda mais de complexidade, por conta de tal atmosfera e perspectiva. No final da orelha, Ubiratan Brasil destaca: "Bueno colocou-se por inteiro em sua literatura e, com isso, obtinha o máximo a partir do mínimo". Um traço decadentista, acentuado pelas anotações sobre a velhice, a solidão, o medo e a morte, jamais se afasta do relato:

> Curiosa, no entanto, é a Arte, Mano, sobretudo a literária. Ao contrário dos mortos que nos esforçamos para arrancar de uma anonimidade injusta, são eles, os poetas, os escritores, me parece, que palavra a palavra, frase a frase, nos precipitam às pequeninas mortes de um dia, duas, três horas, quinze minutos, em que nos abduzem, não importa quanto, essa suspensão de tudo em torno[225].

Sobretudo, o que fica desse discurso confessional instala-se na consciência de que só o amor às letras tem o condão de salvar um cotidiano banal, a certeza de que "escrever é um vício, do qual dificilmente se consegue fugir: Escrever se impõe como vício e ofício do qual não poderei jamais sair, funcionário aposentado, sem dúvida, mas obsessivo amador das letras, desde cedo amador das letras"[226]. Da infância coalhada de pontos felizes e amargos, ao presente desolado de um sexagenário, o contexto abarca por alto em torno de uns 50 anos de uma família, à roda de miúdas circunstâncias, os animais domésticos, o pai bêbado, as tradições, os amigos espezinhados, a doença da mãe, registradas com igual intensidade ao registro dos grandes acontecimentos do mundo exterior. Obra madura, desencantada e luminosa, receberá, na dinâmica de um tempo que se deseja próximo, a merecida, plena e justa avaliação.

REFERÊNCIAS

BUENO, Wilson. *Mano, a noite está velha*. São Paulo: Planeta, 2011.

PELLEGRINI, Tânia. *Gavetas vazias*. Porto Alegre: São Carlos, SP: EDUFSCar - Mercado Aberto, 1996.

ADRIANA LISBOA

Adriana Lisboa, carioca nascida em 1970, pertence à nova geração de ficcionistas brasileiros; detém, entre outros, os prêmios *José Saramago* e *Moinho Santista*. Doutora em literatura comparada pela UERJ, tradutora, publicou os romances *Os fios da memória* (1999), *Sinfonia em branco* (2001), considerado sua revelação, pelo qual ganhou o Prêmio Saramago, *Um beijo de colombina* (2003) e *Rakushisha* (2007). Tem livros editados em Portugal, França, Estados Unidos e Itália.

Azul-corvo dá continuidade ao exercício de desconstrução dos modelos do romance naturalista, com ênfase na temática da violência, prática usual na ficção brasileira dos anos de 1980 em diante. A trama é construída de forma multifacetada, numa mescla de discursos, em torno de Evangelina, a garota Vanja de 13 anos, que resolve, após a morte da mãe, voltar para os EUA, onde nasceu, movida pelo interesse de conhecer o pai. Acolhida por Fernando, ex-marido de sua mãe, aproxima-se de um garoto salvadorenho, Carlos. De posse de informações colhidas na internet, empreendem os três uma viagem pela América, pretexto para novos contatos e descobertas insólitas. Enquanto as pessoas resgatam lembranças, que envolvem lugares e relacionamentos, Fernando, o ex-guerrilheiro Chico, traz à tona o passado recente do Brasil, ao resgatar sua participação na guerrilha do Araguaia. Entrecruzam-se, no tecido ficcional, as memórias de sujeitos em busca da própria identidade e as memórias de lutas políticas, entremeadas de nomes trocados e violência, ainda que um tanto requentadas.

> Quando penso em Fernando hoje, nove anos passados desde aquelas minhas primeiras semanas em Lakewood, me lembro dos braços dele. Era ali que devia morar o Fernando de fato, sua alma, sua personalidade. Os braços que eram somente uma força hipotética durante as horas diárias como segurança na biblioteca pública de Denver, unhas do gato dentro das patas do gato. Os braços que eu tantas vezes vi tirando as marcas dos vidros e o pó das superfícies e o lixo do chão alheio. Os braços que um dia se crisparam com o peso de uma arma - não sei qual o peso de uma arma, não sei qual o peso que se acrescenta a uma arma ou se subtrai dela dependendo do propósito com que ela se empunha. Os

> braços que eu sabia terem dado a volta no corpo da minha
> mãe, 360 graus (o amor, arma branca, arma que desarma)
> e, no corpo daquela outra mulher anterior à minha mãe e
> a Londres e ao Novo México e ao Colorado[227].

Em termos ficcionais, são reelaborados ingredientes típicos do discurso da imigração, questões ligadas às trocas culturais, aos signos linguísticos, costumes e miscigenação. Ao decidir levar como acompanhante no périplo em busca de suas raízes o amigo Carlos, numa viagem que representa um mergulho na cultura hispânica no território americano, Vanja lhe possibilita repensar a construção da identidade, até certo ponto desprezada pelos pais do garoto, que viviam se babando pelos costumes ianques. O relato valise, ao qual se agregam elementos díspares, como bagatelas relacionais e lutas políticas, revela-se um elástico mosaico pós-moderno, ao qual vão se colando, como fita adesiva, variados fragmentos. Um certo gosto de associar os objetos ao seu uso, em descrições fragmentadas. Procede daí, por vezes, um andamento de contínuas voltas ao passado e uma narrativa arrastada, incorporadora, desfibrada, multinacional, sem deixar de ser orgânica, detalhista, que avança sem dificuldade, melancólica, sugestiva, elegante. A linguagem refinada, artificial, beirando a certo preciosismo estilístico, como forma de sustentar um ritmo frouxo, reforça o distanciamento em relação ao ritmo vertiginoso da ficção contemporânea.

> Não se coloca em questão a competência artesanal e a densidade descritiva do trabalho de Lisboa, até de sofisticação no domínio da linguagem, mas falta espontaneidade e algum fulgor do imediato e de algo que surpreenda e possa desarmar a mão segura da estilista. Neste sentido, aquilo que aparenta sensibilidade e simplicidade feminina muitas vezes chega ao leitor como um bordado domesticado, no limite da saturação e do exagero[228].

Pelo recorte peculiar, qual seja o de delegar a uma adolescente o foco narrativo, resulta um olhar menos contaminado por juízos racionais, mais livre e ingênuo para apreender o outro e a diferença. No relato a temática da imigração ocorre não por motivos econômicos, ao impelir a saída do solo pátrio em busca de oportunidades, mas por razões afetivas. Um subsídio produtivo, para operacionalizar os conceitos de identidade, tradução cultural e exílio. Comentando o traço anacrônico que parece estar vinculado à ficção da autora, empenhada em recuperar uma narrativa matizada por uma "sensibilidade extinta pelos excessos contemporâneos"[229], Paloma Vidal articula sua produção ficcional a "uma maneira de ler no presente a leveza como uma diluição da temática da violência urbana para dar lugar a uma literatura mais ligada à memória, ao cotidiano, à intimidade"[230].

REFERÊNCIAS

LISBOA, Adriana. *Azul corvo*. Rio de Janeiro: Rocco, 2010.

SCHOLLHAMMER, Karl Erik. *Ficção brasileira contemporânea*. Rio de Janeiro: Civilização Brasileira, 2009.

VIDAL, Paloma. "De baratas, moluscos e peixes. Sobre *Azul corvo*". *In*: CHIARELLI, Stefânia *et al. O futuro pelo retrovisor*: inquietudes da literatura brasileira contemporânea. Rio de Janeiro: Rocco, 2013.

JÉTER NEVES

Três fatores determinam o silêncio em torno de um livro: a má distribuição, a indiferença da crítica, o despreparo da mesma. Em relação a alguns lançamentos, pode ocorrer a convergência dos três fatores simultaneamente. Esse parece ter sido lamentavelmente o caso do espantoso ostracismo imposto a *Fratura exposta*, Prêmio Cidade de Belo Horizonte no ano de 1983, estreia literária de Jéter Neves. Creditar apenas ao mau gosto da capa ou à acanhada concepção gráfica o confinamento negativo imposto ao livro seria ingenuidade. Mesmo no restrito contexto mineiro a repercussão foi tímida. O mais grave é que esse quadro geral de displicência e desinteresse dos cadernos ditos culturais em relação à literatura tem-se tornado padrão nos últimos 20 anos. Com o desaparecimento da crítica militante na imprensa, a cobertura dos produtos culturais recai sobre um profissional de perfil polivalente, encarregado de opinar sobre grandes shows de rock, pagode e MPB, DJs, teatro, espetáculos de ópera, dança, eventos ligados às artes plásticas e aos livros. Nesta ordem, é bom atentar. Nem sempre bem-informado, o responsável pela seção dita cultural acaba transcrevendo a nota da orelha, quando calha.

O autor, nascido em Miradouro (MG, 1946), surge após o decantado *boom* dos contistas mineiros, ocorrido nos anos 70 do século passado. Premiado no Concurso nacional de contos do Paraná, em 1978, na categoria estreante, o primeiro livro apresenta-se como cuidada elaboração ficcional, algo raro em escritas visceralmente engajadas. A nota dominante de *Fratura exposta* é o contato direto com a realidade, abordada em duas águas, tanto na vertente rural (embora em dimensão mais rarefeita) como no caos urbano. O tom experimental, a inquietação inovadora, apta a mesclar discursos diversos (o literário, o jornalístico, o histórico, o dramático, o diarístico, o cinematográfico) não hesita em investir em técnicas menos tradicionais de narrar. Num conjunto de oito contos, dois seguem a vertente regional, em que o legado se mostra através de ruínas de uma memória destroçada e de breves traços do linguajar caipira ("Memória desfigurada" e "Arame farpado"). As duas realidades, os dois brasis, são referidos em "Pequenos assassinatos":

> O mundo era dois: o primeiro aquele ali, simples familiar: horta, partos, segredos, chiado de cigarra contrapondo-se àquele tempo, lesma em muro de lodo, fluindo, fluindo sua lentidão; o outro, longe, muito longe, o de atrás de atrás de atrás dos morros, dos rios, das nuvens, o que chegava nas caras de dentes brancos, sorriso alô Brasil e coxas e peitos ardentes da namoradinha do Brasil, rainha dos músicos, miss universe, revista do rádio, aviso aos navegantes, bóia de luz apagada, Luz del Fuego acesa, cobras, sexo, na Capital Federal são precisamente sete horas, parampampam-pampam/param-pampam-pampam[231].

A desenfreada violência urbana que perpassa o restante, cuidadosamente reconstituída em suas formas deterioradas de repressão política e miséria social, é focada de forma contundente. O ritmo vertiginoso e impactante da ação, os cortes cinematográficos, a brutalidade de algumas intervenções sociais reverberam a crueza narrativa de Sam Peckinpah ou de Rubem Fonseca. O relato "A cidade como um verme" é um retrato fiel e sem retoques da rotina urbana, em que as luzes feéricas do néon se misturam ao cheiro fétido do lixo e de situações desumanas. No afã de desconstruir as ilusões criadas em torno do conceito de cidade grande como solução de todas as mazelas sociais, um dos contos, "O cachorro e seu menino: a travessia", convoca inúmeros disfarces de linguagem e recursos circenses, para descrever cruamente a caminhada de um cão e um menino famintos, sob o ponto de vista do animal, nas vias urbanas mais sórdidas e deterioradas. A acoplagem do narrador ao foco narrativo, sob a perspectiva canina, em que pese certa suposta fidelidade linguística, possibilita um viés crítico inusitado:

> Ele me passou a nota e ficou de olho ni mim pra sacar minha leitura. Aí minha cara, que, modéstia à parte, costuma ser castanha e fogo, foi ficando amarela e depois verde; quer dizer, desandou, mano velho. E o meninim, que não é bobo nem nada, foi chegando junto: dá pra comprar uma casa? Eu disse: não dá. Ele: comida, sapato, revistinha? E eu: não, não dá. Chi!, ele falou, com uma carinha tão sem graça! Aí eu abri o jogo: dá pra comprar um pedaço de chiclete, um palito de fósforo, 13 caroços de feijão. Ah, um cheirinho de sanduíche também dá[232].

A consciência amarga de que a solidariedade entre as pessoas é um projeto fracassado irremediavelmente e de que a convivência pacífica na diversidade é uma utopia servem de moldura aos contos, especialmente "Bar e restaurante Suez". Uma pequena amostra: "Aí, um sentimento infeliz de que estamos sozinhos desarmou minha vontade. Senti uma espécie de vergonha por não me entregar, como o resto do pessoal, às nuances do jogo – aquele inesgotável jogo de verdade e mentira, de intenções e fuga, de luz e sombra"[233].

Mosaico lúcido de um tempo dividido e torpe, de uma cidade desumana e cega que perdeu o rumo, postado sempre à distância do enquadramento subjetivo, o livro de Jéter Neves não tem medo de ousar nas trilhas vigorosas de um realismo denso e povoado de inquietas sugestões. Com sua metralhadora giratória, denuncia os abusos, a intolerância, os desmandos e manipulações de toda a espécie, sem esquecer aqueles cometidos em nome do saber e da suposta dignidade de que supostamente nos julgamos revestidos.

REFERÊNCIAS

NEVES, Jéter. *Fratura exposta*. Belo Horizonte: Comunicação, 1984.

CAIO JUNQUEIRA MACIEL

Um forasteiro erudito em Portugal. Com este mote, o autor constrói sua ficção, juntando passagens de memórias a incidentes ficcionais. Caio Junqueira Maciel produz, em *Um estranho no Minho*, uma novela de traços picarescos, integrada à rica tradição ibérica de literatura de viagem, cuja matriz se configura em *Viagens na minha terra*, de Almeida Garrett. O título do livro dialoga com um filme de sucesso, *Um estanho no Ninho*, dirigido por Millos Forman, com Jack Nicholson, ganhador de cinco medalhas em 1976. O narrador mistura as andanças e diligências de um brasileiro por terras lusas ao conhecimento de costumes, tradições e cultura da região minhota. A descoberta de Portugal revela-se o grande tema deste primeiro romance de um autor de múltiplos talentos — como poeta, ensaísta e escritor. A obra representa também uma irônica imersão na linguagem regional, responsável, dentre outros artifícios, por uma vertente arejada e fogosa, dada a presença marcante de expressões hilárias. Não se trata de um narrador qualquer, mas um intelectual perito em forjar, com destreza e ambiguidade, o uso da polissemia, em decorrência de extenso exercício poético a que se tem votado — "por estas plagas e bragas", "[...] sou Roberto Mario Toledo Uchoa (embora muitos me chamem de 'tolerdo à toa')"[234]. As oscilações semânticas, como se vê, tendem a ser produtivas. A revoada de pesquisadores brasileiros por terras estrangeiras, à cata de capacitação, nos recentes anos encarnados de economia eufórica e certa miopia às negociatas, ensejou o contato com alfarrábios recheados de notas preciosas e filigranas de linguagem:

> Vi passar um rapaz, que me pareceu ser o Raphael Ribeirinhas Couto. Comentei com Isabel e ela disse que sim, era mesmo ele, "aquele estudante gato que vimos no comboio". Mas me vinguei, porque gata mesmo era uma das meninas sentadas com António no barzinho Rossio, junto à Sé. Havia várias pessoas, inclusive as irmãs Mogianas, do Espírito Santo. A menina gata era gaúcha, seu nome é Cecília. Na mesma hora tive vontade de escrever num guardanapo: pensei que as estrelas cintilam; em verdade, elas cecíliam[235].

Expressões regionais entrelaçam-se a citações latinas ou de livros antigos, a lances de quimbundo africano, tornando por vezes a leitura penosa, exigindo a consulta do necessário e útil "Glossário", que antecede a narrativa. Esta, no entanto, prossegue, ágil, exuberante, sem perder a atmosfera afobada de escrita aglutinadora de raridades léxicas e situações divertidas, como as aparições fantasmáticas do velho Ortiz embrulhado num capote, as bengalas que pulam, os diálogos picantes de vizinhos, captados do outro lado das paredes, o registro reiterado de cópulas ruidosas, as alusões constantes a excitadas mulheres no "cachondeio" (no período do cio) e as reiteradas investidas do narrador, diante de belas moçoilas. O ambiente meio carnavalesco, propício às aldrabices (trapaças), favorece a intromissão do fantástico e de mudanças de identidade, ao sabor de conotações boêmias e de uma variante intempestiva de cognomes, atribuídos ao narrador, tais como Roberto Toledo Uchoa, Saltão, Macedo Barnabiças, Golpelha. O último termo, Golpelha, remete ao processo de *impeachment* de Dilma, presidente do Brasil. A remissão a situações políticas do país de origem acarreta o risco de tornar o livro datado, como se pode deduzir da alusão (como são muitas, das alusões) ao *impeachment* da presidente Dilma Rousseff como se tivesse sido um golpe. Esta visão distorcida não encontra amparo na realidade: em verdade, a presidente era alvo de 71% de rejeição, no segundo mandato e estava envolvida em gestão com suspeitas de corrupção e de "pedaladas fiscais". A destituição da referida senhora do cargo decorreu de um processo legal desencadeado e efetuado pelo Congresso Nacional, seguindo os trâmites constitucionais, tendo-lhe sido assegurado o direito de defesa. Como recurso literário, tem seu lugar, dada a espessura picaresca da obra, uma vez que ao pícaro é dado espiar o avesso das instituições.

Desde E. M. Forster (em *Aspectos do romance*, ensaio de 1949), sabemos que o estatuto do romance define-se por ser um gênero que conta uma história. O que é história? É a narração de um acontecimento em ordem cronológica: o jantar depois do almoço, a terça-feira depois da segunda-feira, assim por diante. A amplitude da matéria, no entanto, nos leva para a frente. Temos, na vida cotidiana, muitos eventos ou efemérides ocorridos no Tempo, além dos valores que se instalam entre nós e as coisas, os quais não têm importância segundo os minutos e as horas. Nossa vida cotidiana bifurca-se em duas vidas, conforme o Tempo e conforme os valores, esses responsáveis pela intensidade. A obediência ao tempo é compulsória; a alternância temporal, no corpo do relato referido, fica evidente no formato estruturante: a forma de diário. Acontecimentos e ocorrências do mundo real mesclam-se a episódios e peripécias fictícios. A matéria romanesca de *Um estranho no Minho* recobre as atividades e diligências de um cônjuge, acompanhante da esposa em processo de capacitação acadêmica em Braga, Portugal. À volta da cidade, há os monumentos e os habitantes, envolvidos em sua rotina, vistos como amigáveis e acolhedores; com alguns deles o narrador estabelece um companheirismo, turbinado em geral por bebidas alcoólicas. Além de Braga, outras cidades são visitadas, merecedoras de serem desbravadas pelos atrativos turísticos, gastronômicos ou históricos. O assunto decorre propriamente, ainda, do processo de registrar os dias e as atividades ligadas a valores, o que envolve as leituras empreendidas (ou rememoradas), além de filmes assistidos e a elaboração de digressões literárias. O narrador revela-se a todo instante predisposto a criar piadas, a encontrar o lado risível da realidade; nem passa batido o detalhe da descrição do monóculo no bolso do protagonista, esboçando uma "notável ereção"[236].

O grande diferencial do relato constitui a construção de um narrador erudito, aberto à diversidade, antenado às eventuais solicitações de companheirismo, em geral um companheirismo alcoolizado, mas sobretudo um narrador sexualizado, sempre disposto a explorar situações ligadas à sexualidade: "Andamos pelas ruelas da cidade. Almoçamos no largo das Oliveiras, num restaurante chamado 'Rolhas e Rótulos'. Comemos 'francesinha', embora víssemos apetecíveis portuguesinhas que almoçavam em outras mesas"[237]. O narrador não esconde o interesse em citar passagens eróticas encontradas em outros autores, como nesta passagem: num excerto, o narrador cita Antonio Lobo Antunes: "Há algumas passagens eróticas do livro, em que o escritor fala 'em pôr seu pênis na forquilha' dela, ou assim, 'deixe-me comer o miosótis do seu corpo nu numa lentidão ruminante, mainha senhora, numa furiosa lentidão ruminante'"[238]. A personalidade do narrador projeta-se através dos eventos em que se mete, dos lugares frequentados, dos comentários portadores de posturas filosóficas, sentimentos e emoções, elementos associados aos valores patentes, de acordo com a formulação de Forster. Por derradeiro, evidencia-se um narrador sectário, que assume um lado na polarização política brasileira: "Não escondemos que nós tínhamos votado em Lula e Dilma"[239].

A espessa dimensão literária configura-se no desenrolar da trama, excessivamente refém das leituras realizadas pelo narrador, na biblioteca de Braga e na generosa citação de mais de 40 autores. A cidade desempenha importante papel, como local de contato com a literatura e ponto de encontro de personagens, sem deixar de constituir, com suas ruínas e riquíssimo passado, um enigma cada dia mais instigante. Para preencher os dias de um intelectual, nada melhor que uma biblioteca, o templo dos livros. Em abono desse lugar assim proeminente, debite-se o seguinte anexo, em "Agradecimentos": "À Biblioteca Lúcio Craveiro da Silva, mina de ouro que encontrei em Braga". Nas horas vagas, que devem ser muitas, as viagens disputam com a leitura a primazia, detalhe referido em alguns registros, como este de 19 de setembro de 2016:

> Mais passeios, agora pela Serra do Gerês e da Peneda. No carrinho Mini BMW do António, ao lado dele, de Isabel e de Soraia, fui de camisa do Vasco. Rodamos por essas serras e chegamos à Espanha, cruzando o rio Mao, na cidadezinha de Lobios, onde António comprou um carregador de telemóvel. Gostei da basílica da Nossa Senhora da Peneda. Fui também ao santuário do São Bento da Porta Aberta, nas Terras do Bouro. Em Soajo, há um monumento a um sabujo. E, num pátio, um sabujo adormecido em mim foi desperto por uma linda jovem, de shortinho, andando de bicicleta[240].

O interesse da ficção de Caio Junqueira, além da presença de investidas eróticas e da resenha de leituras, reside no roteiro de viagens por lugares destacados de Portugal, Espanha e outros países europeus. A narrativa evolui dinâmica, com o acréscimo de expedientes inesperados, carregados de humor, episódios boêmios envolvendo bêbedos, iguarias exóticas, tudo matizado por fragmentos de poemas de Guerra Junqueiro, Rosalía de Castro, Cesário Verde, Fernando Pessoa, Miguel Torga, Teixeira de Pascoaes. Os efeitos hilários ocorrem em quase todas as páginas, seja através da recorrência a aforismos (p. 103, 171); seja através dos nomes de personagens, como Jacynto Rubicundo, Francisco Biscaio, Maria das Couvinhas, Gerúndia Guedelhuda, Lúcio Ovarino, Micas Batateira, Gaspar Mandragão; ou ainda os efeitos hilários abonados através de citações latinas ou galegas. A comparação de títulos de filmes no Brasil e em Portugal serve como recurso humorístico; no Brasil, o filme chamou-se "Brancos não sabem enterrar", em Portugal, o título é "Brancos não sabem meter". "Um bom exemplo da prolixidade e explicação pleonástica lusa está no filme que conhecemos como *A garota que brincava com fogo*, mas aqui é *A rapariga que sonhava com uma lata de gasolina e um fósforo*"[241].

Narrativa porosa às novas leituras, às novas descobertas, a novas amizades e horizontes, *Um estranho no Minho*, dentre outras peculiaridades, celebra a importância de alargar fronteiras e afetos. E mais, ergue-se como ousada experiência de diluição de fronteiras entre as espécies literárias, ao fundir traços de lirismo à ficção, recursos de romance de viagem a romance de costumes, ao lado de expressivos traços do relato picaresco. Na aldeia global em que vivemos, em certas circunstâncias, nós somos estranhos, em algum lugar, em alguma festa, em outro país, mas o que importa é reconhecer que há e sempre haverá lugar para todos. O enredo rarefeito em peripécias, a estrutura que utiliza recursos do registro do diário prestam-se ao objetivo de aproximar pessoas, costumes, culturas e nacionalidades.

REFERÊNCIAS

MACIEL, Caio Junqueira. *Um Estranho no Minho*. Maringá: Viseu, 2020.

SÉRGIO MUDADO

Os negócios extraordinários de um certo Juca Peralta, terceiro romance de Sérgio Mudado, passou a despertar interesse ao ser listado como um dos 10 finalistas do Prêmio São Paulo de Literatura 2011. Trata-se de uma narrativa ligeira, movimentada, em parte aparelhada com os traços de relatos picarescos, tendente ao anedótico e fabuloso, de mistura às ousadias do gênero, sem deixar de enveredar pelos caminhos do grotesco (como observa Benedito Nunes no prefácio).

Rompendo os padrões convencionais do narrador distanciado e onisciente, o estatuto do narrador aqui se mostra de forma compósita e multifacetada. Para comandar o fio narrativo, o autor delega essa tarefa a uma narradora, a qual dialoga naturalmente com uma leitora, que a acompanha montada num vagaroso pangaré. Os comentários de um e outro, ou de uma e outra, contaminam o fluxo narrativo, em cadência sinuosa. No intuito de criar cumplicidade entre as diversas instâncias do pacto romanesco, os juízos e comentários surgem marcados pela ambiguidade, uma vez que nem sempre esclarecem, colaborando para esconder ou tornar obscura alguma passagem. Por trás de uma estrutura narrativa grotesca, de base ilusionista e dotada de artifícios inusitados, como a presença do médico e autor Sérgio Mudado em meio aos eventos ficcionais, a intriga toma um ritmo vertiginoso e quase sempre hilariante.

Por força da motivação ilusionista, o relato tenta captar a força torrencial do tempo, sendo simultaneamente envolvido pela energia desordenada do próprio tempo. O enredo, ainda que cercado de elementos mágicos e históricos, explora uma banal motivação: Juca Peralta é um caixeiro-viajante, funcionário da Philips, uma multinacional holandesa sediada em Belo Horizonte, encarregado de vender um rádio de três ondas, denominado o Matador, razão de suas andanças em trem de ferro, entre a capital de Minas e Montes Claros. Entre o nebuloso histórico e a magia, a intriga move-se em curso frenético, promovendo uma reviravolta na compreensão da realidade, confrontando personagens históricas e fictícias, mito e realidade, tais como a feiticeira Cleópatra, o mago Noge, Ary Barroso, o governador Bento Antão, Juca Peralta, o jovem Fábio, Noel Rosa, Van Eik, Hitler, o delegado Luciano, Tiburtina e os dois maridos, as cortesãs do palácio de dona Olímpia, o historiador Licamar, o negociante Trajano Macedo e toda uma infinidade de figurações esdrúxulas e misteriosas. Dentre as múltiplas tarefas do Autor, convocado episodicamente à instância de personagem, além da construção de um relato aberto, fragmentado e inclusivo às vozes de várias personagens, avulta o papel de editor de uma gama variada de discursos. Registre-se que a atuação do autor como personagem é uma presença rápida e de relativa autonomia. A duplicidade de papéis, no entanto, não é gratuita: duplicam-se os papéis e funções do Autor (da autoria) para assim se diluírem as perspectivas do autoritarismo? As notações de tempo, um tanto fluidas, são capazes de abarcar uma linha temporal dilatada: começam no ano fatídico de 1939, início da segunda grande guerra mundial. Não é ocioso lembrar, portanto, a impossibilidade histórica de Sérgio Mudado, nascido em 1948, ter comparecido naquele ano, para socorrer o empresário holandês, num caso de pneumotórax.

A alusão ao leitor que vai à garupa, em algum momento identificado como leitora, reforça a presença do interlocutor implícito e retoma a figura da "amável leitora" da narrativa ficcional do século XIX. "A mágica pode acontecer sem a presença do mago, que pode estar operando a uma distância formidável do seu objeto. [...] Então, eis o dom que te é conferido: poderás sonhar-me nos idos de tua imaginação, saber-me nas linhas dos teus lábios, seguir-me nas estrelas do teu rumo"[242]. Esse narrador, que insiste em sua natureza feminina (pela possibilidade de procriar?), gera em si mesmo a instância do leitor — "o mais hábil leitor", reduplicando o que já estava erigido em dupla função (de autor e personagem). O pacto romanesco (a contiguidade entre autor, narrador, leitor e personagem) ocupa um lugar explícito no relato. A ideia de excesso e desmedida, delineada no título (os negócios extraordinários), reveladora do intento de extravasar os limites, é sintomática de uma conceção diegética sem freios, transgressora de princípios estabilizados milenarmente. O processo narrativo incorpora uma diversidade de discursos, oriundos de fontes literárias, científicas, folclóricas e históricas, cujos fios costuram uma ampla e formidável tapeçaria do mundo. Os índices relacionados com a Minas colonial misturam-se aos pruridos de modernidade tecnológica, às incursões desaforadas na história política mineira, às ocorrências repressivas do Estado Novo e aos prenúncios dos horrores do nazismo em franca ascensão. Dessa forma a mais sonhada que elaborada "história subterrânea de Minas Gerais" constitui outro índice da inútil tentativa de recriar o incessante fluir do tempo. "[...] Minas é habitada por gente intratável e aqui no sertão os dias nunca amanhecem serenos. Esta terra parece desprender tumultos; a água exala motins e os campos destilam liberdade"[243].

Como água incontrolável de enchente, a narrativa vai assimilando resíduos de história e folclore, arroubos patrioteiros e peripécias sensuais, entulhos e tudo o mais que encontra no caminho. Da mesma forma que o submarino alemão, mergulhado nas águas fétidas do Arrudas como espetáculo de magia, não esconde o interesse do Reich pelo ouro das Minas. Romance de imenso fôlego, tal como o do holandês tocador de trombone do início do relato, *Os negócios extraordinários de um certo Juca Peralta* revelam um autor maduro, inventivo, matizado, sugestivo e irônico, plenamente consciente das artimanhas ficcionais.

REFERÊNCIAS

MUDADO, Sérgio. *Os negócios extraordinários de um certo Juca Peralta*. Belo Horizonte: Crisálida, 2010.

LUIZ FERNANDO EMEDIATO

Na década de 70 do século passado, surgiram em torno de duas dezenas de contistas no país. Entre eles, Luiz Fernando Emediato. Aquela foi uma década extremamente produtiva para a ficção; em artigo intitulado "O país dos contistas", um jornalista ironicamente estimava que houvesse "1000 contistas redigindo febrilmente pelo país". Minas Gerais viu surgir em torno de 15 excelentes autores de histórias curtas, imediatamente reconhecidos em todo o país. Estar entre os 20 mais significativos contistas então revelados é um dado nada desprezível para a trajetória de um autor. Luiz Fernando Emediato, em *Não passarás o Jordão* (1977) e *Os lábios úmidos de Marilyn Monroe* (1978), aborda questões relacionadas à repressão política, à tortura, à violência e ao preconceito, numa perspectiva irônica e cética, incapaz de sufocar os arroubos juvenis. Recentemente tive acesso a *Trevas no paraíso*, espécie de obra completa do autor: com impecável acabamento gráfico e editorial, organizado por Luiz Ruffato, documenta a produção ficcional de Emediato, representada por quatro títulos, publicados entre 1977 e 1984. Escritos entre 1970 e 1979. O repertório textual vê-se ampliado com mais dois títulos, *A rebelião dos mortos* (1978) e *Verdes anos* (1984).

Os contos são representativos de um espírito de rebeldia, irreverência e protesto, típicos dos anos 70 no país. O autor surgiu em 1971, ao faturar o primeiro lugar, categoria estreante, no prestigiado Concurso Nacional de Contos do Paraná, com 19 anos, espécie de *enfant terrible* da literatura, pela atuação abusada, polêmica e nervosa que imprimia nos projetos de que participava. Fundou, ou esteve na linha de frente como parceiro, revistas literárias, algumas censuradas (*Silêncio, Circus, Inéditos*), abocanhou outras premiações (Cidade de Belo Horizonte, revista *Status*), publicou em grandes editoras (Codecri, ligada ao jornal *Pasquim*, Ática), foi saudado por Drummond, Rubem Fonseca e Antônio Calado, até se tornar também editor.

Um traço característico de seus relatos é o engajamento político, a nota de denúncia, a revolta e o desespero juvenil contra os rumos tomados pelos país nos anos da ditadura. O excesso de rebeldia política, vazada em linguagem neorrealista, esgarçada ambiguidade e ênfase no vetor referencial, tem um preço estético: presença destacada de lugares comuns, elaboração mediana da linguagem. *Não passarás o Jordão* recria, através de alusões, montagem de artigos jornalísticos e alegorias, o assassinato do jornalista Vladimir Herzog, durante o governo Geisel. A literatura produzida naquela época, tendo como pano de fundo o quadro político, tem suscitado avaliações críticas nas duas últimas décadas. Para Silviano Santiago, a literatura elaborada com base na denúncia explícita manteria talvez "um laço mais estreito com a censura e menos afetivo com a literatura, visto que sua razão de ser está no nomear o assunto proibido e despojar-se dos recursos propriamente ficcionais da ficção"[244]. Mais próxima da crônica jornalística, para Flora Sussekind, tal produção "cujo eixo é a referência e não o trabalho com a linguagem, é o recalque da ficcionalidade em prol de um texto predominantemente documental"[245]. A mesma autora refere-se à literatura de resistência à ditadura, salientando que "os recursos literários, bastante precários, resumem-se, em geral, a um estilo direto, objetivo, e a uma supervalorização da alegoria"[246]. Flora Sussekind considera ainda nas narrativas de fundo político, produzidas nas décadas de 1970 e 1980, um traço marcante: "Em comum, também, a rejeição da dubiedade, o privilégio do significado único e da referencialidade a um real pouco problematizado"[247]. E pergunta-se: até quando os defensores da tese da rasa dimensão estética da literatura de fundo político produzida nas décadas de 70 e 80 não reproduzem o jogo da ditadura? Ignorar para não fortalecer. A eterna patrulha socialista, por vezes tendenciosa, a exigir que a radicalidade política esteja enraizada na radicalidade estética.

> Até que o general, de repente, grita bem alto uma frase – não permitiremos que os comunistas, estes assassinos, se apossem do poder que pertence ao povo – e o presidente acorda: o general gritou, mas o povo, calado, não o ouve, porque na verdade o general não fala para o povo, o general fala para si mesmo, bem para si mesmo, porque no fundo o general tem medo[248].

Lida em conjunto, a ficção de Emediato possibilita perceber uma certa homogeneização de recursos e temas, estes em geral com a marca indelével de se apresentarem datados. Como exigir maturidade a um jovem de vinte e poucos anos? O organizador, Luiz Ruffato, deu-se ao trabalho de apresentar os textos fora da disposição em que foram editados, reunindo-os em torno de três motivos — "O vago brilho das estrelas", "Breve discurso sobre o significado do tomate" e "Anatomia do pesadelo". Se os dois últimos configuram a rebeldia política, são os contos do primeiro motivo, em que a motivação existencial predomina (o que não significa ausência de conflitos sociopolíticos) aqueles que menos envelheceram. "Verdes anos", "Os lábios úmidos de Marilyn Monroe", "Also Sprach Zarathustra" e "Naquele tempo" não perderam o viço, são verdadeiros poemas, apesar da espessura dramática. Do repertório engajado, "A data magna do nosso calendário cívico", "Breve discurso sobre o significado do tomate", "A testemunha", uma página incontornável sobre a prática da tortura (Cf. *Inéditos 1*, Belo Horizonte, 1976), mantêm, impiedosos, o alto teor de insurreição e indignação. Em meio a alegorias previsíveis e o pálido desfile de desfiguradas alucinações (O investigador, o investigado, O Grandalhão, O General, o Grande Herói). Escritos no calor da repressão política, os contos não perderam o frescor e a rebeldia juvenil, nota inconfundível nessa ficção.

REFERÊNCIAS

EMEDIATO, Luiz Fernando. *Trevas no paraíso*: histórias de amor e guerra nos anos de chumbo. Organização e apresentação de Luiz Ruffato. São Paulo: Geração Editorial, 2004.

SANTIAGO, Silviano. *Vale quanto pesa*. Rio de Janeiro: Paz e Terra, 1982.

SUSSEKIND, Flora. *Literatura e vida literária*. Rio de Janeiro: Zahar, 1985.

QUERELAS PÓS-MODERNAS: FICÇÕES

As ideias articuladas à fruição da arte literária têm-se mostrado cada vez mais resultantes de mutações históricas, políticas e sociais. As letras, para existirem, precisam do esforço humano para lidar com as categorias morfológicas, sintáticas, semânticas da linguagem. São extremamente tênues os limites dos fatores atrelados às constantes diferenças que se vão moldando às noções de caracteres fundamentais da escrita, o extenuante percurso entre o significante e o significado, e o alcance de interesses ligados à recepção. Há conexões poderosas, constitutivas do objeto literário, provindas de contextos que se estendem até nós desde o Renascimento, em alicerces sólidos de racionalidade que, com a ruptura de equilíbrio e geometria, mostram-se antitéticas e opulentas no período Barroco, atravessam e se enriquecem com as notas subjetivas do Romantismo, solidificam-se ou se exterminam na espessura científica do Realismo, tornam-se vaporosas sob o Simbolismo, espraiam-se, críticas e virulentas, no Modernismo. As inextrincáveis alianças que se foram formando restam ainda hoje, lançando vestígios nos textos que se foram/vão produzindo.

As convenções pós-modernas foram-se infiltrando nas práticas discursivas, a partir dos anos de 1990. Dentre outras, destacam-se, pulverizadas às vezes, de forma nítida, as correntes que desenvolvem o gosto da rutura, a denúncia veemente e o sentimento de frustração diante da utopia. As inovações costumam associar-se a uma certa dose de estridência, não seria improvável observar na ficção produzida no fim do milênio a presença de alguns daqueles traços. Os grandes contextos, sejam os que se mostram suscetíveis de representar as contingências de inícios de década ou aqueles voltados a registrar os resíduos de um período: os anos de 1990 se revelam como desaguadouro das duas tendências, as de proximidade de início de um novo milênio, como a proximidade do fim de um milênio.

Diante do desconhecido, que absorve o teor obscuro do mistério, as reações têm sido não menos temerosas. Relegamos os indícios de complexidade e obscuridade aos arquivos empoeirados de sistemas que tentam ultrapassar as barreiras lógicas. Por paradoxal que possa parecer, somos mais afeitos às formulações caóticas e intempestivas do que às ordenações calcadas no provável e no racional. Àquilo que ignoramos, de início, damos os costados e a indiferença. Depois, mostramo-nos instigados e tratáveis. O estatuto do pós-moderno vai se consolidando, num esforço de reflexão teórica que se demarca desde o início dos anos 90. Nas linhas seguintes, alinho algumas considerações em torno de ficção contemporânea e o estatuto desalinhado do pós-moderno.

Os livros não têm hora certa de serem lidos. Comigo pelo menos eles acabam por impor, a seu bel-prazer, a urgência do contato, o interesse em serem abertos e manuseados. A aproximação decorre sem qualquer motivo, por vezes no enfadonho mosaico de situações e compromissos que moldam o cotidiano. Ao dispor, vejo dois livros, convidando à partilha: *Os fios de Ícaro*, romance de Evaldo Balbino (Saraiva, 2015) e *Paradoxias*, misto de ficção e ensaio, de Luís Eustáquio Soares (Orobó, 1999). O romance de Evaldo Balbino procede de concurso literário, promovido pelo Selo Benvirá, pertencente à editora Saraiva. Chamar romance a muitos livros, produzidos a partir do final do século XX, tende a instaurar diligências conceituais, concernentes ao debate sobre o estatuto de gênero. Produtos literários oriundos de recolhas de matéria plural (autobiografia, crônica, ensaio, diário, sonho, memória) têm sido rotulados indiscriminadamente de romances. Não pretendo, porém, enveredar nesse terreno de investigação.

Diante do esgarçamento conceitual do pós-moderno, o romance talvez seja o gênero que mais agrega uma complexa teia de registros, aquele também que mais desestabiliza o estatuto da ficção tradicional. A dissolução de fronteiras entre os gêneros encontra no contexto do final do milênio um ambiente propício. Hesitante sobre o estatuto ficcional, o narrador de *Os fios de Ícaro* não titubeia em se inscrever na moldura narrativa: "na esperança de ler uma mensagem de mim para mim mesmo, um texto até então indecifrável existindo em meu íntimo"[249]. O narrador expõe breves comentários, alguns beirando a expressão de natureza epifânica, em que fragmentos vão se alternando, aparentemente discricionários e improcedentes, desarticulados, muitos voltados para a busca da compreensão da própria identidade:

> O que dizer de mim mesmo? Somente porque ainda me movo, não sangro, escrevo, bebo, fumo e choro – somente por tudo isso posso dizer convencido que ainda sou? Ora, o que sou na verdade? Como poderei me caracterizar? Sou também as horas que se vão, que se esvaem como fumaça, que se elevam voláteis como toda e qualquer ilusão. Talvez eu seja a própria, a inconfundível ilusão[250].

Tábuas devidamente conectadas, pregos, encaixes, cola, verniz podem compor uma cadeira. Para sua construção, no entanto, não bastam alguns pedaços simétricos de madeira para o assento, o encosto e os pés, que se devem encaixar. Sem o engenho e o conhecimento de um marceneiro habilidoso, de nada servem os materiais isolados. Na criação literária não é diferente o processo: cabe ao narrador organizar o material. O arcabouço estrutural de um romance supõe a conexão de vetores técnicos (narração, descrição, digressão, diálogo) mais ou menos concatenados e delineados, costurados numa história, que se desenvolve num enredo, cujo desenvolvimento faz circular elementos determinantes de tempo e de espaço. A essa teia narrativa que se ordena com o intuito de contar uma história, abarcando eventos de toda ordem, propícios ou antagônicos, envolvendo um rol de personagens, obviamente caracterizados — tudo articulado por um competente narrador, que manipula os fios entrelaçados, convergindo-os numa trama verossímil, eis o que pode se chamar romance.

Como é sabido, o pós-moderno instaura a descrença nos códigos, a insubmissão diante do discurso filosófico ou metafísico, o ceticismo generalizado diante de um sistema constituído. De um lado, presta-se a reativar um melancólico retorno à utopia, típico do discurso de emancipação atrelado à busca da verdade. Pelo menos a urgência da utopia pode compensar o impacto da perda das coisas supremas. O filósofo pós-moderno (tal como alguns intelectuais) preocupa-se com o presente, interessado na qualidade e intensidade do desempenho racional e tecnológico. A ênfase no último aspecto radica, como se sabe, na teorização rígida de Lyotard. Outro parâmetro diz respeito à eliminação das diferenças epistemológicas entre os procedimentos científicos e os de ordem política. Por analogia, entendeu-se que o pós-moderno elimina, também, a distância entre o discurso político e o fictício.

Na realização romanesca de Balbino e Soares, disforicamente, em muitas páginas, o discurso político tende a se tornar hegemônico. Aproximam-se, ainda, *Os fios de Ícaro* e *Paradoxias*, sob a ótica da postura pós-moderna, no gosto de fratura, na contundência da denúncia e no cotidiano hasteado como bandeira. Na extraordinária fatura do segundo título, o texto abdica dos ditames do verossímil. Exibindo o avesso da ficção realista, desconstrói os postulados tradicionais. Não se revelam nítidos os traços e perfis de personagens. Na estrutura e nas entrelinhas do segundo título, o estilhaçamento das convenções é mais evidente. Lugares e motivos belo-horizontinos são evocados a todo o momento, numa tentativa de expansão de cenário e abrangência. Num registro tautológico, de rarefação gestual, todas as coisas são e não são, existem e não existem a um só tempo, como se o mundo se prestasse a se configurar em uma instância sem sentido, lugar de transgressão e punição: "Olhei para o homem que me estuprou, notei que ele sumia em mim, que ele se transformava em pau duro, igual o pirulito da praça Sete, que seu pau se diluía em esperma, que seu esperma, como um rio, desaguava em mim, em minha boceta, dentro de mim, ele foi sumindo, sumindo"[251].

O discurso abandona a linearidade e, incentivado pelo título, despe-se dos postulados de coerência e racionalidade. Insaciável, retorna sempre o desejo de imergir numa sexualidade rebelde, abjeta. "Uma sede está em mim, insaciada e insaciável, que busca erguer a voz. Um desejo de amor vive em mim, um desejo que fala a linguagem do amor"[252]. Uma voz delirante controla o discurso, que agrega indiscriminadamente os desejos, as pulsões e as sensações, represados durante séculos de moralismo e censura. O projeto fictício espraia-se numa imaginação liberada diante do tempo, abandona o curso da linearidade, das horas que se somam umas às outras infinitamente, deslocando-se para uma concepção de simultaneidade de tempos, que acolhe a intensidade. O paradoxo consiste em emparedar, no mesmo horizonte, os elementos díspares, o verdadeiro e o falso, a fantasia e a realidade, o natural e o artificial, o dentro e o fora, o real e o virtual, a mentira e a verdade, o macho e a fêmea, sugerindo a possibilidade de serem absurdas, hipotéticas as representações.

> As crianças e adolescentes estudavam e se emburreciam de inventividade, estudando o Telecurso do Grau Nenhum. O governo deixou de gastar dinheiro com escolas públicas, porque nelas as alunas e os alunos e professores, às vezes, faziam coisas diferentes, como não encher o quadro-negro, não encher cadernos, não decorar matéria, não ficar quieto numa carteira, não fazer provas, não obedecer ou mandar. Às vezes, nas escolas, quando ainda existiam, os estudantes e os desprofessores conversavam, brincavam, sobre coisas como o afeto, o tesão, a cidade e sua Contorno de dois lados[253].

A inserção do discurso literário na pragmática da cultura pós-moderna opera-se por meio do processo de saber-fazer, saber-escrever.

Enredado na aporia da própria identidade sem rumo e desprovido de recompensa metafísica, refugia-se o autor numa prática discursiva que privilegia as tomadas fragmentárias, descrições discricionárias e a busca desenfreada de um qualquer sentido para o cotidiano. O pós-moderno, articulado como um movimento nebulosamente subjetivo, na medida em que redescobre o gosto romântico do mistério, repõe o sujeito diante de si mesmo. A hermenêutica postula a necessidade de articular as sugestões semânticas às flutuações de sentido, menos na aferição dos recursos formais do que na densidade da reflexão filosófica. Menos decifração semântica, mais produção de significado. Como é sabido, a valoração da semântica, que remonta a Santo Agostinho, sempre buscou desconfiar do aparato racional.

No romance de Evaldo Balbino, os eixos temáticos, pelo menos os que assinalam referência temporal explícita, procedem do ano de 1978. Os temas focados abrangem os eventos que abalaram o país e o mundo. "Aquele ano de 1978, já tão distante mas ainda vívido na memória, estava se acabando, Poderia ter sido um ano como todos os outros de minha vida. [...] E com ele uma desolada sensação de que eu também estava acabando"[254]. O narrador parece compelido a registrar situações que revelam a linha frágil entre o que o protagonista vivia e o que dominava o cenário das nações, entre o impulso de dizer e a urgência de calar.

A incredulidade diante dos grandes relatos, a descrença nos critérios de inserção nas listas de obras canônicas promovem a expansão da criatividade. Longe de ser o balaio em que tudo cabe, o pós-moderno delineia-se como o contexto da insubmissão a códigos e parâmetros fixos. As considerações de Heidegger tendem a repensar alguns vínculos que procedem das teorias de Nietzsche, numa tentativa de se distanciar de uma visão excessivamente caótica, para uma postura mais positiva, admitindo um conhecimento não metafísico da verdade. Isto corresponde a um afastamento do modelo positivista do saber científico e uma aproximação aos códigos da arte e da retórica, que radica na assertiva de que a experiência pós-moderna é uma experiência estética. Repartida, espalhada em diversos gêneros distintos, a produção artesanal ou estética reivindica para si o esforço de uma legitimidade que não se enquadra nos padrões então vigentes. A mistura dos gêneros, herança de experiências levadas a cabo no Romantismo e nas múltiplas vanguardas, erige-se como uma das práticas comuns no cenário das letras. Ocorre, dessa forma, uma descentralização de poder, supostamente instalado entre os críticos tradicionais, apanhados de surpresa e incapacitado, por vezes, diante dos novos produtos. Novos especialistas e autômatos surgem, convocados pela necessidade de reordenar, no contexto mutacional, regulagens e reajustamentos, permeáveis a imensuráveis conexões tornadas possíveis pelos jogos de linguagem, suscitados pelo processo de elaboração e aperfeiçoamento. O critério de valor perde a validade. A complexa dinâmica social instaura-se como um lugar de receção e triagem de deslocamentos requisitados continuamente pelo sistema.

Inúmeras discussões em torno do pós-moderno se perdem pelo teor novidadeiro, ou pelo voo de curto fôlego, acabando por agregar um discurso bizarro ou distorcido. Uma coisa é uma coisa, outra coisa é outra coisa. Não se pode incorrer no risco de atropelar estágios de raciocínio, se quisermos aclarar a discussão. Os múltiplos métodos com que se tem deparado a crítica literária moldaram-na num discurso apto a contínuas mudanças e adaptações. Não por acaso os primórdios do pós-moderno ocorrem simultaneamente aos esforços envidados por teóricos de várias estirpes (semióticos, estruturalistas, formalistas) no sentido de reconhecer a Teoria da Literatura como uma disciplina autônoma, como projeto de ciência do texto. A lamentar, talvez em decorrência do interesse em agregar um discurso de teor científico: a crítica literária perdeu a fluência e a leveza estilística de outros tempos, quando lhe foi subtraída uma rota de maior liberdade.

Instaura-se uma atmosfera de descrença em relação às verdades universais e totalizadoras. O contexto de desconfiança diante do legado do Modernismo acaba gerando a necessidade de desenvolver o gosto da ambiguidade, o jogo de cintura capaz de perceber as possibilidades semânticas, as zonas de flutuação de sentido, em especial as que procedem dos processos da desconstrução, na esteira de Derrida. Se apostamos em Lyotard, aceitamos que o pós-moderno se vincula à modernidade, de que é uma fase, mas expurgando o traço melancólico, excluindo a busca da unidade perdida, fundamental no projeto da modernidade. Nesse atalho, distanciamo-nos de Habermas, adepto da lógica totalizante, mais preocupado, no entanto, em preservar o projeto da modernidade. Para Lyotar, ao contrário, como para os demais pós-estruturalistas, o importante é aprofundar a especificidade do pós-moderno, intensificando a lógica da dispersão.

No contexto da pós-modernidade, a arte vê-se absorvida pela indústria cultural, em maior ou menor escala. A emergência de profundas transformações, ocasionadas pelas relações entre as práticas expressivas do capitalismo e os agentes da cultura, abrange etapas que não podem ficar rasuradas. A demanda comercial, como se sabe, opera numa via de mão dupla: se, de um lado, favorece os exercícios da experimentação, de outro lado, não consegue ficar isenta da pressão em favor do abandono de escrúpulos. Se a pós-modernidade tem suas idiossincrasias regionais e políticas, como tem sido demonstrado por Frederic Jameson, não pode ser analisada, equivocadamente, de forma única, em escala planetária: "[...] deve-se desde logo acentuar que o tratamento da pós-modernidade se transforma em mistificação ao ser abordado como um fenômeno planetariamente idêntico"[255]. Para o crítico americano, haveria uma articulação entre o capitalismo monopolista e a modernidade, como haveria uma ligação entre o capitalismo global e a pós-modernidade.

O pós-moderno recobre o contexto marcado pela globalização e domínio das relações capitalistas. Os corrosivos efeitos do capitalismo tardio atingem a esfera cultural de forma direta. A exacerbação do individualismo liberal acarreta o esgarçamento da ética pública, acuada pelas solicitações crescentes e veementes do mercado. No campo das artes, as mutações abruptas evidenciam a tênue fronteira entre os ditames fornecidos pelo mercado, em geral associados a interesses de grandes empresas, e os projetos incompletos, ou mesmo utópicos, encampados pelas diversas correntes de vanguarda. Instaura-se, seja por força do mérito, seja por substituição axiológica, o avesso da legitimação pela canonicidade, ou seja, a possibilidade de as ficções experimentais, forjadas em ambiente escolar ou não, tornarem-se modelos. Sujeitas a contínuas regulagens e reajustes, nos moldes daqueles dispensados aos objetos da tecnologia, as ficções resistem, subvertendo antigos códigos e compêndios, entre cópias e simulacros, arremedos e aporias desencantadas.

Não são incongruentes as hesitações em se aceitar a teoria do pós-moderno, na esteira de Habermas, insistindo em compreendê-lo como a retomada do projeto de modernidade. A ambiguidade revela-se no próprio rótulo, numa expressão que remete a uma coisa e se projeta além dela: "pós-moderno", fenômeno com raízes na modernidade, mas que se projeta num território outro, num algures, situado num tempo posterior. Lugar por excelência da propagação da técnica, a modernidade teria criado as condições para o surgimento do pós-moderno. O ambiente caótico em que vicejam os postulados pós-modernos encarece os desdobramentos relacionados ao niilismo. As ciências da natureza são valorizadas, em detrimento das ciências do espírito. A morte de Deus decretada por Nietzsche só se torna viável porque o saber deixa de se preocupar com as causas últimas, a teoria da imortalidade da alma perde a consistência. A morte de Deus agrega a desvalorização dos valores supremos, os resíduos da metafísica no discurso filosófico são vistos como barreira para a evolução das ideias, o conceito de verdade fica abalado. Várias doutrinas europeias (socialismo de Proudhon, marxismo, fenomenologia, psicanálise, existencialismo) mantêm ramificações, ainda que difusas, com o niilismo. Dentre os filósofos que refletem sobre as relações entre a arte e o contexto pós-moderno, destaca-se Gianni Vatimo. Interessado em demonstrar de que forma a crise do Humanismo acarreta a morte de Deus, o filósofo italiano argumenta:

> Assim, como demonstra de resto Heidegger, na sua sempre retomada reconstrução da história da metafísica, só enquanto não vem à luz o seu caráter "humanista", no sentido de reduzir tudo ao homem, a metafísica pode sobreviver como tal; quando tal caráter da metafísica aparece explícito, como sucede, segundo Heidegger, em Nietzsche (o ser como vontade de potência) a metafísica está desde logo no seu ocaso, e com ele, como verificamos todos os dias, decai também o humanismo. Por isto, a morte de Deus – momento culminante e também, final da metafísica – é também inseparavelmente a crise do humanismo[256].

A retórica substitui a lógica. Instaura-se uma equação na qual o niilismo corresponde não à abolição completa do ser, mas a sua diluição na instância de valor. As rotas de liberdade, tornadas transitáveis pela técnica, pela debilidade da realidade, estendem-se diante de quem se aventura por novas ressignificações. Os vestígios do capitalismo tardio, o consumismo, a polarização decorrente de debates ideológicos, a descoberta lacaniana do simbólico não representam desdobramentos da desumanização: configuram-se, por paradoxal que pareça, como atalhos e acenos indiciadores de uma revitalização na trajetória humana.

Os andaimes que sustentam o conceito de pós-moderno recolhem inúmeras contribuições teóricas, que funcionam como interfaces, geradas em campos e áreas de convergência e conflagração de ideias. A instância da fábula como simulacro do mundo verdadeiro, mais uma vez ratifica as bases da invenção, da ficção, convocadas a participar, ressignificando, a terra dos homens. Caída por terra a ideia de transcendência, ela leva consigo a contrapartida espiritual que, ao longo dos séculos, sustentou a visão do ser humano como paciente da história, instrumento de forças invisíveis, tidas como absolutas.

O narrador de *Os fios de Ícaro*, nas últimas páginas, após registrar uma série de perdas, decide revelar-se possuidor apenas de palavras, como alguém que fabricou palavras que geraram outras, por sua vez geradoras de outras: "Você tornou-se apenas palavras. Propagaram-se ao infinito as ondas sonoras estimuladas pelo tom de sua voz, desfizeram-se as linhas geométricas nas quais suas palavras se traçavam, tornou-se mudo num canto do escritório o telefone que me anunciou a sua voz e a sua demanda"[257]. Ao tomar posse desse espólio, o narrador sente-se ambiguamente recompensado e responsável por sua criação, ao verificar que detém nitidez de uma invenção:

> E eu não quero me perder, Guilherme. Por isso é que continuo a ficção, dou prosseguimento a todas aquelas inverdades que se queriam dogmas perante os meus ouvidos. Continuo inventando verdades, as próprias formas de me ludibriar, para continuar, talvez, sendo feliz aos poucos, até que a última gota se consuma e eu não me perceba mais sonhando. Vou entrelaçando estes fios numa tessitura que nunca cessa [258].

A arte equipara-se a um produto industrial, também sujeita a reajustes e regulagens, em oficinas de reparo. Exposta em vitrines, centros culturais, galerias e portas de livrarias. Alcançar a arte autônoma, expressão cara no contexto, corresponde, por vezes, a uma experiência esquizofrênica. O ecletismo, a rasura de regras, a liberdade de pensamento e expressão acabam por configurar um espaço semelhante ou contíguo ao de velada prisão. Na realidade, atordoado diante de sucessivos e crescentes cenários de apropriação ideológica e devastação ambiental (elas não ocorriam em outros contextos com tanta frequência), o homem pós-moderno — vale dizer, o escritor pós-moderno — vê-se desolado, impotente, num universo exposto à desagregação de valores e direitos, a uma espessa e opressiva atmosfera de vazio, incerteza e desesperança. Cabe ao homem desfazer os estereótipos esterilizantes, assumir a peculiar mobilidade do simbólico, aceitar as irreveladas e insuspeitas dimensões da fábula. Ainda é tempo de suplantar o niilismo através da potencialidade criadora, através de novas configurações do simbólico e da linguagem.

REFERÊNCIAS

BALBINO, Evaldo. *Os Fios de Ícaro*. São Paulo: Saraiva, 2015.

LYOTARD, Jean-François. *O Pós-Moderno*. 2. ed. Rio de Janeiro: José Olympio, 1986.

SOARES, Luís Eustáquio. *Paradoxias*. Belo Horizonte: Orobó, 1999.

VATTIMO, Gianni. *O Fim da Modernidade*. Lisboa: Presença, 1987.

O MODERNO ROMANCE BRASILEIRO:
ALGUMA CRÍTICA

Os interesses associados à evolução da literatura brasileira, desde os anos 1930, timbram em acentuar a vertente social. No terreno da crítica, parece não haver controvérsia: a crítica melhor aparelhada será aquela que pressupõe uma fundamentação sociológica. Após a eclosão do romance social nordestino (1930), de forte conotação regional, agregador de postulados marxistas, algumas tendências começam a se tornar hegemônicas no debate cultural, influenciado por nomes consagrados. Conhecidos cacoetes movem-se, no entanto, nessa ficção, como salienta Oscar Mendes, em resenha ao romance *Jubiabá*: "Os burgueses que aparecem no livro, mostram-se, como nas demais obras do sr. Jorge Amado, sempre ruins, sempre perseguidores, sempre amorais e gananciosos, ao passo que os proletários e vagabundos são criaturas sempre simpáticas, sempre com razões, sempre boas, sempre dedicadas, de faltas, pecados e crimes sempre desculpáveis"[259].

Após a morte de Mário de Andrade, com a consolidação da Universidade de São Paulo, um grupo de intelectuais paulistas — dentre eles, Antonio Candido — assume um forte protagonismo na cultura do país. Sua obra mais divulgada, *Formação da literatura brasileira* (1959), resultado de mais de uma década de pesquisa, propõe uma tentativa de articular problemas sociais e da história à evolução cultural, estabelecendo correspondência entre a temática nacionalista patente no Arcadismo e no Romantismo à consolidação de uma literatura autônoma no país. À veemente militância do Partido Comunista adiciona-se o braço eficiente do setor cultural, através da adesão de, entre outros, Dalcídio Jurandir, Graciliano Ramos, Jorge Amado, Aderbal Jurema e Rachel de Queiroz. As prisões de autores comunistas, em decorrência da atuação partidária, em plena ditadura de Vargas, não ficam imunes de desdobramentos políticos e ideológicos.

A alternância de rumos parece acompanhar a evolução do nosso romance. A temática nacional, enfatizada no primeiro modernismo, tinge-se de notas sociais mais nítidas com o romance de 1930. A aproximação entre dois intelectuais paulistas pode adicionar matizes para se compreender a tensa conexão dos produtores de fundamentos e conceitos. O contato entre a produção literária e a militância crítica, entre Mário de Andrade e Antonio Candido, crítico que viria a se casar com uma prima do poeta, processou-se menos por interesse estético que por contingência social. Em sua biografia de Mário de Andrade, Jason Tércio descreve o desacordo entre eles, em geral resultante da disparidade na avaliação de alguns autores. "No Franciscano, bebendo chope, a certa altura Sabino e Mário elogiaram Octavio de Faria. Mário gostara do primeiro romance dele, *Mundos mortos*. Antonio Candido discordou enfaticamente. Mário o desafiou a justificar. Candido tinha uma visão social da literatura e afirmou com segurança que a forma narrativa dos romances de Octavio era prolixa e os temas, muito burgueses"[260]. Outro diálogo, a respeito da ficção de Oswald de Andrade, tem lugar nesse contexto meio familiar. Desde os anos 40 era conhecida a militância socialista de Antonio Candido. É ainda Jason Tércio quem refere:

> O relacionamento entre os dois era rarefeito e formal. As poucas vezes em que o crítico ia à Lopes Chaves era para falar com Gilda. Tímido, criado no interior de Minas Gerais, Candido recorria a um pretexto quando queria vê-la. Escrevia em casa um artigo à mão (mesmo tendo máquina), levava para Gilda datilografar e ficava ditando ao seu lado. [...] Candido levou para Gilda datilografar o segundo artigo, "Antes de Marco Zero", no qual comentava os romances da primeira fase de Oswald. Mário entrou no escritório, conversaram rapidamente e Candido opinou que *Estrela de absinto* era péssimo. Mário ficou quieto. Passados uns minutos, foi a uma estante, apanhou o romance, folheou-o lendo rapidamente algumas páginas e voltou ao escritório para falar com Candido:
>
> - Eu acho *Estrela de absinto* muito bom[261].

Um rápido balanço do romance moderno oferece argumentos robustos para comparação e análise, além de evidenciar sua riqueza e diversidade. Ressabiados diante de determinadas vanguardas, embasadas em protocolos aparentemente avançados, como o Futurismo, que não camufla traços fascistas (exaltação da guerra e de governos autoritários), muitos intelectuais tentam se distanciar de guinadas formalmente inovadoras. O momento, de franca polarização ideológica, coloca em lados opostos autores que vão consolidando o próprio percurso. De um lado os que produzem romance social, Jorge Amado, Graciliano Ramos, Rachel de Queiroz, José Lins do Rego, Amando Fontes; do outro aqueles praticantes do romance de linha psicológica, Clarice Lispector, Lúcio Cardoso, José Geraldo Vieira, Cornélio Pena, Otávio de Faria, num antagonismo que replica as contradições culturais, algumas contíguas ao ordenamento norte/sul. Os dois últimos acrescentam ao debate diretrizes difusas de uma militância católica, em radical embate com o outro lado, que, por seu turno, não escamoteia o fascínio pelo comunismo. O caso de Adonias Filho aponta uma convergência das vertentes: consegue fazer romance psicológico, sem abandonar o engajamento social, sob o signo da perspectiva mítica. Graciliano Ramos e José Lins do Rego, para fazer justiça, distanciam-se de arquétipos esquemáticos: os protagonistas de seus romances, ainda que inseridos em dimensão regional, ascendem ao prisma de tipos universais. O juízo de Fábio Lucas vem a propósito: "Talvez o conjunto de romances do Nordeste constitua o documento mais enfático da disparidade social do País, pois a situação geográfica e histórica da região, de uma pobreza heroica e dependente, facilmente pode gerar mais vivamente o sentimento de protesto"[262]. Oscar Mendes, crítico literário e renomado tradutor, em artigo sobre *Suor*, de Jorge Amado, não foge à ironia, contrapondo-se à patrulha ideológica vigente, simpatizante com a vertente socialista:

> A intelectualidade tupiniquim está em plena lua-de-mel com o barbaçudo Marx, o seu materialismo histórico e o seu homem econômico. [...]
>
> E são duma ortodoxia de neófitos. Enquanto a Rússia vai-se emburguesando, fazendo tratados de comércio com os capitalistas, entrando na liga das nações burguesas e fascistas, criando a sua nobrezazinha do partido e da burocracia, os rapazes cá da terra repetem as frases-feitas de Lenine, enchem a boca de justiça social, [...] e falam com trêmulos nas vozes sentimentais, no paraíso russo, na poesia do trabalho, na igualdade dos salários, na fartura, na higiene, na proteção à infância, na liberdade de crítica e de pensamento, etc., etc.
>
> [...] Quais os ideais, quais os fins visados pelos pregoeiros da nova estética? Para alguns, mais ou menos sinceros, essa literatura é um meio a mais para açular as revoltas das classes pobres. São os propagandistas dos credos extremos, da revolução permanente, da vitória das massas proletárias. A arte para eles não passa duma alavanca que ajudará a derrubar a sociedade capitalista[263].

Sem esquecer uma constante: os personagens matutos são denominados, ingenuamente, camponeses nessa ficção, que se pretende engajada. Otávio de Faria, em artigo no *Boletim de Ariel* (outubro de 1933) expõe sua perplexidade: "Agora, o que significa esse *Cacau* que o autor parece duvidar que seja um 'romance proletário', esse *Cacau* onde todos 'os de cima', os ricos, são maus e onde todos os 'de baixo', os pobres, são bons, esse *Cacau* que prega a revolta, a revolta de todos os 'explorados' [...]". Em 1946, o suplemento *Letras e Artes* (do jornal *A Manhã*, Rio de Janeiro), indaga-lhe, ao romancista carioca, se "os livros de ficção devem debater sempre uma tese social". Otávio de Faria responde: "De modo algum. Acidentalmente, podem. Mas, não é função da obra de ficção debater tese de espécie alguma, e muito menos, social. Para isso há o ensaio social, há os livros de doutrina". Questionado a respeito do conflito entre regional/ universal, assim se expressa: "O elemento regional, episódico ou documentário, deve ser inteiramente absorvido pela obra de ficção que, assim, poderá ser acidentalmente regionalista, nunca fundamentalmente" (10 de fevereiro de 1946). O excesso ideológico, presente no então rotulado romance proletário, retorna, no mesmo periódico, em artigo de Arnaldo Tabayá, centrado na obra citada: "É o defeito do livro, uma intenção grande de mais e que se percebe em cada frase. Todos os ricos do romance são maus, velhacos, libidinosos e ... católicos" (*Boletim de Ariel*, outubro de 1933). Para Jorge Amado, os autores do romance intimistas fazem "masturbação intelectual"; afirma, ainda, que "com Otávio de Faria e José Lins do Rego, Lúcia Miguel Pereira formava o grande trio dos meios intelectuais da direita no Brasil" (resenha a *Em Surdina, Boletim de Ariel*, janeiro de 1934).

O conflito entre católicos e comunistas domina o debate público. Considerado por Gilberto Amado um espaço plural, "ilha do pensamento desinteressado", "aberto a todas as ideias, simpático aos movimentos multiformes do mundo" (janeiro de 1932), a revista *Boletim de Ariel* repercute o contexto borbulhante de polêmica. Acolhe no início da década a indignação do escritor liberal: "Desejam dominar o Brasil no momento atual, no campo das preocupações intelectuais, duas correntes absolutas e intransigentes. Visam ambas a mesma coisa: estrangular o livre pensamento, a crítica livre, [...]: a corrente católica e a corrente comunista". Wilson Martins informa que a "clivagem característica dos anos 30 entre Direita e Esquerda"[264] deu azo a que surgissem periódicos de orientações distintas. A *Revista Acadêmica*, no Rio de Janeiro, iria congregar, ao longo de uma década (1935-1945), intelectuais de esquerda; de outro lado, a *Lanterna Verde*, simpatizante da direita, presta-se às discussões de identidade e sutilezas ideológicas. Nesse ambiente, fortemente polarizado, o *Boletim de Ariel*, na edição de agosto de 1935, publica o artigo "A Esquerda e a Direita literárias", de V. de Miranda Reis, em que são definidos os postulados dos campos opostos:

> O palco literário tem, portanto, uma direita e uma esquerda. A família literária está desunida, dividida, bipartida. Há dentro dela, duas tendências contrárias, dois partidos adversos [...] enquanto a esquerda insiste no primado do social, a direita sobrepõe ao sentido social o sentido do humano: que, enquanto a esquerda prega misticamente a revolução, a direita descobre "a verdadeira mística"; que, enquanto a esquerda deblatera contra as desigualdades e as injustiças sociais, contra a exploração do homem pelo homem, a direita perscruta o "verdadeiro sentido da vida" e se perde em particularidades, em profundidades, em densidades, em superposição de planos e outras sutilezas[265].

Nesta mesma edição, Murilo Mendes, em resenha ao romance *Calunga*, de Jorge de Lima, tenta dissolver o que Wilson Martins denomina "a veemência das posturas extremadas":

> Atualmente, no Brasil, há uma certa tendência a se considerar "literatura social" somente uma determinada expressão de literatura que visa enaltecer os postulados comunistas. É um erro, porque um escritor da direita pode perfeitamente ter uma compreensão social da literatura e da sua influência sobre uma coletividade. Pode-se mesmo dizer que não há nenhuma espécie de literatura que não seja também social[266].

Além dos romancistas de 1930, cujas obras são de conhecimento público, outros merecem registro, entre os que publicaram entre 1930 e 1965. Citados em bloco, corre-se o risco de rasurar nomes igualmente representativos, cuja obra veio a lume à mesma época. A outra face da moeda, menos ruidosa, ocorre com a emergência da reação espiritualista e o mergulho no realismo subjetivo.

> De um lado, o confinamento na problemática cristã resulta no ensimesmamento trazido por uma busca incansável do sobrenatural. De outro, desemboca na angústia da cisão entre o apelo místico e o aprisionamento na vileza

da carne. Tudo isso num clima de pesadelo, facultando os vários rótulos atribuídos a essa linha literária, como os de romance de atmosfera, ou intimista, ou introspectivos, ou de sondagem interior[267].

Cornélio Pena expande a vertente regional, adicionando a preocupação da análise e dos detalhes, o gosto por coisas antigas, ambientes povoados de treva, umidade, mistério, traços presentes em *Fronteira* (1935), *Dois romances de Nico Horta* (1939), *Repouso* (1949) e *A menina morta* (1954). Na sua ficção, predominam as atmosferas escuras, cerceadoras, marcadas por alucinações, os dramas de indivíduos desequilibrados, inquietos, marginalizados, em luta contra a morte e a loucura. No ensaio "Forma e criação em Cornélio Pena", Fausto Cunha enumera as razões pelas quais admira o autor:

> Quando Cornélio Pena surgiu com *Fronteira*, teve consagração das mais rápidas de nossa história literária. [...] Compulsando-se o quanto a respeito se escreveu, não haverá dificuldade em se concluir que um dos fatores essenciais do êxito foi aquele algo de "novo" e "diferente" que o trabalho de Cornélio Pena injetava em nossa literatura de ficção. O que tanto mais é de admirar quando se sabe que *Fronteira* apareceu num momento em que se iam notabilizando romancistas como Graciliano Ramos, José Lins do Rego, Jorge Amado, Érico Veríssimo, Amando Fontes, José Geraldo Vieira, Rachel de Queiroz e alguns outros. Da citação desses nomes se depreende quanto realmente o livro de estreia de Cornélio Pena era "diverso": mais que diverso, era solitário. O romance brasileiro penetrava a sua fase aguda de realismo, e os valores que se destacavam eram escritores diretos, objetivos, crus, muitos não escondendo seus intuitos políticos, suas diretrizes ideológicas. [...] O sexo, a miséria social, as reivindicações econômicas, o drama do trabalhador rural, a decadência das monoculturas, a tragédia da burguesia e os entrechoques domésticos enchiam a nossa literatura de um mal-estar saturante, de amarguras demasiado explícitas, multiplicavam-se os painéis de uma realidade agressiva. Cornélio Pena trazia para nós um subjetivismo quase metafísico[268].

Interessado em entender a complexa narrativa de Cornélio Pena, Fausto Cunha detém-se a analisar o fenômeno da linguagem que sustenta a

MATINÊ DE SÁBADO: ARTIGOS E ENSAIOS DE LITERATURA

excepcional fatura e a capacidade de o narrador moldar-se à interioridade de personagens. Destaca uma capacidade criativa vislumbrada mais no terreno da intuição do que na técnica, na organização lógica dos temas. Temístocles Linhares demonstra sensibilidade para captar a atmosfera depressiva dessa ficção: "Cornélio Pena tinha, realmente, notável força para a criação do sombrio, do tenebroso, para as evocações de ambientes antiguados, de pessoas estranhas ou anormais, de cidades mortas onde as famílias degeneravam lentamente e a loucura sempre estava na expectativa"[269].

Érico Veríssimo, no sul, surpreende a crítica, publicando romances bem estruturados, moldados como sagas de família que atravessam gerações e personagens femininas ousadas. Da versatilidade e diversidade de vasta produção romanesca, testemunham os títulos disseminados em três grupos: romances urbanos, *Clarissa* (1933), *Caminhos cruzados* (1935), *Música ao longe* (1935), *Olhai os lírios do campo* (1938), *O resto é silêncio* (1943); romances históricos, *O Continente* (1949), *O retrato* (1951), *O arquipélago* (1961), formando a monumental saga *O tempo e o vento*; romances políticos, *O Senhor Embaixador* (1965), *O prisioneiro* (1967), *Incidente em Antares* (1971). No primeiro grupo, os dramas procedem de cidades pequenas e grandes, com seus problemas, sobressaltos, conflitos extremos. Romance cíclico, a maior obra do autor, no arrojo do conjunto e na realização, *O tempo e o vento* recria a história do Rio Grande do Sul, o referencial histórico tomado como objeto de questionamento e desencanto: "O que se vê é caminharem, lado a lado, a crônica de uma família (os Terra - Cambará) e a reflexão sobre a marcha da História, as duas vertentes conduzindo o eixo central: a história/estória do patriarca rural gaúcho através da visão desencantada de quem se sente prisioneiro de uma ordem social em decadência"[270]. Nos últimos romances, especialmente em *Incidente em Antares*, o autor distende o olhar crítico sobre a realidade, através da sátira e da alegoria, desnudando a univocidade do discurso histórico. Wilson Martins não lhe poupa elogios: "A verdade é que, de todos os romancistas deste período, Érico Veríssimo foi, com certeza, o de maiores recursos técnicos, o de maior capacidade de renovação e aquele, afinal, a quem estava reservada a missão de revigorar o romance brasileiro, situando-o, num plano universal e literário incomparável"[271].

Os romances de Ciro dos Anjos aparecem entre 1937, em que se edita *O Amanuense Belmiro*, acolhido euforicamente pela crítica, e 1956, quando sai a lume *Montanha*. No intervalo, publicou *Abdias* (1945). O primeiro romance destaca-se como admirável retrato da monótona rotina de um funcionário público, retraído e ensimesmado. Antonio Candido lhe devota especial interesse, relevando "o artista profundamente consciente das técnicas e os meios do seu ofício"[272]. Oscar Mendes frisa a construção do personagem:

> E este burocrata bisonho e sonhador se se mostra pouco apressado, (os vagares do vai-e-vem da papelada burocrática!) comprazendo-se muitas vezes em divagar no tempo, como numa fuga do presente, nunca é monótono, pois varia a natureza de suas divagações, no espaço e no tempo, mudando sempre o dial em Vila Caraíbas, ora as sapequices duma moça "libertada", ou as invectivas contra a sociedade moderna de um desses teóricos revoltados. [...] Isolado dos companheiros que, uns tendem para a direita e outros para a esquerda, ele quer ficar no centro. Mas num centro que não é o centro da posição católica, por exemplo, em que se luta contra as monopolizações das direitas e os excessos das esquerdas. Um centro de plataforma, em que se é espectador, em que se olha o espetáculo sem nele querer tomar parte[273].

A narrativa insólita, multifacetada, de Guimarães Rosa ultrapassa os limites convencionais, tende à linha experimentalista, agrega traços fundamentais tanto da vertente realista, como da psicológica e da mítica, em livros de grande impacto, *Sagarana* (1946), *Grande sertão: veredas* e *Corpo de Baile* (1956), sem deixar de constituir uma rutura com o *status quo* socializante. Identificada visceralmente ao sertão, sua obra recria o espaço sertanejo do norte de Minas Gerais, banhado pelo rio São Francisco e afluentes, diferente do árido sertão nordestino. As grandes obras têm o condão de se mostrarem indevassáveis a comentários críticos definitivos. O trabalho desenvolvido com a linguagem surpreende, ao elaborar uma dicção regional que se derrama em oralidade, forjada com vocabulário, sintaxe, semântica autônomos. Em *Grande sertão: veredas*, o narrador, identificado com um ex-jagunço, Riobaldo, vai desenrolando as lembranças do passado, a história de si entrelaçada à história dos sertanejos com que privou, os casos pitorescos de cada um, seres integrados plenamente à natureza. Dentre os conhecidos, refere Diadorim, mulher disfarçada em jagunço, como se verá no final: consegue esconder de todos o próprio segredo e se transforma em companheiro inseparável do narrador. A amizade entre os dois, em meio a vicissitudes, sacrifícios e contatos facultados pela convivência estreita, no sertão, transforma-se em sentimento obsessivo, em paixão ardente. O amor entre os dois, sentimento delineado em surdina, povoado de hesitações, ciúmes, senso de culpa, e a luta contra Hermógenes, a encarnação do diabo, constituem o eixo do livro. Narrar a própria vida, para o ex-jagunço, confunde-se com a necessidade de decifrá-la e justificá-la. Para fazê-lo, vê-se desnorteado pelas trapaças e ambiguidade da linguagem, enredado nas forças da natureza, nos abismos insondáveis do destino e nas arrebatadoras experiências, forjadas pela violência do sertão e enganos afetivos.

> Não se pode, tampouco, ignorar o significado simbólico que se superpõe a esse, literal: o de um espaço amplo e perigoso, cheio de percalços e armadilhas, verdadeiro labirinto existencial, mas que adquire brechas levando a saídas, vias de comunicação, - talvez vias de salvação.
>
> Superpondo-se a esse, mas com ele coincidindo, encontramos um sertão mítico, onde em jogo está a salvação ou perdição do ser humano, mero peão na eterna batalha entre Deus e o Diabo[274].

A extensa empreitada de Otávio de Faria, intitulada *Tragédia burguesa*, sem favor algum, o ponto alto do romance introspectivo, surge focada a esmiuçar as difusas coordenadas da desagregação da sociedade, em *Mundos mortos* (1937), *Os caminhos da vida* (1939), *O lodo das ruas* (1942), *O anjo de pedra* (1944), *Os renegados* (1947), *Os loucos* (1952), *O senhor do mundo* (1958), *O retrato da morte* (1961), *Ângela ou as areias do mundo* (1963). Em artigo sobre *Mundos mortos*, Oscar Mendes ressalta a indiferença em relação ao primeiro título do ficcionista:

> A incompreensão e a má vontade com que vem sendo recebido este primeiro volume duma série de quinze romances que o jovem ensaísta Otávio de Faria publicará, subordinados ao título geral de *Tragédia Burguesa*, revelam uma triste realidade: a de que nosso meio literário não comporta ainda obras dessa natureza, em que o essencial é tudo e o contingente, o aparente, o realismo superficial são apenas suportes das grandes e autênticas realidades.
>
> O seu livro é um admirável estudo da alma dos adolescentes, num dos momentos mais trágicos e mais perigosos de sua vida, o daquela transição entre a adolescência e a virilidade, o da entrada em contato com todos os agoniantes

> problemas da carne e do espírito. [...] O sr. Otávio de Faria escreveu páginas de finíssima análise psicológica, diálogos emocionantes onde não se sabe o que mais admirar, se a grandeza dos sentimentos, se o patético das tragédias espirituais que se desenrolam[275].

Sérgio Milliet, no calor do momento em que muitos desses livros aparecem, soube reconhecer os méritos e os supostos defeitos (a "superficialidade na análise do mal", a excessiva submissão a juízos morais): "Eis um homem, num país de improvisações, de repentistas e instintivistas, que arquiteta cuidadosamente a sua obra, que a escreve em obediência a um plano minucioso, procurando observar o drama de uma sociedade por todos os ângulos de aproximação e fixá-lo em toda a sua complexidade"[276].

Autores ligados ao romance psicológico, à exceção de Clarice Lispector, em que pese o pioneirismo de seu trabalho, de alto teor de inovação, enfrentam a indiferença da crítica. No caso de Lúcio Cardoso, a contundência do olhar desdenhoso atenua-se, tendo em vista os ingredientes sociais patentes nos relatos anteriores, *Maleita* (1934) e *Salgueiro* (1935); a estes, sucedem *A luz no subsolo* (1936), *Mãos vazias* (1938), *O desconhecido* (1940), *Dias perdidos* (1943), *Inácio* (1944), *O enfeitiçado* (1954). Não há como negar seu isolamento, em nossas letras, na tentativa envolvente de perscrutar o curso do pensamento e da emoção das personagens, enredadas em circunstâncias fortemente carregadas de tensões e dramas. "Realmente, o autor só se encontrou consigo mesmo em *A luz no subsolo*, seu terceiro romance, publicado em 1936. Aí é que aparecia o poeta do desespero que havia nele como a sua melhor expressão, a mais natural, para fazer induzir que o que durava era a descrição e não o objeto descrito"[277]. O escopo narrativo, longe de se erigir em objetivo primeiro, apresenta-se em geral associado a amplo e arejado mergulho na atmosfera subjetiva. O esforço de análise psicológica, a sondagem intimista e a contaminação poética da linguagem constituem traço dessa ficção; a consagração viria através de *Crônica da casa assassinada* (1959).

Adonias Filho dá continuidade à ficção de contorno regional, concebida em dimensão mais ampla, universalizante, com *Os servos da morte* (1946), *Memórias de Lázaro* (1952), *Corpo Vivo* (1962), *O Forte* (1965). Mais tarde, saíram do prelo *Léguas da promissão* (1968), *Luanda, beira rio* (1971), *As Velhas* (1975). Desde o livro de estreia, pródigo em veementes gestos de vingança, tangido por uma pesada atmosfera de terror, desenvolve o autor indelével apelo telúrico, em que se descortinam seres grosseiros, pressionados pelo estigma da morte, da loucura, atiçados por uma fúria incontrolável, sinistra. Tocados por emoções primitivas, exaltação hostil, seus protagonistas desafiam o senso do equilíbrio e da convivência civilizada. Seu trabalho pressupõe acurada pesquisa formal e de linguagem, concentrada na abordagem de uma violência associada ao embrutecimento telúrico, a uma nota trágica. No dizer de Fausto Cunha, seu método "obedece a princípios e determinações rigorosamente conscientes, prosaicas, penetrando o criador na criação como uma vibradora elétrica no solo"[278]. Afrânio Coutinho assinala:

> Assim, a moldura regional serve apenas de seiva inspiradora e informadora dos personagens e da vida que levam. (Seus romances) são marcados por um violento sentimento trágico e por aguda penetração psicológica, o que lhes comunica a densidade dos grandes dramas de conteúdo religioso. A terra é uma presença fatal, avassaladora, simbólica, em face da qual o homem desaparece, imolado. Daí que os livros assumam um caráter de universalidade, na indagação do destino[279].

Os romances de Clarice Lispector, *Perto do coração selvagem* (1944), *O lustre* (1946), *A cidade sitiada* (1948), *A maçã no escuro* (1961), *A paixão segundo G. H.* (1964) descortinam uma narradora prodigiosa, de estilo elegante e inigualável capacidade de penetrar no interior dos personagens, amarga em face do cotidiano, interessada em amealhar nesgas de metafísica. Antonio Candido saúda-lhe com entusiasmo a estreia, em 1944, como "perfomance da melhor qualidade"[280], mas, enquanto a ficcionista envereda para os subterrâneos e vertigens da consciência ou da memória, o interesse do crítico esmorece. Viriam, a seguir: *Uma aprendizagem ou O Livro dos Prazeres* (1969), e o admirável *A hora da estrela* (1977). Dentre as experiências que compõem o legado ficcional, perdura o encontro de G. H. com a barata, o esforço de matá-la na porta do guarda-roupa, onde sua metade ficou pendurada, parecida com um vômito branco. Agradece à barata a sensação de ficar imunda de alegria, ela que tocara o proibido, embora fosse uma alegria sem unção religiosa, grotesca. Descobre, dessa forma, a necessidade de lutar pela vida, aceitando a realidade primária como algo sem beleza. Fábio Lucas reconhece a novidade que envolve o surgimento da autora, evitando seguir caminhos trilhados:

> Enquanto escrita, o texto de Clarice Lispector torna-se mais e mais contemporâneo de uma tendência moderna: o desprezo progressivo do apoio factual para formar a sequência

narrativa e a abolição da personagem como agente condutor da ação e do relato assim como corporificador do núcleo narrativo, em torno do qual se aglutinam os demais elementos e se realiza a tensão dramática. A fábula vai-se apagando para dar lugar a uma espécie de especulação crítica sobre a Filosofia e a Linguagem, com base ora em articulações de filosofemas, ora instauração de estados líricos e zonas de indefinição[281].

Autran Dourado, surgido em 1947, com *Teia*, seguido por *Sombra e exílio* (1950), *Tempo de amar* (1952), *A barca dos homens* (1961), *Uma vida em segredo* (1964), *Ópera dos mortos* (1967), este incluído na Coleção de Obras Representativas da Literatura Universal da Unesco, notabiliza-se pela refinada investigação psicológica. A relação, dado o recorte temporal, completa-se com alguns títulos que a ela se anexariam, como *O risco do bordado* (1970), *Os sinos da agonia* (1974). Para Afrânio Coutinho, "Autran Dourado é citado ao lado de Clarice Lispector, João Guimarães Rosa, Geraldo Ferraz, Adonias Filho, como um dos renovadores do romance brasileiro, pelo lado de construção técnica e pelo tratamento artístico da linguagem. Cada romance é uma novidade, uma pesquisa, onde realidade e imaginação se irmanam, na grande equação do destino humano"[282]. Apurou uma forma narrativa alicerçada no uso de blocos narrativos que se justapõem, formando painéis aparentemente independentes, que se vão superpondo e contrapondo, numa espécie de colagem sustentada por colunas mestras. Eneida Maria de Souza pontua alguns tópicos relevantes do autor:

> Se o lado intimista de sua literatura se inscreve na tradição de Cornélio Pena e Lúcio Cardoso - embora a poética de cada um deles apresente traços particulares e originais – Autran comporá, ao lado de Guimarães Rosa, um universo ficcional mítico, no qual a História passa a ser regida pela natureza espiralada do tempo. Sem se deter na crônica citadina ou nos experimentos de linguagem próprios de Rosa e de Clarice Lispector, o escritor mineiro mantém, ao lado de diferenças, analogias com a obra desses autores. [...]
>
> Marcada igualmente pelo drama e pelos desenlaces próprios da estética do desengano e da ilusão, a obra de Autran reúne o imaginário social das Minas com a fatalidade dramática das narrativas e tragédias universais[283].

Interrompo aqui o breve percurso pela moderna ficção brasileira, apurando o foco em alguns nomes surgidos entre os anos 30 e 50, dentre os mais expostos à querela entre socialistas e intimistas. Os autores alinhados na vertente introspectiva são mais numerosos. A incidência no aspecto social fica mais nítida nas duas primeiras décadas. Relegadas embora a nítido processo de olvido e apagamento, aparentemente combalidas em face da indiferença, as vertentes articuladas ao romance psicológico e à ficção experimental resistiram bravamente à correnteza.

REFERÊNCIAS

AMADO, Jorge. *Boletim de Ariel*. Rio de Janeiro: [*s. n.*], jan. 1935.

CANDIDO, Antonio. *Brigada ligeira*. São Paulo: Martins, 1945.

CANDIDO, Antonio. *Literatura e sociedade*. São Paulo: Cia. Ed. Nacional, 1965.

CANDIDO, Antonio. Vários *escritos*. São Paulo: Duas cidades, 1970.

CANDIDO, Antonio. Depoimento a Manuel da Costa Pinto. *Revista Cult*, São Paulo, 11 set. 2002.

COUTINHO, Afrânio; SOUSA, J. Galante. *Enciclopédia de literatura brasileira*. 2. ed. rev. e coord. de Graça Coutinho e Rita Moutinho. São Paulo: Global; Rio de Janeiro: Fund. Biblioteca Nacional: ABL, 2001.

CUNHA, Fausto. *Situações da ficção brasileira*. Rio de Janeiro: Paz e Terra, 1970

ESCORSIM, Francisco. Conhecendo José Geraldo Vieira (posfácio). *In*: VIEIRA, José Geraldo. *A ladeira da memória*. Campinas: Sétimo selo, 2021.

FARIA, Otávio de. *Os Caminhos da vida*. Rio de Janeiro: Companhia Editora Americana, 1963.

FARIA, Otávio de. Jorge Amado e Amando Fontes. *Boletim de Ariel*, Rio de Janeiro, ano III, out. 1933.

FARIA, Otávio de. [Entrevista cedida a] Almeida Fischer. Letras e Artes, *A Manhã*, Rio de Janeiro, ed. 01383, 1946.

FERREIRA, Aurélio Buarque de Holanda. *Novo Dicionário da Língua Portuguesa*. 1 ed., Rio de Janeiro: Nova Fronteira, 1975.

FILHO, Adonias. *A Manhã,* Letras e Artes. Rio de Janeiro, 16 de março de 1947.

FONSECA, Maria Nazareth Soares. *A relação História/estória em Incidente em Antares*. Dissertação (Mestrado em Literatura Brasileira) – Faculdade de Letras da Universidade Federal de Minas Gerais UFMG, Belo Horizonte, 1980.

GALVÃO, Walnice Nogueira. *Guimarães Rosa*. São Paulo: Publifolha, 2000. (Folha Explica).

LINHARES, Temístocles. *História crítica do romance brasileiro*. Belo Horizonte: Itatiaia; São Paulo: Edusp, 1987.

LINS, Álvaro. *Os mortos de sobrecasaca*. Rio de Janeiro: Civilização Brasileira, 1963.

LUCAS, Fábio. *Poesia e prosa no Brasil*. Belo Horizonte: Interlivros, 1976.

LUCAS, Fábio. *O caráter social da ficção do Brasil*. São Paulo: Ática, 1985.

MARTINS, Wilson. *O Modernismo*. São Paulo: Cultrix, 1973. (A Literatura Brasileira, VI).

MARTINS, Wilson. *A crítica literária no Brasil*. Rio de Janeiro: Francisco Alves, 1983. v. I.

MARTINS, Wilson. *História da inteligência brasileira*. Vol. VII, Ponta Grossa, PR: UEPG, 2010.

MENDES, Murilo. *Boletim de Ariel*, RJ, Ano V, ago-1935.

MENDES, Oscar. *Seara de romances* - Década de 1930. Belo Horizonte: Imprensa Oficial, 1982.

MILLIET, Sérgio. *Diário crítico*. IV. 2. ed. São Paulo: Martins, 1981a.

MILLIET, Sérgio. *Diário crítico*. VI. 2. ed. São Paulo: Martins, 1981b.

REBELO, Marques. *A guerra está em nós*. Rio de Janeiro: José Olympio, 2009.

REIS, V. de Miranda. *Boletim de Ariel*, Rio de Janeiro, Ano V, ago. 1935.

SALLES, Fritz T. de. *Literatura e consciência nacional*. Belo Horizonte: Imprensa Oficial, 1973.

SOUZA, Eneida Maria de (org.). *Autran Dourado*. Belo Horizonte: Centro de Estudos Literários da UFMG, 1996. (Encontro com escritores mineiros).

TABAYÁ, Arnaldo. Um romance proletário. *Boletim de Ariel*, Rio de Janeiro, Ano III, out. 1933.

TÉRCIO, Jason. *Em busca da alma brasileira*: biografia de Mário de Andrade. Rio de Janeiro: Estação Brasil, 2019.

VIANA, Djalma. Os críticos, depressa!. *A Manhã*, Rio de Janeiro, ano 2, n. 79, p. 2, 21 mar. 1948. Suplemento Letras e Artes. Através dos Suplementos.

NOTAS BIBLIOGRÁFICAS

DUAS PALAVRAS DE PÓRTICO

1   OLINTO, 1966, p. 7.

2   ABDALA JR., 2002, p. 110.

3   BARBOSA, 1976, p. 18.

4   PÉCORA, 2019.

5   BRAYNER, 1975, p. 98-99.

6   VIANA, 1948, p. 2.

7   ABDALA JR., 2002,

8   COELHO, 1979, p. 72-73.

BRUNO TOLENTINO

9   TOLENTINO, 2006, p. 98, grifo nosso.

10   TOLENTINO, 2006, p. 67.

11   TOLENTINO, 2006, p. 71.

12   TOLENTINO, 2006, p. 81.

MÁRCIO ALMEIDA

13   FERREIRA, 1975.

GERALDO REIS

14   REIS, 1981, p. 23.

15   REIS, 1981, p. 37.

16   REIS, 1981, p. 27.

17   REIS, 1981, p. 40.

18   CHEVALIER; GHEERBRANT, 1988, p. 691-692.

19   REIS, 1981, p. 64.

20   REIS, 1981, p. 70.

21   REIS, 1981, p. 33.

22   REIS, 1981, p. 36.

OSVALDO ANDRÉ DE MELLO

23   SANT'ANNA, 2002, p. 125.

POETAS DO CREPÚSCULO

24   Cumpre referir o trabalho pioneiro de Cleonice Berardinelli, pontuando "consonâncias" literais em Sá-Carneiro e Ernâni Rosas: BERARDINELLI, 1985, p. 203-212.

25   PESSOA, 1986b, p. 429.

26   PESSOA, 1986b, p. 361-397.

27   LIND, 1981, p. 30.

28   LIND, 1981, p. 31-32.

29   LIND, 1981, p. 33.

30   PESSOA, 1986b, p. 366.

31   PESSOA, 1986b, p. 366-367.

32   LIND, 1981, p. 26.

33   PESSOA, 1986b, p. 384-385, grifos do autor.

34   PESSOA, 1999, p. 96.

35   LIND, 1981, p. 44.

36   PESSOA, 1986a, p. 42.

37   LIND, 1981, p. 45.

38   LIND, 1981, p. 46.

39   LIND, 1981, p. 46-47.

40   LIND, 1981, p. 27, grifos do autor.

41   BERARDINELLI, 1985, p. 186.

42   PESSOA, 1986b, p. 384, grifos do autor.

43   RAMOS, 1965, p. 220-232.

44   RAMOS, 1965, p. 220-230.

45   RAMOS, 1965, p. 216-219. Desta antologia, extrai-se a nota biográfica. Ernâni Rosas nasceu em Desterro, atual Florianópolis, em 1886. Deslocou-

-se, depois, para o Rio de Janeiro, onde viveu até seus últimos dias (1955), distante da vida literária, em apagados ofícios. Publicou *Certa lenda numa tarde* (1917) e *Poema do ópio* (1918).

46 RAMOS, 1965, p. 216.

47 PEIXOTO, 1999, p. 236.

48 RAMOS, 1965, p. 13.

CARLOS DRUMMOND DE ANDRADE E A CULTURA PORTUGUESA

49 SANTIAGO, 2002, p. 56-57.

50 SANTIAGO, 2002, p. 80.

51 LIMA, 1959, p. 37.

52 TELES, 1973, p. 166.

53 TELES, 1973, p. 210.

54 ANDRADE, 2012, p. 255.

55 ANDRADE, 2012, p. 240.

56 ANDRADE, 2012, p. 205.

57 ANDRADE, 2012, p. 302.

58 ANDRADE, 2012, p. 563.

59 ANDRADE, 1980.

60 CAMÕES, V, 1947, p. 225.

61 CAMÕES, V, 1947, p. 224.

62 ANDRADE, 2012, p. 679.

63 ANDRADE, 2012, p. 681.

64 MERQUIOR, 1965, p. 85.

65 BAKHTIN, 1981, p. 119,

66 DRUMMOND, 2012, p. 568.

67 PESSOA, 1986, p. 78.

"SAGRES", UM POEMA ESQUECIDO DE BILAC

68 SODRÉ, 1976, p. 431.

69 Não seria penoso citar 15 obras representativas, publicadas entre 1880 e 1902: 1883, *Sinfonias*, de Raimundo Correia; 1884, *Casa de pensão*, de

Aluísio de Azevedo e *Meridionais*, de Alberto de Oliveira; 1888, *História da literatura brasileira*, de Sílvio Romero e *Poesias*, de Olavo Bilac; 1893, *A ilusão americana*, de Eduardo Prado; 1894, *Cartas de Inglaterra*, de Rui Barbosa; 1895, *Miragem*, de Coelho Neto, *A Finalidade do mundo I*, de Tobias Barreto e *O bom crioulo*, de Adolfo Caminha; 1899, *D. Casmurro*, de Machado de Assis; 1900, *Minha formação*, de Joaquim Nabuco; 1901, *Estudos de Literatura*, de José Veríssimo; 1902, *Os sertões*, de Euclides da Cunha e *Canaã*, de Graça Aranha.

70   BILAC, 2001, p. 242-249. As citações do poema seguem esta edição.

71   RAMOS, 1955, p. 327.

72   *A Descoberta de Portugal*, 1982, p. 464.

73   Do casamento de D. João I e Filipa de Lencastre, que dá início à dinastia de Avis, nasceram os príncipes, denominados por Camões de "Ínclita geração, altos infantes": Duarte, Pedro, João, Fernando e Henrique (o Infante).

74   "Neste particular, a história e a lenda lhe têm atribuído a fundação da Escola de Sagres. Seja enquanto instituição – aliás, de existência duvidosa – seja enquanto método experimentalista de navegar, é fato que, a partir desse infante, desencadeou-se o expansionismo português pelos oceanos" (Quesado, 1999, p. 88-89).

75   SARAIVA, 1999, p. 136.

76   RIBEIRO, 1990, p. 184-185.

77   RIBEIRO, 1990, p. 184.

78   SUASSUNA, 1966, p. 77-98.

79   BOTTON; BOTTON, 2012.

MARQUES REBELO E OS ANOS 40

80   *A Manhã*, Letras e Artes, 1947.

81   LACERDA, 2013, p. 416-417.

82   LACERDA, 2013, p. 359-360.

83   LACERDA, 2013, p. 364.

GUIMARÃES ROSA

84   BARTHES, 1997, p. 18.

85   CANDIDO, 1964, p. 135-139.

86   ROSA, 1963, p. 568.

87   ROSA, 1963, p. 301.

88   ROSA, 1963, p. 132-133.

89   ROSA, 1963, p. 143.

90   ROSA, 1963, p. 150.

91   ROSA, 1963, p. 151.

92   ROSA, 1963, p. 297.

93   ROSA, 1963, p. 404.

94   ROSA, 1963, p. 460.

95   ROSA, 1963, p. 138.

96   ALMEIDA, 1984, p. 191.

97   UTÉZA, 1998, p. 130.

98   ROSA, 1963, p. 105.

99   ROSA, 1963, p. 52.

100   ROSA, 1963, p. 59.

101   ROSA, 1963, p. 59-60.

102   ALMEIDA, 1984, p. 188.

103   ROSA, 1983, p. 513.

104   ROSA, 1963, p. 40.

105   ALMEIDA, 1984, p. 196.

106   APUD BARCELLOS, 2000.

107   SEDGWICK, 1990.

108   ROSA, 1963, p. 567.

109   HANSON *apud* BARCELLOS, 2000.

110   ROSA, 1963, p. 473.

OTÁVIO DE FARIA: A PRIMEIRA FORTUNA CRÍTICA

111   MENDES, 1982, p. 366.

112   MENDES, 1982, p. 370.

113   MENDES, 1982, p. 371.

114   MENDES, 1982, p. 374.

115   MENDES, 1982, p. 274-275.

116   LINS, 1963, p. 102-103.

117   LINS, 1963, p. 103.

118   OLINTO, 1966, p. 226.

119   FARIA, 1971, p. 25.

120   FARIA, 1971, p. 47.

121   FARIA, 1971, p. 170.

122   MILLIET, 1981, p. 27.

123   OLINTO, 1966, p. 226.

124   FARIA, 1971, p. 240.

125   FARIA, 1971, p. 241.

126   FARIA, 1971, p. 399.

127   FARIA, 1971, p. 399.

128   FARIA, 1971, p. 369.

129   FARIA, 1971, p. 373.

130   FARIA, 1971, p. 382.

131   FARIA, 1971, p. 309.

132   FARIA, 1971, p. 166.

133   LINHARES, 1987, p. 603.

LÚCIO CARDOSO

134   CASTRO, 2021, p. 276.

135   LINS, 1963, p. 109.

136   LINS, 1963, p. 113.

137   MILLIET, II, 1981, p. 17.

138   CARDOSO, 2002, p. 152.

139   CARDOSO, 2002, p. 276.

140   CARDOSO, 2000, p. 33.

141   CARDOSO, 2000, p. 32-33.

142   CARDOSO, 2006, p. 246.

143   CARDOSO, 2006, p. 284-285.

144   CARDOSO, 2006, p. 159,

145   CARDOSO, 2006, p. 185.

146   CARDOSO, 2006, p. 119.

ADONIAS FILHO

147   BOSI, 1970, p. 480-481.

148   ADONIAS F., 1965, p. 164.

149   ADONIAS F., 1965, p. 165.

150   ADONIAS F., 1965, p. 102.

151   ADONIAS F., 1947.

152   ADONIAS F., 1965, p. 72.

153   ADONIAS F., 1965, p. 101.

154   MAIA, 1966, p. 11-12.

155   ADONIAS F., 1965, p. 229.

156   ADONIAS F., 1965, p. 229.

157   ADONIAS F., 1965, p. 83.

JOSUÉ MONTELLO

158   MONTELLO, 1971, p. 297.

159   OLIVEIRA, 2014, p. 278.

160   MONTELLO, 1985, p. 160.

161   MONTELLO, 1985, p. 235.

162   MONTELLO, 1985. Alguns exemplos: "as pálpebras apertadas" (p. 189), "sobrancelhas travadas" (p. 194, p. 287, p. 490), "sobrancelhas contraídas" (p. 316, p. 323), "travou de pronto as sobrancelhas" (p. 316), "sobrancelhas crispadas" (p. 323).

163   MONTELLO, 1985, p. 235.

RUI MOURÃO

164   MOURÃO, 2015, p. 145.

165   MOURÃO, 2015, p. 126.

166   MOURÃO, 2015, p. 158.

167   MOURÃO, 2015, p. 156.

168   MOURÃO, 2015, p. 298.

169   COSTA, 1966, p. 173.

BENITO BARRETO: FICÇÃO E HISTÓRIA

170   BARRETO, 2009, p. 24.

171   BARRETO, 2009, p. 24.

172   BARRETO, 2009, p. 87.

173   BARRETO, 2009, p. 88.

174   BARBIERI, 2003, p. 99.

175   BARRETO, 2010, p. 50.

176   BARRETO, 2010, p. 50.

177   BARRETO, 2012, p. 463.

178   BARRETO, 2009, p. 500-501.

179   BARRETO, 2009, p. 501.

180   BAKHTIN, 1981, p. 168.

181   BARRETO, 2009, p. 291.

182   BARRETO, 2009, p. 295-296.

183   BARRETO, 2012, p. 470.

184   BARRETO, 2012, p. 533.

185   BARRETO, 2009, p. 36.

186   BARRETO, 2009, p. 117.

187   BARRETO, 2012, p. 477.

188   BARRETO, 2009, p. 116.

ADÉLIA PRADO

189   PRADO, 1985, p. 22.

190   PRADO, 1985, p. 78-79.

191   PRADO, 1985, p. 154.

MARIA JOSÉ DE QUEIROZ

192   QUEIROZ, 1999, p. 9-10.

193   QUEIROZ, 1999, p. 55.

194   QUEIROZ, 1999, p. 25.

195   QUEIROZ, 1999, p. 237.

196   QUEIROZ, 1999, p. 233.

NÉLIDA PINÕN

197   PIÑON, 2015, p. 126.

198   PIÑON, 2015, p. 168.

199   PIÑON, 2015, p. 168.

200   PIÑON, 2015, p. 390.

201   PIÑON, 2015, p. 252.

JOÃO UBALDO RIBEIRO

202   RIBEIRO, 1984, p. 119.

203   RIBEIRO, 1984, p. 42-43.

204   RIBEIRO, 1984, p. 234.

205   RIBEIRO, 1984, p. 245.

206   RIBEIRO, 1984, p. 61.

207   RIBEIRO, 1984, p. 201.

208   RIBEIRO, 1984, p. 203.

209   BERND, 2002, p. 40.

210   RIBEIRO, 1984, p. 431.

211   CANDIDO, 2000, p. 18.

MARIA ADELAIDE AMARAL

212   AMARAL, 2009, p. 95.

213   AMARAL, 2009, p. 206.

EDNEY SILVESTRE

214   KOTHE, 1981, p. 188.

215   SILVESTRE, 2010, p. 84.

216   SILVESTRE, 2010, p. 196.

217   JAMESON, 1992, p. 30.

218   JAMESON, 1992, p. 52.

219   KOTHE, 1981, p. 106-107.

220   SILVESTRE, 2010, p. 84.

221   SILVESTRE, 2010, p. 282.

WILSON BUENO

222   BUENO, 2011, p. 41.

223   BUENO, 2011, p. 139.

224   PELLEGRINI, 1996, p. 21.

225   BUENO, 2011, p. 16.

226   BUENO, 2011, p. 52.

ADRIANA LISBOA

227   LISBOA, 2010, p. 98.

228   SCHOLLHAMMER, 2009, p. 136.

229   VIDAL, 2013, p. 302.

230   VIDAL, 2013, p. 304.

JÉTER NEVES

231   NEVES, 1984, p. 57.

232   NEVES, 1984, p. 112.

233   NEVES, 1984, p. 88.

CAIO JUNQUEIRA MACIEL

234   MACIEL, 2020, p. 80.

235   MACIEL, 2020, p. 118.

236   "Andando pela cidade, notei que muitas mulheres me olhavam. Será por que fiz a barba? Depois constatei que levava no bolso um monóculo que comprei em Braga, e ele fazia um bom volume, sugerindo notável ereção" (Maciel, 2020, p. 50).

237   MACIEL, 2020, p. 114.

238   MACIEL, 2020, p. 123.

239   MACIEL, 2020, p. 62.

240   MACIEL, 2020, p. 45.

241   MACIEL, 2020, p. 47.

SÉRGIO MUDADO

242   MUDADO, 2010, p. 15.

243   MUDADO, 2010, p. 122.

LUIZ FERNANDO EMEDIATO

244   SANTIAGO, 1982, p. 53.

245   SUSSEKIND, 1985, p. 61.

246   SUSSEKIND, 1985, p. 59.

247   SUSSEKIND, 1985, p. 62.

248   EMEDIATO, 2004, p. 149.

QUERELAS PÓS-MODERNAS

249   BALBINO, 2015, p. 139.

250   BALBINO, 2015, p. 69.

251   SOARES, 1999, p. 21.

252   SOARES, 1999, p. 40.

253   SOARES, 1999, p. 16-17.

254   BALBINO, 2015, p. 13.

255   LIMA, 1991, p. 125.

256   VATTIMO, 1987, p. 31.

257   BALBINO, 2015, p. 223.

258   BALBINO, 2015, p. 223.

O MODERNO ROMANCE BRASILEIRO: ALGUMA CRÍTICA

259   MENDES, 1982, p. 185.

260   TÉRCIO, 2019, p. 464.

261   TÉRCIO, 2019, p. 464-465.

262   LUCAS, 1985, p. 46.

263   MENDES, 1982, p. 178-179.

264   MARTINS, 1983, p. 545-552.

265   REIS, 1935.

266   MARTINS, 1983, p. 548.

267   GALVÃO, 2000, p. 24.

268   CUNHA, 1970, p. 124.

269   LINHARES, 1987, p. 40.

270   FONSECA, 1980, p. 16-17.

271   MARTINS, 1973, p. 293.

272   CANDIDO, 1945, p. 83-90.

273   MENDES, 1982, p. 61-66.

274   GALVÃO, 2000, p. 30.

275   MENDES, 1982, p. 361-369.

276   MILLIET, 1981, VI, p. 27.

277   LINHARES, 1987, p. 54.

278   CUNHA, 1970, p. 37.

279   COUTINHO, 2001, p. 162.

280   CANDIDO, 1970, p. 125-131.

281   LUCAS, 1976, p. 14.

282   COUTINHO, 2001, I, p. 612.

283   SOUZA, 1996, p. 20-21.